न आने वाला कल

मोहन राकेश

हिन्द पॉकेट बुक्स
पेंगुइन रैंडम हाउस इम्प्रिंट

हिन्द पॉकेट बुक्स

यूएसए। कनाडा। यूके। आयरलैंड। ऑस्ट्रेलिया। सिंगापुर
न्यू ज़ीलैंड। भारत। दक्षिण अफ्रीका। चीन

हिन्द पॉकेट बुक्स, पेंगुइन रैंडम हाउस ग्रुप ऑफ़ कम्पनीज़ का हिस्सा है, जिसका पता www.hindpocketbooks.com पर मिलेगा

पेंगुइन रैंडम हाउस इंडिया प्रा. लि.,
चौथी मंजिल, कैपिटल टावर -1, एम जी रोड,
गुड़गांव 122 002, हरियाणा, भारत

पेंगुइन
रैंडम हाउस
इंडिया

प्रथम हिन्दी संस्करण हिन्द पॉकेट बुक्स द्वारा 1967 में प्रकाशित
यह हिन्दी संस्करण 2019 में प्रकाशित

10 9 8 7 6 5 4 3 2

ISBN 9789353490300

मुद्रकः रेप्रो इंडिया लिमिटेड

www.penguin.co.in

FSC www.fsc.org
MIX
Paper from responsible sources
FSC® C047271

This is a legitimate digitally printed version of the book and therefore might not have certain extra finishing on the cover.

त्यागपत्र

त्यागपत्र देने का निश्चय मैंने अचानक ही किया था। उसी तरह जैसे एक दिन अचानक शादी करने का निश्चय कर लिया था। मगर स्कूल में किसीको इसपर विश्वास नहीं था।

मुझे कई दिनों से अपने अन्दर बहुत गर्मी महसूस हो रही थी। छः हज़ार नौ सौ फुट की ऊंचाई, शुरू नवम्बर के दिन, फिर भी नसों में एक आग-सी तपती रहती थी। सूखे होंठों की पपड़ियां रोज़ छील-छीलकर उतारता था, पर सुबह सोकर उठने तक वैसी ही पपड़ियां फिर जम जाती थीं। कई बार सोचा था कि जाकर कर्नल बत्रा को दिखा ल, लेकिन इस ख्याल से टाल दिया था कि वह फिर से बात को हंसी में न उड़ा दे। उस बार, सात महीने पहले, जब रात को सोते में मुझे अपनी सांस घुटती महसूस होने लगी थी, तो वह दिल और फेफड़ों की पूरी जांच करने के बाद मुस्करा दिया था। बोला था, "तुम्हें बीमारी असल में कुछ नहीं है। अगर है तो सिर्फ इतनी ही कि तुम अपने को बीमार माने रहना चाहते हो। इसका इलाज भी सिर्फ एक ही है। खूब घूमा करो, डटकर खाया करो और सोने से पहले चुटकुलों की कोई किताब पढ़ा करो।"

मुझे इसपर बहुत गुस्सा आया था। उस गुस्से में ही मैंने रात को देर-देर तक जागकर अपने को ठीक कर लिया था। स्कूल से त्यागपत्र देने की बात मैंने उस बार भी सोची थी। पर तब मैं अपने से निश्चय कर सकने की स्थिति में नहीं था। जब तक शोभा घर में थी, मैं अपने निर्णय से सब कुछ करने की बात करता हुआ भी वास्तव में हर निर्णय उसपर छोड़े रहता था। यह एक तरह का खेल था जो मैं अपने साथ

खेलता था। अपना स्वाभिमान बनाए रखने के लिए। वह क्या चाहेगी, पहले से ही सोचकर उसे अपनी इच्छा के रूप में चला देने की कोशिश करता था। शोभा इस खेल को समझती न हो, ऐसा नहीं था। वह बल्कि यह कहकर इसका मज़ा भी लेती थी, "मुझे पता था तुम यही चाहोगे। छः महीने साथ रहकर इतना तो मैं तुम्हें जान ही गई हूं।" यूं हो सकता है वह सचमुच ऐसा ही सोचती हो। मैं उसे उत्तर न देकर बात बदल देता था। मन में बहुत कुढ़न पैदा होती थी,. तो उसे अपने स्वाभिमान की कीमत समझकर सह जाता था।

पहले कभी मुझे वैसी गर्मी महसूस नहीं हुआ करती थी। यह नई बीमारी कुछ महीनों से ही शुरू हुई थी। शायद खून में कुछ नुक्स पड़ गया था। खून और खाल का रिश्ता ठीक नहीं रहा था। वरना यह क्यों होता कि हाथ-पैर तो ठण्ड से ठिठुरते रहें और गला हर वक्त सूखा और चिपचिपा बना रहे? पहली नवम्बर को सीज़न की पहली बर्फ गिरी थी। लेकिन उस रात भी मुझे दो-तीन बार उठकर पानी पीना पड़ा। प्यास की वजह से नहीं, गले को ठण्डक पहुंचाने के लिए। फिर भी ठण्डक पहुंची नहीं थी। अन्दर जैसे रेगिस्तान भर गया था जो सारा पानी सोखकर फिर वैसा का वैसा हो जाता था।

त्यागपत्र मैंने इतवार की रात को सोने से पहले लिखा था। दिन-भर हम लोग त्रिशूली में थे। कई दिन पहले से तय था कि इतवार को सुबह से शाम तक वहां रहेंगे। पर शाम तक से मेरा मतलब था शाम के चार बजे तक। यह सभीको पता था कि हमें इतवार को भी पूरे दिन की छुट्टी नहीं होती। पांच बजे चेपल में पहुंचना ज़रूरी होता है। फिर भी उन लोगों का हठ था कि अंधेरा होने तक वहीं रहेंगे। उससे पहले मुझे अकेले को भी नहीं लौटने देंगे। ठर्रा पी-पीकर यह हालत हो गयी थी सबकी कि कोई भी उनमें से बात सुनने की स्थिति में नहीं था। मैंने काफी कोशिश की उन्हें समझाने की, पर वे समझने में नहीं आए। बस हंसते रहे और नशे की भावुकता में इसकी-उसकी दुहाई देते रहे। आखिर थोड़ी बदमज़गी हो गई। क्योंकि मैं इसके बावजूद वहां से चला आया। डिंग डांग डिंग डांग···चेपल की घण्टियां बजनी शुरू हुई थीं कि अन्दर अपनी सीट पर पहुंच गया। उन लोगों को शायद लगा कि मैं बहुत डरपोक हूं। अपनी नौकरी पर किसी तरह की आंच नहीं आने देना चाहता। मगर असल वजह मैं ही जानता था। मैं अगले दिन मिस्टर व्हिसलर के सामने अपनी सफाई देने के लिए हाज़िर नहीं होना चाहता था। मुझे चेपल में जाने से चिढ़ थी, लेकिन उतनी ही चिढ़

लड़कों की कापियां जांचने से भी थी। फिर भी एक-एक कापी मैं इतनी सावधानी से जांचता था कि कभी एक बार भी मिस्टर व्हिसलर को इसपर टिप्पणी करने का मौका मैंने नहीं दिया था। कारण यहां भी वही था जो शोभा के साथ था। मैं ऐसी कोई स्थिति नहीं आने देना चाहता था जिसमें अपने को गलत मानकर मुझे दूसरे के सामने खेद प्रकट करना पड़े। अपने अन्दर से यह मानकर चलना और बात थी कि मैं एक मजबूरी में दूसरे की शर्तों पर जी रहा हूं। मगर उन शर्तों पर जीने के लिए मजबूर किया जाना बिलकुल दूसरी बात थी।

चेपल में जो कुछ हुआ, वह नया नहीं था। कुछ साम गाए गए। पादरी ने प्रार्थनाएं कीं। घुटनों के बल होकर आंखों पर हाथ रखे लोगों ने प्रार्थनाओं को दोहरा दिया। अन्त में पादरी बेन्सन ने सैंतीस मिनट का सर्मन दिया। स्कूल-मास्टर होने के नाते उसका सर्मन पूरे एक पीरियड का होता था···चालीस में से हाज़िरी के तीन मिनट निकालकर। मैं बगलों में हाथ दबाए उतनी देर चेपल की दीवारों और लोगों के हिलते सिरों को देखता रहा। लगातार सैंतीस मिनट, बिना किसी प्रतिक्रिया के, एक ही आदमी की आवाज़ सुनते जाना काफी धीरज का काम था—खास तौर से एक गैर-ईसाई के लिए। पर मुझे इसकी आदत हो चुकी थी। अपनी सारी स्थिरता कूल्हों और टांगों तक सीमित किए खपर से बुत-सा बना बैठा रहता था। अपने को व्यस्त रखने के लिए बिना घड़ी की तरफ देखे समय का अनुमान लगाता और उसे घड़ी से मिलाकर देखता रहता था। उसी तरह जैसे बस में सफर करते हुए एक आदमी तय किए फासले का अपना अनुमान मील के पत्थरों से मिलाकर देखता है। जितनी बार अनुमान सही निकलता, मुझे अपने में एक इण्ट्यूशन का अहसास होता। इण्ट्यूशन की वैज्ञानिकता में विश्वास होने लगता। पर जितनी बार अनुमान गलत निकल आता, उतनी बार मन इस विषय में नास्तिक होने लगता। चेपल से उठते समय मेरी आस्तिकता या नास्तिकता इसपर निर्भर करती थी कि अन्तिम बार का मेरा अनुमान सही निकला था या गलत। पर कई बार वह कुछ दूसरे कारणों पर भी निर्भर करती थी।

चेपल के अन्दर उस समय काफी ठण्ड थी—वह खास ठण्ड जो कि एक चेपल के अन्दर ही होती है। उस ठण्ड से, अन्दर की रोशनी के बावजूद, बाहर गहरा सांझ का कुछ-कुछ आभास मिल रहा था। हालांकि मेरे खून की तपिश उस समय भी कम नहीं थी, फिर भी मेरे हाथ-पैर सुन्न हुए जा रहे थे। ठण्ड का असर नाक और माथे पर भी

हो गया था जिससे डर लग रहा था कि कहीं सर्मन के दौरान ही न छींकने लगूं। रूमाल पास में नहीं था, यह मैं जेबों में टटोलकर देख चुका था। त्रिशूली में एक जगह हम लोग अपने-अपने रूमाल बिछाकर बैठे थे। शायद वहीं भूल आया था। ऐसे में हालत यह थी कि अपने पर वश रखने के लिए मुझे बार-बार थूक निगलना पड़ रहा था। आंखों और कानों से मैं यह अनुमान लगाने की भी कोशिश कर रहा था कि उस हालत में वहां अकेला मैं ही हूं या कोई और भी मेरी तरह उस यन्त्रणा में से गुज़र रहा है। मेरा ख्याल है मिसेज़ दारूवाला की स्थिति भी वैसी ही थी। वह जैसे सर्मन से अभिभूत होकर बार-बार अपनी आंखों को रूमाल से छू रही थी। पर रूमाल आंखों के अलावा उसकी नाक और होंठों को भी ढक लेता, इससे वास्तविकता कुछ और ही जान पड़ती थी। मेरी नास्तिकता उस समय काफी बढ़ गई थी, क्योंकि मेरा समय का अनुमान तीन बार गलत निकल चुका था। आखिर सर्मन समाप्त हुआ। बाहर निकलने से पहले आखिरी प्रार्थना की जाने लगी। अपने को छींकने से रोके रहने के कारण मेरी हालत उस बच्चे की-सी हो रही थी जो कमोड की तरफ भागना चाहते हुए भी बड़ों के डर से अच्छा बच्चा बना बैठा हो। पर चेपल से बाहर आते ही और ज़रा देर अच्छा बच्चा बने रहना मुझे सम्भव नहीं लगा। इसलिए 'गुड नाइट मिस्टर सो एण्ड सो', और 'गुड नाइट मिसेज़ सो एण्ड सो' का रुटीन पूरा करने के लिए मैं कारिडार में नहीं रुका। इससे पहले कि मिस्टर और मिसेज़ व्हिसलर चेपल से बाहर आएं, पीछे का रास्ता पकड़कर सड़क पर निकल आया। घर पहुंचकर अलमारी से दूसरा रूमाल निकालने तक मेरा छींक-छींककर बुरा हाल हो गया।

गरम पानी के साथ थोड़ी-सी ब्रांडी लेकर दस मिनट में मैंने अपने को ठीक कर लिया। अब मैं था और वह खालीपन जिसके साथ रोज़ रात को बारह बजे तक संघर्ष करना होता था। अगर हफ्ते के बीच का कोई दिन होता, तो दो घण्टे के लिए माल पर निकल जाता। घर से लोअर माल और लोअर माल से माल की चढ़ाई चढ़ने में ही एक निरर्थक-सी सार्थकता का अनुभव कर लेता। पर माल पर जाकर जिन लोगों से मिलना होता था, उनसे पहले ही दिन-भर ऊबकर आया था। यूं भी उनसे मिलना मिलने के लिए न होकर किसी चीज के एवज़ में होता था और एवज़ की वे आकृतियां तब तक भी शायद त्रिशूली से अपर रिज के रास्ते में किसी पेड़ के नीचे लुढ़क रही थीं। अभी सात नहीं बजे थे। सोने से पहले के पांच-छः घण्टे ऐसे थे कि उनकी हदबन्दी

किसीके समन से नहीं होती थी। वह सिर्फ खाली समय था—खा ।। ली समय—जिसे बिना किसी विराम चिह्न के एक-एक मिनट करके आगे बढ़ना था। उस बीच काम सिर्फ एक ही था—बिना भूख के खाना खाना—जिसे समय के उस पूरे फैलाव में अपनी मर्जी से इधर या उधर को सरकाया जा सकता था।

'अब ?' मैंने आईने में अपना चेहरा देखा। पचीस वाट की रोशनी में वह काफी बेजान-सा लगा। कुछ-कुछ डरावना भी। जैसे कि उसके उभार अलग हों, गहराइयां अलग। मैंने आईने के पास से हटते हुए दोनों हाथों से चेहरे को मल लिया। 'अब ?'

कुछ था जो किया जाना था। लेकिन क्या ?

मैंने कमरे में खड़े होकर आसपास के सामान को देखा। दो कबर्ड, दो पलंग। एक चेस्ट आफ् ड्राअर्ज़। एक ड्रेसिंग टेबल। दो कुर्सियां। एक तिपाई। सब कुछ उस ज़माने का जिस ज़माने में वह कोठी बनी थी। या जिस ज़माने में स्कूल बना था। तब से अब तक की सारी घिसाई के बावजूद अपनी जगह मज़बूत। बाहर बरामदे में एक पहिये-दार सोफा और दो सोफा-चेयर। तीनों के स्प्रिंग अलग-अलग तरफ को करवट लिए। बीस साल पहले के परदे; न जाने किस रंग के। उतने ही साल पहले की दरी। शराब, शोरबा, स्याही और बच्चों की हाजत के निशान लिए। सब कुछ बीता हुआ, जिया जा चुका, फिर भी जहां का तहां। मुझसे पहले जाने किस-किसका, पर आज मेरा। मेरा अर्थात् स्कूल के हिन्दी-मास्टर का। तीन साल पहले तक हिन्दी-मास्टर का नाम था नरूला। आज नाम था सक्सेना। मनोज सक्सेना अर्थात् शिवचन्द नरूला अर्थात् वह अर्थात मैं अर्थात् हम दोनों में से कोई नहीं अर्थात् हिन्दी-मास्टर फादर बर्टन स्कूल। मैं कमरे से बरा-मदे में आ गया और जिस सोफा-चेयर के स्प्रिंग ज़रा कम चुभते थे, उसपर पसर गया। 'अब ?'

यह भी आदत-सी बन गई थी—जब-तब, किन्हीं दो स्थितियों के बीच, अपने से सवाल पूछ लेना। जाने कब और कितनी जगह अपने मुंह से यह शब्द सुना था। उसी दिन। उससे एक दिन पहले। हफ्ता-भर पहले। महीना-भर पहले। जैसे कि हर नई बार इस शब्द को सामने रख लेने से एक नई तरह से सोचने की शुरुआत हो सकती हो। पर होता इससे कुछ नहीं था—सिवा इसके कि सोच के उलझे हुए धागे में एक गांठ और पड़ जाती थी। सात दस। अब ? सात पचीस। अब ? सात सैंतालीस। अब ? सात अट्ठावन। अब ? जैसे कि नींद लाने

के लिए एक गिनती की जा रही हो। भेड़ों की गिनती की तरह। अब? अब? अब?

खिड़कियों के बाहर सब कुछ अंधेरे में घुल गया था। हर कांच पर काले फौलाद का एक-एक शटर खिच गया था। यूं दिन में भी उस सोफे पर बैठने से सिवा पेड़ों की टहनियों और यहां-वहां उगे घास-पात के कुछ नजर नहीं आता था। पर शाम को सात के बाद तो कुछ भी सामने नहीं रह जाता था—स्याह कांच और फटी जाली को छोड़कर। पहले एक कांच पर सड़क के लैम्प की रोशनी पड़ा करती थी। उससे वह लैम्प, उससे नीचे का खम्भा और सड़क का उतना-सा हिस्सा रात-भर सजीव रहते थे। पर अब कई दिनों से वह लैम्प जलता ही नहीं था। पता नहीं बल्ब फ्यूज़ हो गया था या लाइन ही कट गई थी। इससे बाहर अंधेरा होने का मतलब होता था बिल्कुल अंधेरा। जाकर कांच से आंख सटा लो, तो भी सिवा अंधेरे के कुछ नहीं।

सोफा-चेयर पर मुझे काफी असुविधा हो रही थी। रोज़ होती थी। उसके स्प्रिंग अपेक्षाकृत कम चुभते थे, पर चुभते तो थे ही। वे शिवचन्द नरूला की बैठन के अनुसार ढले थे। या उससे पहले जो हिन्दी-मास्टर था, उसकी। पर जिस किसीकी बैठन के अनुसार ढले हों, पिछले तीन सालों में वे मेरी बठन के आदी नहीं हो पाए थे। हम दोनों के बीच एक बेगानापन था जिसकी शिकायत हम दोनों को रहती थी। अपनी-अपनी शिकायत का गुस्सा भी हम एक-दूसरे पर निकालते रहते थे। वह मुझे स्प्रिंग चुभोकर, मैं उस चुभन को पीसकर। साधारण-तया होना यह चाहिए था कि इतने अरसे में मेरी बैठन उन स्प्रिंगों के मुताबिक ढल जाती। पर ऐसा हुआ नहीं था। मेरी बैठन का अपना कसाव स्प्रिंगों के कसाव से कम नहीं था।

'यह अब और ऐसे नहीं चल सकता,' मैंने अपनी बैठन और स्प्रिंगों के बीच हाथ रखे हुए सोचा। 'जो भी निश्चय करना हो, वह अब मुझे कर ही लेना चाहिए।"

लेकिन क्या निश्चय?

मैं उन सब विकल्पों पर विचार करने लगा जिनके सहारे अपने को इससे आगे सोचने से रोका जा सकता था।

विकल्प एक। उठकर कपड़े बदले जाएं। खाना बाहर किसी होटल में खाया जाए। फिर रात का शो देखकर सोने के समय घर लौटा जाए—अर्थात् जब बीच का पूरा अन्तराल तय हो चुका हो।

विकल्प दो। ड्रेसिंग गाउन पहनकर एन० के० के यहां चला जाए।

दो घण्टे उससे उसकी प्रेमिका अर्थात् होने वाली पत्नी के पत्र सुने जाएं। फिर सुबह तक उसके उस खाली बिस्तर में दुबक रहा जाए जो उसने अभी से फरवरी में होने वाली अपनी शादी की प्रतीक्षा में बिछा रखा है।

विकल्प तीन। जेबों में हाथ डाले लोग्रर माल का एक चक्कर लगा लिया जाए। एकाध डब्बी सिगरेट खरीदकर फूंक डाली जाए। फिर इस तरह घर की तरफ लौटा जाए जैसे उतनी देर बाहर रहकर किसी-से किसी चीज़ का कुछ तो बदला ले ही लिया हो।

विकल्प चार···

मैं सोफा-चेयर से उठ खड़ा हुआ। इनमें से कुछ भी करने में कोई तुक नहीं थी क्योंकि सब बातें पहले की आज़माई हुई थीं। कमरे में जाकर मैंने स्कूल से आया टिफिन कैरियर खोल लिया। खाना गरम करने की हिम्मत नहीं हुई, इसलिए दो बोटी ठण्डा गोश्त ठण्डे सूप के साथ निगल लिया। फिर टिफिन के जूठे डब्बों को इस तरह गुसलखाने में पटक दिया जैसे कि खाने के बदमज़ा होने की सारी ज़िम्मेदारी उन्हींपर हो।

'मुझे पता है मैं क्या चाहता हूं,' गुसलखाने का दरवाज़ा बन्द करते हुए मैंने सोचा। 'फिर उसे करने में मुझे इतनी रुकावट क्यों महसूस हो रही है?'

खट्···खट्···खट्···साथ के पोर्शन से आती आवाज़ ने कुछ देर के लिए ध्यान बंटा दिया। कोहली की बीवी शारदा खड़ाऊं पहने अपने गुसलखाने की तरफ जा रही थी। शाम के सात बजे से लेकर रात के दो बजे तक वह जाने कितनी बार गुसलखाने में जाती थी। कभी गुरदे साफ करने के लिए, कभी प्लेटें धोने के लिए और कभी अन्दर बन्द होकर रोने के लिए। बीच में पक्की दीवार होने के बावजूद उसकी खड़ाऊं से मेरे पोर्शन का फर्श भी हिल जाता था। आधी रात को तो लकड़ी के फर्श पर वह खट-खट् की आवाज़ बहुत ही मनहूस लगती थी।

मैं बरामदे में आकर अपनी पढ़ने की मेज के पास बैठ गया। चिट्ठी लिखने का कागज़ निकालकर सामने रख लिया। कलम खोल लिया। फिर भी तब तक अपने को लिखने से रोके रहा जब तक शारदा के पैरों की खट्-खट् गुसलखाने से वापस नहीं आ गई। उसके बाद लिखना शुरू किया—'प्रिय शोभा···'

मन में यह पत्र मैं कई बार लिख चुका था। लिखकर हर बार मन में ही उसे फाड़ दिया था। उस समय वे दो शब्द कागज पर लिख लेना मुझे काफी हिम्मत का काम लगा। मैं कुछ देर चुपचाप उन्हें देखता रहा।

कैमल रंग के दानेदार कागज़ पर वे दोनों शब्द—'प्रिय' और 'शोभा' —सतह से ऊपर को उठे-से लग रहे थे। दोनों अलग-अलग। बल्कि सभी अक्षर अलग-अलग। प्रि य शो भा। मैंने उन अक्षरों पर लकीर फेर दी और कागज़ को मसलकर टोकरी में फेंक दिया। एक कोरा कागज़ लेकर फिर से लिखना शुरू किया—'शोभा...'

रुककर जेबें टटोलीं। डब्बी में एक ही सिगरेट था। सोचा कि अगर घूमने निकल गया होता, तो कुछ सिगरेट तो और खरीद ही लाता। छः-आठ सिगरेट पास में होते, तो पत्र आसानी से पूरा किया जा सकता था।

मैंने सिगरेट सुलगा लिया। बस पहली पंक्ति लिखना ही मुश्किल था। उसके बाद बाकी मज़मून के लिए रुकने की सम्भावना नहीं थी।

सामने के स्याह कांच को देखते हुए मैंने एक लम्बा कश खींचा। शोभा पास में होती, तो उस तरह कश खींचने से मुझे रोकती तो नहीं, पर एक शहीदाना भाव आंखों में लाकर चुपचाप मुझे देखती रहती। उसकी आंखों के उस शहीदाना भाव को सहना ही मुझे सबसे मुश्किल लगता था। लगता कि वह मुझे देख नहीं रही, मन ही मन उस दूसरे के साथ मेरी तुलना कर रही है जिसके साथ विवाहित जीवन के सात साल उसने पहले बिताए थे। हालांकि उस दूसरे का नाम वह ज़बान पर नहीं लाती थी—अपने सारे व्यवहार से यही प्रकट करने का प्रयत्न करती थी कि यह उसकी पहली शादी है—फिर भी अपने मन से वह जीती उस खोई हुई ज़िन्दगी में ही थी। इसीलिए उसकी आंखों में वह शहीदाना भाव दिन में कई-कई बार नज़र आ जाता था। सुबह उठने से रात को सोने तक वह बात-बात पर शहीद होती थी। मेरा हंसना, बात करना, खीझना, कुछ भी ऐसा नहीं था जो उसे शहीद होने के लिए मजबूर न करता हो, बातचीत के दौरान मेरे मुंह से कभी उसके पहले पति का नाम निकल जाता, तो उसे लगता जैसे जान-बूझकर उसे छीलने की कोशिश की गई हो। और उसकी शहीद होते रहने की आदत के कारण मैं भी अपने को शहीद होने के लिए मजबूर पाता था। उसके जूड़े से बाहर निकली पिनें, साड़ी से नीचे को झांकता पेटीकोट, आंखों में लदा-लदा सुरमा और फड़कती नसें लिए बात के बीच से उठ जाने का ढंग—बहुत कुछ ऐसा था जिसके लिए मैं उसे टोकना चाहता था, पर टोक नहीं पाता था। कुछ दिनों के परिचय की झोंक में शादी तो मैंने उससे कर ली थी, पर अब लगता था कि अन्दर के एक डर से अपने को कमज़ोर पाकर ही मैंने ऐसा किया था। शादी से पहले एक बार मैंने उससे कहा भी था कि पतीस

की उम्र तक अकेला रहकर मैं अपने को बहुत थका हुआ महसूस करने लगा हूं। तब उसने बहुत समझदारी के साथ आंखें हिलाई थीं—जैसे कि यह कहकर मैंने अपनी तब तक की ज़िन्दगी के लिए पश्चात्ताप प्रकट किया हो। 'मुझे पहली बार मिलने पर ही लगा था,' उसने कहा था। 'आदमी अपने मनबहलाव के लिए चाहे जितने उपाय कर ले, पर रात-दिन का अकेलापन उसे तोड़कर रख देता है।' इस बात में उसका हल्का-सा संकेत अपने पिता से सुनी बातों की तरफ भी था। मैंने उस संकेत को नहीं उठाया था क्योंकि खामखाह की लम्बी व्याख्या में मैं नहीं पड़ना चाहता था।

उसने मेरे घर में आकर एक नई शुरुआत की कोशिश की थी, पर वह शुरुआत सिर्फ उसके अपने लिए थी। उस शुरुआत में मुझे उसके लिए वही होना चाहिए था जोकि वह दूसरा था जिसकी वह सात साल आदी रही थी। घर कैसा होना चाहिए, खाना कैसा बनना चाहिए, दोस्ती कैसे लोगों से रखनी चाहिए—इस सबके उसके बने हुए मानदण्ड थे जिनसे अलग हटकर कुछ भी करना उसे बुनियादी तौर पर गलत जान पड़ता था। शुरू-शुरू में जब मैं अपने ढंग से कुछ भी करने की ज़िद करता, तो वह आंखों मे रुआंसा भाव लाकर पलकें झपकती हुई सिर्फ एक ही शब्द कहती,'अरे!' मैं उस 'अरे!' की चुभन महसूस करता हुआ एक उसांस भरकर चुप रह जाता, या मन में कुढ़ता हुआ कुछ देर के लिए घर से चला जाता। तब लौटकर आने पर वह रोए चेहरे से घर के काम करती मिलती। उसकी नज़र में मैं अब भी एक अकेला आदमी था जिसका घर उसे संभालना पड़ रहा था जब कि मेरे लिए वह किसी दूसरे की पत्नी थी जिसके घर में मैं एक बेतुके मेहमान की तरह टिका था। मैं कोशिश करता था कि जितना ज़्यादा से ज़्यादा वक्त घर से बाहर रह सकूं, रहूं। पर जब मजबूरन घर में रुकना पड़ जाता, तो वह काफी देर के लिए साथ के पोर्शन में शारदा के पास चली जाती थी।

बीच में एक बार उसे कॉलिक का दौरा पड़ा था। तब कर्नल बत्रा ने जो दवाइयां लिखकर दीं, वे उसने मुझे नहीं लाने दीं। कागज़ पर कुछ और दवाइयों के नाम लिख दिए जो कुछ साल पहले वैसा ही दौरा पड़ने पर उसे दी गई थीं। मैंने उससे कहा भी कि जिस डाक्टर को दिखाया है, उसीकी दवाई उसे लेना चाहिए। पर वह अपने हठ पर अड़ी रही। "मुझे अपने जिस्म का पता है," उसने कहा। "मुझे आराम आएगा, तो उन्हीं दवाइयों से जो मैं पहले ले चुकी हूं। जब मैं कहती हूं कि मुझे वही दवाइयां चाहिए, तो तुम इन दवाइयों के लिए हठ क्यों करते हो?"

मैंने हठ नहीं किया। वह अपनी दवाइयों से तीन-चार दिन में ठीक भी हो गई। उसे सचमुच अपनी दवाइयों का पता था, खान-पान के परहेज का पता था। और भी प्रायः सभी चीज़ों का पता था—उन किताबों का जो उसे पढ़नी चाहिए थी, उन जगहों का जहां उसे जाना चाहिए था और उस सारे तौर-तरीके का जिससे एक घर में 'अच्छी ज़िन्दगी' जी जा सकती थी। अगर कुछ सीखने को था, तो सिर्फ मेरे लिए था क्योंकि इतने साल अकेली ज़िन्दगी जीने के कारण 'मुझे किसी भी सही चीज़ का बिलकुल पता नहीं था।' साथ रहने के कुछ महीनों में हमें एक-दूसरे की इतनी आदत तो हो ही गई थी कि हमने एक-दूसरे के मामले में दखल देना छोड़ दिया था। मुझे मन में जितना गुस्सा आता था, बाहर मैं उतने ही कोमल ढंग से बात करता था। वह भी ऐसा ही करती थी। एक-दूसरे की बढ़ती पहचान हमारे अन्दर एक औपचारिकता में ढलती गई थी। यह जान लेने के बाद कि न तो हम अपनी-अपनी हदें तोड़ सकते हैं और न ही एक-दूसरे की हदबन्दी को पार कर सकते हैं, हमने एक युद्ध-विराम में जीना शुरू कर दिया था। उस युद्ध-विराम की दोनों की अपनी-अपनी शर्तें थीं—अपने-अपने तक सीमित। दोनों को एक-दूसरे से कुछ आशा नहीं 'री, इसलिए हदबन्दी टूटने की नौबत बहुत कम आती थी।

सिगरेट में एकाध कश बाकी था, फिर भी मैंने उसे ट्रे में मसल दिया। कुछ ऐसे जैसे शोभा की शहीद नज़र उस समय भी सामने हो। फिर अपने हाथों को देखा। सिग्रेट पी-पीकर पीली पड़ी उंगलियां। सोचा कि फेफड़े तो अब तक स्याह हो चुके होंगे—शायद उनमें कैंसर की शुरुआत भी हो चुकी हो। शोभा ने एक बार एक लेख पढ़ने को दिया था—'यू कैन स्मोक योरसेल्फ टु डेथ'। उस दिन मैंने सबसे ज्यादा सिगरेट पिए थे। दोनों में से कहा किसीने कुछ नहीं था। शोभा ने लेख सामने रखकर मुझे गाली दे दी थी, मैंने सिगरेट फूंक-फूंककर उसे। फिर हमने सहज भाव से खाना खाया था। मैंने उसकी बनाई मूली-पालक की सब्ज़ी की तारीफ भी की थी। पर शाम को बाज़ार से लौटने पर शोभा ने फिर एक बार मुझे गाली दे दी थी—सिगरेट का पूरा कार्टून मेरी मेज़ पर रखकर।

उस दिन स्कूल से घर लौट रहा था, तो देखा कि वह स्कूल की तरफ आ रही है। यह काफी अस्वाभाविक-सी बात थी क्योंकि स्कूल की बिल्डिंग में कदम रखने से ही उसे चिढ़ थी। दो-एक बार जब मैंने उससे स्कूल की पार्टियों में चलने को कहा था, तो उसने इन्कार कर दिया

था। उस दिन भी स्कूल में किसीकी चाय थी जिस वजह से मुझे घर लौटने में देर हो गई थी। मुझे दूर से आते देखकर वह रुक गई। "मैं चार बजे से इतज़ार करते-करते थक गई थी," मेरे पास पहुंचने पर वह बोली। "मुझे तुमसे कुछ ज़रूरी बात करनी थीं।"

वह सुबह से नहाई नहीं थी। बाल उड़ रहे थे और कपड़े भी उसने रात के ही पहन रखे थे। उसे उस रूप में सड़क पर देखकर मुझे अच्छा नहीं लगा। फिर भी अपनी त्योरी पर काबू पाकर आगे चलते हुए मैंने कहा, "जो भी बात करनी हो, घर चलकर करना। मैं सुबह तुम्हें बताकर गया था कि आज एक चाय पार्टी है। तुम्हें पता है कि यहां पार्टी के लिए रुकना भी उतना ही ज़रूरी होता है जितना क्लास में पीरियड लेना।"

"यहां की सब चीज़ें बहुत अजीब हैं," वह कुछ उतावली के साथ बोली। बात करने के लिए वह जिस तरह तैयार होकर आई थी, उससे घर पहुंचने तक प्रतीक्षा करना उसके लिए मुश्किल लग रहा था। "यहां के लोग, यहां के रंग-ढंग, सभी बहुत अजीब हैं। मुझे तो लगता है कि मैं इसी तरह यहां रहती रही, तो जल्दी ही पागल हो जाऊंगी।"

"घर सामने ही है," मैंने अपनी अभ्यस्त कोमलता के साथ कहा, "एक बार अपने कमरे में पहुंच जाएं तो।"

"मैं कमरे में बैठकर बात नहीं करना चाहती," उसका स्वर कुछ ऊंचा हो गया। बिखरे बालों के कारण उसकी आंखों का सुरमा और गहरा लग रहा था। उसके हाव-भाव से स्पष्ट था कि उसने अपनी तरफ से युद्ध-विराम आज तोड़ दिया है।

"तो ठीक है," मैं चलते-चलते रुक गया। "तुम्हें जो भी कहना है, यहीं पर कह डालो।"

वह पल-भर खड्ड में गिरते नाले को देखती रही, फिर आंखें उठाकर बोली, "मैं खुरजा जाने की सोच रही हूं।"

मैं अचकचाया-सा उसे देखता रहा। इस बीच और कई बातें मैंने सोच डाली थीं। पर वह खुरजा जाने की बात कहेगी, इसकी मैंने कल्पना तक नहीं की थी।

"क्यों?" मैंने सिर्फ इतना ही पूछा। पर उसने उत्तर न देकर मुझसे पूछ लिया, "तुम एक दिन की छुट्टी लेकर मेरे साथ चल सकते हो—मुझे छोड़ने के लिए?"

"देखो···।"

"अगर नहीं चल सकते, तो भी मुझे साफ बता दो।"

"तुम समझती हो कि यह बात यहां रास्ते में खड़े होकर तय करने की है ?" अब मेरे लिए अपनी खीझ दबाए रखना असम्भव हो गया।

"इसमें तय करने को कुछ नहीं है," वह बोली, "जाने को मैं अकेली भी जा सकती हूं। पर इसलिए कह रही थी कि उसमें तुम्हें कुछ वैसा न लगे। फिर उससे वे लोग भी कुछ दूसरी तरह की बात सोच सकते हैं।"

मुझे विश्वास नहीं हो रहा था कि वह सचमुच गम्भीर होकर बात कर रही है। उसका पहले का घर खुरजा में था—साल-भर पहले वहां से आने पर उसका लौटकर जाने का रिश्ता भी था, पर उस शादी के बाद वह रिश्ता कहां गया ? हालांकि जब हम लोगों की शादी की बात तय हुई थी, तो उसने वहां एक पत्र लिखकर सूचना दे दी थी जिसका उत्तर उसे तीन-चार महीने बाद मिला था। तब तक उसके पिता ट्रांसफर होकर जालन्धर चले गए थे—पत्र पहले डाकखाने से रिडायरेक्ट होकर जालन्धर गया था, फिर वहां से मेरे पते पर रिडायरेक्ट होकर आया था। उसमें इतना ही लिखा था कि वे लोग दिल से उसका भला चाहते हैं, इसलिए उसके निर्णय को लेकर उन्हें कुछ कहना नहीं है—और कि उसका जो सामान वहां पड़ा है, वह जब चाहे, उसे भेज दिया जा सकता है। पत्र पर पता उसके पिता ने अपने हाथ से बदला था, पर स्वयं उन्होंने पत्र नहीं लिखा था। यहां रहते ही उन्होंने हम लोगों से अपने को काट लिया था। शोभा दो-एक बार उन दिनों उनके पास जा आई थी, पर वे न कभी हमारे यहां आए थे और न ही उन्होंने मुझे कभी अपने यहां बुलाया था। उनकी नाराज़गी का कारण यह नहीं था कि शोभा ने दूसरी शादी क्यों की, बल्कि यह कि मुझसे क्यों की। एक शहर में रहते हुए वे जितना मुझे जानते थे, उतना उनकी नज़र में मुझे रद्द करने के लिए काफी था। जब शोभा खुरजा से नहीं आई थी, तो वे स्वयं इस बात की कोशिश में थे कि उसे बुलाकर साल-छः महीने में कहीं उसकी दूसरी शादी की व्यवस्था कर दें। किसी आदमी का सुझाव देने के लिए उन्होंने जिन-जिन लोगों से कहा था, उनमें मैं भी था। "तुम्हारे स्कूल में कोई मास्टर हो," उन्होंने कहा था, "अट्ठाईस-तीस साल तक की उम्र का, कंवारा या आसरू, तो मुझे बताना—या स्कूल से बाहर ही तुम्हारा कोई परिचित हो। लड़की सात साल शादी-शुदा रही है, पर अब भी वह मुश्किल से तेईस साल की है। कोई बच्चा-अच्चा भी नहीं है, इसलिए उसे फिर से सेटल हो ही जाना चाहिए।" तब हम दोनों में से किसीने नहीं सोचा था कि लड़की के आने पर परिस्थिति का रूप यह

हो जाएगा। जब पहली बार शोभा ने उनसे इस सम्बन्ध में बात की थी, तो उन्हें लगा था कि मैंने शोभा को बरगलाकर उनके साथ विश्वासघात किया है। "मैं तुम्हें हतोत्साह नहीं करना चाहता," उन्होंने शोभा से कहा था, "पर मैं उस आदमी को शादी के काबिल बिलकुल नहीं समझता। यह मैं उसके बांस-नुमा डील-डौल की वजह से नहीं कह रहा, उन सब बातों की वजह से कह रहा हूं जो तुम उसके बारे में नहीं जानतीं।" शोभा ने मुझे बताया था कि मेरे बारे में क्या-क्या बातें उसके पिता ने सुन रखी हैं। उनके अनुसार मैं बेहद शराब पीता था और हर सातवें-आठवें रोज़ एक नई लड़की के साथ रात गुज़ारता था। इसका प्रमाण था कि मैं अक्सर अपनी शाम 'स्टैण्डर्ड' में बिताता था और दो-एक बार उन्होंने खुद मुझे अपर रिज से पीछे की छोटी सड़क पर लड़कियों के साथ घूमते देखा था। इनमें से पहली बात जहां काफी हद तक सच थी, वहां दूसरी लगभग बेबुनियाद थी। जिन लड़कियों के साथ उन्होंने मुझे घूमते देखा था, वे मेरी मौसेरी बहनें थीं जो मौसा-मौसी के साथ एक बार मेरे यहां आकर महीना-भर रही थीं। फिर भी मैं जानता था कि आसपास कई लोग ऐसे हैं जिनके मन में मेरी कुछ ऐसी ही तसवीर बनी हुई है—मैंने स्वयं यह तसवीर अपने अकेलेपन की दलील के तौर पर बन जाने दी थी। पर इसके पीछे जो वास्तविकता थी, उसे शोभा भी अब उतनी ही अच्छी तरह जानती थी जितनी कि मैं। बल्कि यह जानकर कि मेरी असली तसवीर उस प्रचारित तसवीर से काफी अलग है, उसे कुछ निराशा ही हुई थी। वह अपने प्रभाव से मेरे जिस व्यक्तित्व को बदलने की बात मन में लेकर आई थी, उससे बिलकुल अलग एक व्यक्तित्व से उसका वास्ता पड़ा था। इस आदमी के नुक्स उतने बाहर के नहीं थे कि उन्हें आसानी से ठीक किया जा सकता। इसके ज्यादा नुक्स अन्दर के थे जिन्हें लेकर शायद कुछ भी नहीं किया जा सकता था।

खुरजा से आया पहला पत्र उसने मुझे पढ़ने को दे दिया था—बिलकुल चुपचाप। मैंने भी चुपचाप पढ़कर एक तरफ रख दिया था। तब तक हम लोग उस मुकाम पर पहुंच चुके थे जहां ज्यादा बातें मुंह से न कहकर ख़ामोशी से कही जाती थीं।

"तुम बिलकुल चुप हो गए हो," उस समय खड़े-खड़े वह कुछ देर प्रतीक्षा करने के बाद बोली, "तुम्हें शायद लग रहा है कि मैं सिर्फ तुम्हें परेशान करने के लिए यह बात कह रही हूं। लेकिन ऐसा नहीं है। मैं सचमुच जाना चाहती हूं।"

"कितने दिनों के लिए?" मैंने कोशिश की कि उसकी आंखों से

उसका वास्तविक आशय जान सकूं।

"यह मैं अभी नहीं कह सकती। वहां जाकर देखूंगी कि कितने दिन मन लगता है।"

"उन्होंने तुम्हें लिखा है वहां आने के लिए?" मुझे पता था कि कुछ दिन पहले खुरजा से एक और पत्र आया था। वह पुत्र उसने मुझे नहीं दिया था। मैं भी तब से उसका ज़िक्र ज़बान पर नहीं लाया था।

"हां···मैंने उन्हें लिखा था कि मैं कुछ दिनों के लिए आना चाहती हूं। वहां से पुष्पा का जवाब आया था कि मैं जब चाहूं, आ जाऊं। बाऊ जी और बी जी दोनों ने अपनी तरफ से लिखवाया था कि मैं मन में किसी तरह का संकोच न रखूं—वे मेरी स्थिति को समझते हैं और उन्हें हम दोनों से मिलकर खुशी होगी।"

"तुमने उन्हें दोनों के वहां आने की बात लिखी थी?"

"नहीं। मैंने सिर्फ अपने लिए लिखा था। उन्होंने लिखा था दोनों के लिए।"

"तो इसीलिए तुम चाहती हो कि···?"

"मैं तुम पर ज़ोर नहीं देना चाहती। मैं उन्हें समझा दूंगी कि तुम्हें स्कूल से आसानी से छुट्टी नहीं मिलती, इसलिए तुम नहीं आ सके।"

अब मुझे सन्देह नहीं रहा कि वह वास्तव में ही जाना चाहती है। "तुम कब जाने की सोचती हो?" मैंने हल्के से आंखें झपकते हुए पूछ लिया।

"कल शाम की बस से।"

"तो ठीक है। जब तुमने तय कर ही लिया है, तो मैं तुम्हें रोकना नहीं चाहूंगा।"

"इसका मतलब यही है न कि तुम साथ नहीं चलोगे?" उसकी गरदन थोड़ी कस गई।

"तुम जानती ही हो कि इन दिनों···।"

"ठीक है। तुम घर चलो। मैं अभी माल से तार देकर आती हूं।"

सड़क के मोड़ पर मुझसे अलग होकर वह माल की चढ़ाई पर चल दी। मेरे मन में कहीं ख्याल था कि शायद वह अभी तार न दे—लौटकर उस बारे में थोड़ी और बात करे। पर पौन घण्टे के बाद जब वह आई, तो तार की रसीद उसके हाथ में थी। रात को सोने से पहले हममें थोड़ी-सी ही और बात हुई। खाना खाकर हम रोज़ की तरह बरामदे में आमने-सामने की सोफा-चेयर्ज़ पर बैठे थे। "तुमने जालन्धर पता दे दिया है कि तुम खुरजा जा रही हो?" काफी देर की चुप्पी के बाद

मैंने उससे पूछ लिया।

"मुझे वहां से कभी पत्र आता है जो मैं वहां पत्र लिखूंगी ?" उसने बाहर के अंधेरे को देखते हुए कहा, "अगर मैं उन्हें लिखती भी, तो ज्यादा सम्भव यही था कि वे मुझे उत्तर न देते। मैं पिताजी के स्वभाव को अच्छी तरह जानती हूं।"

"फिर भी···।"

"जैसे वह बात मैंने अपनी मर्जी से तय की थी, वैसे ही यह भी तय की है। न उस बार उनसे इजाज़त ली थी, न इस बार लेना चाहती हूं।"

कुछ देर फिर खामोशी रही। दोनों की आंखें स्याह कांचों पर रुकी रहीं। फिर वह बिस्तर में जाने के लिए उठने लगी तो मैंने उससे कहा, "तुम अब जा रही हो, तो मुझे तुमसे कुछ पूछना नहीं चाहिए। पर मैं अब तक नहीं समझ पाया कि खुरजा जाने की बात अचानक तुम्हारे मन में आई कैसे।"

वह शाल समेटती हुई खड़ी हो गई थी। "बात खुरजा जाने की नहीं, यहां से जाने की है," उसने कहा, "और कितनी जगहें हैं जहां मैं जा सकती हूं ?"

"पर यहां से जाने की ही बात—इस तरह अचानक मन में कैसे आ गई ?"

"क्योंकि मैं कहीं भी जाना चाहती थी—और यह बात मेरे मन में अचानक ही नहीं आई।"

"लेकिन···।"

"तुम भी जानते हो कि यह ज़िन्दगी तुम्हें रास नहीं आती—उसी तरह जैसे मुझे नहीं आती। तुम जिस तरह को ज़िन्दगी के आदी रहे हो, तुम्हें फिर वही ज़िन्दगी जीने को मिल जाएगी, बिलकुल अकेलेपन की—कम से कम कुछ दिनों के लिए। मैं भी वहां रहकर देख लूंगी कि मुझे कौन-सी ज़िन्दगी बेहतर लगती है।"

अगले दिन शाम को मेरे स्कूल से लौटने तक उसने अपना सूटकेस तैयार कर रखा था। बस के अड्डे पर मैंने उसे गाड़ी में बैठाया, तो उसके चेहरे से जल्दी से जल्दी आगे को चल देने की व्यग्रता झलक रही थी। जाने के बाद पहले पन्द्रह दिन उसने मुझे कोई पत्र नहीं लिखा। उसके बाद उसका एक पत्र आया था जिसमें लिखा था कि उस घर में उन लोगों ने उसे किसी तरह का फर्क महसूस नहीं होने दिया—वह आज भी वहां पहले जैसी सुविधा से रह रही है। 'बाऊजी तुमसे मिलने और बातें करने के लिए काफी उत्सुक हैं। तुम्हें कभी स्कूल से तीन-

चार दिन की छुट्टी हो, और तुम्हारा मन हो, तो चाहे चले आना। पर आने के लिए खास छुट्टी लेने की ज़रूरत नहीं।'

उसी पत्र का उत्तर था जो इतने दिनों से कागज़ पर नहीं लिखा जा रहा था। जिस नये कागज़ पर लिखना शुरू किया था, उसका हुलिया इस बीच लकीरें खींच-खींचकर बिगाड़ दिया था। उसे भी मसलकर टोकरी में फेंकते हुए मैंने घड़ी में वक्त देखा। सवा नौ। नींद आने में अब भी तीन घण्टे बाकी थे। सोचा कि सोने से पहले पत्र पूरा करने के लिए कुछ सिगरेट ले आना ज़रूरी है। मैंने उठकर कमरे को ताला लगाया और घर से बाहर कच्ची सड़क पर आ गया। लेकिन कोने के खोखे से सिगरेट खरीदने के बाद घर की तरफ नहीं मुड़ा। उसी सड़क पर टहलता हुआ आगे निकल गया।

अंधेरी सड़क। खड्ड से गुज़रते नाले की आवाज़। चुभती हवा।

कुछ दूर आगे नाले का पुल था। वहां पहुंचकर मैं पुल की मुंडेर पर बैठ गया। बैठने से नीचे के पत्थर थोड़ा सरके, फिर नई जगह जम गए। वह मुंडेर मेरे लिए घर से बाहर एक घर की तरह थी। जिन दिनों शोभा घर पर थी, उन दिनों भी कितनी बार रात को वहां जा बैठा करता था। उन पत्थरों की ठण्डक से अन्दर की गरमी कुछ कम हो जाती थी, मन का तनाव कुछ हल्का पड़ जाता था। कई बार जूता-मोज़ा उतारकर पैर भी मैं ठण्डी जमीन पर रख लेता था। जब लगता था कि अन्दर की काफी गर्मी ज़मीन ने सोख ली है, तो वहां से उठ आता था। शोभा मेरे लौटने से पहले सो चुकी होती थी। मैं कपड़े बदलकर चुपचाप अपने बिस्तर में दाखिल हो जाता था। वह अगर इससे जाग जाती, तो कोशिश करती थी कि मुझे उसके जागने का पता न चले। नींद आने तक हम दो अजनबियों की तरह दम साधे पड़े रहते थे। शायद दोनों को यह आशा रहती थी कि कभी किसी दिन कुछ ऐसा होगा जिससे वह गतिरोध टूट जाएगा—और उस आशा तथा तनाव की स्थिति में ही दोनों सो जाते थे। वह बायें बिस्तर पर बायीं करवट, मैं दायें बिस्तर पर दायीं करवट। कभी गलत करवट में एक का हाथ दूसरे से छू जाता, तो एक शब्द से उसकी गलतफहमी दूर कर दी जाती, "सॉरी!" हर पखवारे में तेरह दिन यही सिलसिला चलता था। जिस रात नहीं चल पाता था, उस रात दोनों के मन में एक अतिरिक्त घुटन और उदासी घिर आती थी। जैसे एक लम्बे अनचाहे सफर में किसी अनचाही जगह से अनचाहा खाना खा लेने के बाद। अगली सुबह दोनों की आंखें पहले से ज्यादा कसी होती थीं। जैसे कि रात को

जो कुछ हुआ, वह अपनी वजह से नहीं, दूसरे की वजह से था। फिर भी शब्दों में यह बात दोनों एक-दूसरे से नहीं कहते थे।

मुंडेर उस समय कुछ ज्यादा ही ठण्डी थी—हल्का-हल्का कोहरा घिरे रहने के कारण। पर हाथ-पैरों में इतनी जलन भर रही थी कि वहां बैठकर भी राहत नहीं मिली। वह सवाल जो हर समय मन में बना रहता था, उस समय भी नसों को कुरेद रहा था। सवाल नहीं, संकट। अपनी ही इच्छा और ज़िम्मेदारी से हम लोगों ने अपने लिए एक परिस्थिति खड़ी कर ली थी जिससे उबरने का उपाय दोनों को ही नहीं आता था। इसके बाद साथ रह सकना लगभग असम्भव था, पर सम्बन्ध-विच्छेद की बात दोनों अपने-अपने कारणों से ज़बान पर नहीं ला पाते थे। शोभा के लिए प्रश्न था विरोधी परिस्थितियों में लिए गए अपने निर्णय का मान रखने का, मेरे लिए पहले की बनी अपनी गलत तसवीर को सही साबित न होने देने का। दोनों के लिए इस उपाय को अपनाने का अर्थ था एक मानसिक संकट से बचने के लिए एक और मानसिक संकट मोल ले लेना। परन्तु ऐसा उपाय क्या कोई भी हो सकता था जो बिना किसी और संकट को जन्म दिए इस संकट से मुक्त कर दे?

दो जोड़ी पैरों की आहट ने कुछ देर के लिए ध्यान बंटा दिया। दूर की मद्धिम-सी बत्ती की रोशनी में दो धुंधली आकृतियां पास को आ रही थीं—चेरी और उसकी पत्नी लारा। एक मन हुआ कि जल्दी से वहां से उठ जाऊं। वे लोग पास आएं, इससे पहले ही उसी रुख में आगे को चल दूं। उन दोनों की खास आदत थी कि रात को खाना खाने के बाद उसी सड़क पर घूमने निकलते थे। शायद इसलिए कि स्कूल के आसपास वही सड़क सबसे एकान्त थी—या कि शादी से पहले शाम को उसी सड़क पर टहला करते थे, इसीलिए अब भी अपने रोमांस की याद ताज़ा रखने के लिए रोज़ एक चक्कर उधर का लगा लेना अपना फर्ज़ समझते थे। पहले भी एक-दो बार उस जगह बैठे हुए उसी तरह उन लोगों से मुलाकात हो चुकी थी। चेरी हर बार एक ही सवाल पूछता था, "और तुम्हारी वह कहां है?" फिर चलते-चलते फिकरा कस देता था, "उसे घर पर छोड़कर अकेले घूमने निकल आते हो, शरम नहीं आती?" यह वह सिर्फ मुझे छेड़ने के लिए कहता था, या साथ अपनी बीवी को अपनी वफादारी का विश्वास दिलाने के लिए, पता नहीं। मुझे हर बार उसके पास से गुजरने से कोफ्त होती थी। खास तौर से इसलिए कि कुछ दूर आगे निकल जाने पर उसकी जो हंसी सुनाई देती

थी, वह मुझे लगता था कि मुझीको लेकर है। तब मैं मन में उस हंसी के तरह-तरह के मतलब निकालने लगता था—सोचने लगता था कि हंसने से पहले लारा के कन्धे पर हाथ रखे हुए उसने क्या बात कही होगी। पर वे लोग इतना पास आ गए थे कि मन में उठने की तैयारी कर लेने के बाद भी मैं वहां से उठ नहीं पाया। एक सज़ायाफ्ता आदमी की तरह चुपचाप अपनी सज़ा को सिर पर आते देखता रहा। उन लोगों ने भी देख लिया था कि मैं वहां पर हूं क्योंकि उनकी आपसी बातचीत रुक गई थी। मैंने सोचा कि ज़रूर लारा ने चेरी को हल्के से कुहनी लगा दी होगी क्योंकि अपने-आप बात करने से रुक जाना चेरी के स्वभाव में नहीं था। वह बोलने लगता था, तो विना विराम, अर्ध-विराम के बोलता ही जाता था—या दूसरे को उसे याद दिलाना पड़ता था कि बोलने के अलावा भी कुछ काम करने को है। उसकी आवाज़ भी ऐसी थी कि पचास गज़ से उसका कहा एक-एक शब्द सुना जा सकता था—यहां तक कि जो कुछ वह धीरे से फुसफुसाकर कहता था, वह भी साधारण आदमी की साधारण बात जितना ऊंचा तो होता ही था। अपनी आवाज़ की इस पहुंच को जानने के कारण पांच-सात गज़ दूर से ही उसने अपना फंदा मेरी तरफ फेंक दिया, "क्यों पट्ठे, अब भी अकेली सैर का शौक गया नहीं?"

मैं मुंडेर से उठ खड़ा हुआ। स्कूल के शिष्टाचार का पालन स्कूल से बाहर भी करते रहने की आदत हो गई थी। "खाना खाने के बाद हाज़मा दुरुस्त करने निकले हो?" मैंने उसकी बात को हंसी में उड़ा देने की कोशिश की।

"इस स्कूल का खाना किसीको हज़म होता है?—चाहे आदमी कितनी कोशिश कर ले!" उसने ठहाका लगाया। लारा इससे गम्भीर हो गई। "अगर नहीं होता, तो इसकी ज़िम्मेदारी तुम्हींपर है," वह बोली। "तुम्हीं तो सबके लिए खाना बनवाते हो।"

चेरी और भी हंसा। "औरतें बहुत समझदार होती हैं," उसने कहा। "तुम नहीं मानते?"

"इतना मानता हूं कि लारा बहुत समझदार है।"

"फिर भी इतनी समझदार नहीं कि सही और गलत आदमी में फर्क कर सके। यह तुम्हें भी उन्हींमें से एक समझती है। इसलिए तुम्हारे सामने भी बात का भरम बनाए रखना चाहती है।" फिर लारा की गरदन को उंगली से सहलाते हुए उसने कहा, "सक्सेना उसके ताबूतों में से नहीं है, माई डियर! यह खालिस आदमी है। यह और

बात है कि अब पहले की तरह हंसता नहीं, पर इस स्कूल में रहकर किसकी हंसी खुश्क नहीं हो जाती ?" और जैसे इतने से ही लारा को निश्चिन्त करके मुझसे बोला, "तुमने अच्छा किया जो बीवी को यहां से भेज दिया। हम लोगों को तो यहां रहकर यहां का नरक भोगना ही है, बीवियां बेचारी भी क्यों साथ यह नरक भोगती रहें ? मैं तो खुद लारा से कहता हूं कि···"

"यह मुझे यहां से भेजकर मुझसे छुट्टी पाना चाहता है," लारा जल्दी से बात को समाप्त करने के लिए बोली, "पर मैं इसे इस तरह छुट्टी देने की नहीं।···अच्छी ठण्डी शाम है आज। मैं और किसी शाम घूमने निकलूं या न निकलूं, इतवार की शाम को खाना खाने के बाद ज़रूर कुछ देर टहल लेना चाहती हूं।"

"पादरी बेन्सन का सर्मन हज़म करने के लिए बहुत ज़रूरी होता है यह—क्या कहते हो ?" चेरी फिर हंसा, "वह आदमी पता नहीं इतना सब कैसे अपने पेट में भरे रहता है !"

"आओ, चलें," लारा ने उसकी बांह पर दबाव दे दिया।

"अच्छा गुड नाइट !" चेरी जैसे मजबूर होकर उसके साथ चलता हुआ बोला, "अपनी बीवी को खत लिखो, तो हमारी तरफ से प्यार लिख देना।"

"ज़रूर। गुड नाइट।"

"गुड नाइट।"

उन लोगों के आगे बढ़ जाने के बाद मैं वापस मुंडेर पर नहीं बैठा। कुछ देर सिगरेट सुलगाने के बहाने रुका। फिर वहां से लौट पड़ा। कोहरे में ढकी अपने घर की छत दिखाई देने लगी, तो फिर एक बार पांव रुक गए। छत पर कोहरे के गोले इस तरह बैठे थे कि घर एक मकबरा-सा नज़र आ रहा था। मुझे लगा कि पगडण्डी से उतरकर मुझे अब मकबरे के अन्दर अपने ताबूत में जा लेटना है। मन में उन दिनों का अहसास ताज़ा हो आया जब अभी शादी नहीं की थी। तब भी वह घर मुझे एक बन्द तहखाने की तरह लगा करता था जहां उतर कर जाते मन में एक दहशत भर जाती थी। घर के बाहर उस पगडण्डी के पास रुककर मन को अन्दर जाकर बन्द हो रहने से ज्यादा राहत महसूस होती थी। तब लगता था कि यह शायद अकेलेपन की वजह से है। घर के अन्दर जो कुछ था, उससे अकेले मन में कोई रिश्ता ही नहीं बंठता था। वह सब जैसे अपनी जगह पर था, मुझसे अलग और बेजोड़। पर वह सब था ही, इसलिए उसे और उसके अन्दर अपने को बरदाश्त

करना होता था। शोभा को जब पहली बार अपने साथ घर पर लाया था, तो उससे यह बात कही भी थी। वह सुनकर गम्भीर हो गई थी—कुछ भावुक भी—हालांकि उसकी भावुकता से उस समय भी मुझे चिढ़ हुई थी। "तुम इन सब चीज़ों से छुटकारा पाना नहीं चाहते, सही माने में अपने लिए घर चाहते हो," उसने कहा था। मुझे उसकी बात पर विश्वास हुआ हो, ऐसा नहीं। पर मैंने चाहा था कि विश्वास हो सके। उसे पहली बार बांहों में लेकर चूमते हुए मैंने आसपास की सब चीज़ों के साथ एक रिश्ता महसूस करने की कोशिश की थी। फिर भी मन उसी तरह उखड़ा रहा था। तब अपने को समझाया था—धीरे-धीरे आदत हो जाने से शायद दूसरी तरह महसूस होने लगे। फिर शोभा के साथ प्यार में डूबकर उस बात को मन से निकाल दिया था। बाद में अपने बालों में कंघी करते हुए उसने कहा था, "यह कैसी कंघी रख रखी है तुमने? मैं कल तुम्हें एक नई कंघी खरीदकर दूंगी। ऐसी टूटी-फूटी चीज़ें घर में होने से किसका मन उचाट नहीं होता?" फिर दोनों कमरों की पूरी जांच-पड़ताल के बाद एक बार उसने सिहरने की तरह सिर हिला दिया था। "क्या-क्या कूड़ा भर रखा है तुमने यहां! मैं आकर पहला काम करूंगी कि यह सामान उठवाकर इसकी जगह नया सामान मंगवाऊंगी।" पर मेरे यह बताने पर कि नये सामान के लायक पैसे मेरे पास नहीं हैं और कि स्कूल से दूसरा सामान मिलेगा नहीं, वह काफी उदास होकर वहां से गई थी।

कुछ था जिससे मैं छुटकारा चाहता था। उस कुछ का दबाव शोभा के आने से पहले भी था, शोभा के साथ रहते भी था, अब भी था। वह कुछ क्या था?

कच्...पहली नवम्बर की बची-खुची बरफ का एक लौंदा जो तब तक पैर को सहारे था, अचानक हल्की आवाज़ के साथ दब गया। यूं आस-पास की सारी बरफ तब तक पिघल चुकी थी, पर झाड़ियों के कोनों में यहां-वहां कुछ लौंदे बचे रह गए थे। इस डर से कि पैर फिसल न जाए, काफी बच-बचकर पगडण्डी से उतरना होता था। ऊपर आते हुए उस तरफ ध्यान नहीं था, इसलिए बचाव की ज़रूरत महसूस नहीं हुई थी। पर अब काफी ध्यान से अंधेरी पगडण्डी पर आंखें गड़ाए मैं उतरकर गैलरी तक आया। मन में तब फिर वही सवाल कौंध गया—अब?

ज़ीने से ऊपर आकर दरवाज़ा खोला और कमरे की बत्ती जला दी। वही सब चीज़ें, अपने-अपने कोने में रखी फिर एक बार सामने चमक गईं।

मैं कुछ देर कमरे के बीचोबीच रुका रहा। क्या वास्तविक समस्या इस सबसे—इस सबके बीच अपने को ढोने की बेबसी से—छुटकारा पाने की नहीं थी ?

मुझे लगा कि जिस चीज़ का एक हल होना चाहिए था, उसका दूसरा हल खोजकर मैंने स्थितियों को बहुत उलझा दिया है। सिर्फ अपने लिए ही नहीं, शोभा के लिए भी। यह मैंने कैसे सोच लिया था कि जिस चीज़ को मैं अकेला रहकर नहीं सुलझा सका, वह शोभा के आ जाने से अपने-आप सुलझ जाएगी ? यह क्या खुद को डूबने से बचाने के लिए दूसरे डूबते व्यक्ति का कन्धा थामने की तरह नहीं था ? और जिस दृष्टि से शोभा का सहारा ढूंढ़ा, उसी दृष्टि से उसने भी मेरा सहारा ढूंढ़ा—इसके लिए क्या मैं उसे दोष दे सकता था ?

पर अब जो भी वस्तुस्थिति थी, उसके बीच से ही तो हल ढूंढ़ना था। अगर ज़िन्दगी में एक की जगह दो गांठें कस गई थीं, तो दोनों को ही तो एक-एक करके खोलना था।

लेकिन कैसे ?

दोनों चीज़ें सामने थीं। स्कूल के जूनियर हिन्दी मास्टर के रूप में ज़िन्दगी मेरी अपनी ज़िन्दगी नहीं थी। मुझे इसे लेकर कुछ करना था। शोभा के पति के रूप में ज़िन्दगी भी मेरी अपनी ज़िन्दगी नहीं थी। उसे लेकर भी कुछ करना था।

लेकिन क्या ?

स्कूल से त्यागपत्र दे देने से शोभा के साथ अपने सम्बन्ध की स्थिति हल नहीं हो सकती थी। शोभा से अपने को काट लेने से स्कूल की यन्त्रणा से नहीं बचा जा सकता था। तो क्या आवश्यक यह नहीं था कि दोनों कदम साथ-साथ उठाए जाएं ?

लेकिन क्या यह सम्भव था ? और क्या सचमुच इससे कुछ हासिल हो सकता था ?

पास में इतने साधन नहीं थे कि बिना नौकरी के चार महीने भी जिया जा सके। कभी रहे ही नहीं थे। आगे कभी रहेंगे, इसकी भी सम्भावना नहीं थी। तो एक नौकरी छोड़कर दूसरी की तलाश—इसका अर्थ क्या यही नहीं था कि इस दूसरे की ज़िन्दगी न जीकर उस दूसरे की जी जाए ? कुछ दिन बेकार रहने के बाद उस दूसरे की ज़िन्दगी ढोने की जगह इसी ज़िन्दगी को ढोते जाना क्या बुरा था ?

यही बात शोभा के साथ अपनी ज़िन्दगी को लेकर भी था।

तो इसका अर्थ क्या यह था कि दोनों स्थितियों को चुपचाप स्वी-

कार करके सब कुछ जैसे चल रहा था, उसे वैसे ही चलने दिया जाए ?

उसके लिए अपेक्षित था कि शोभा को पत्र लिखकर बुला लिया जाए। या खुद जाकर उसे ले आया जाए। क्या इसके लिए मैं अपने को तैयार कर सकता था ?

मैंने दोनों कमरों पर—अर्थात् कमरे और ग्लेज्ड बरामदे पर—नज़र दौड़ाई। सोचा कि अगर शोभा वहां आ जाए और वे सब चीज़ें वहां न रहें, तो कुछ हो सकता है ? लगा कि कुछ नहीं हो सकता। कमरे अगर खाली हो जाएं, तो उन दीवारों को लेकर ही उलझन बनी रहेगी। दीवारों के अलावा शोभा को लेकर। उमके अलावा अपने को लेकर।

तो क्या इसका हल एक यही था कि···?

मैंने अपने को रोका। मन को मैं आत्महत्या की पटरी पर नहीं चलने देना चाहता। इसलिए कि उसका कुछ अर्थ नहीं था। मैं जानता था कि मैं किसी भी स्थिति में आत्महत्या नहीं कर सकता। मैं हर स्थिति के परिणाम को स्वयं देखना चाहता था—और जिसमें देखना न हो, उस परिणाम की कल्पना ही मुझे झूठ लगती थी।

तो ?

माथे की नसें बुरी तरह खिंच गई थीं। हर बार पलकें झपकने पर आंखों की गर्मी पलकों को महसूस होती थी। मन हो रहा था कि हाथों में कुछ हो जिसे ज़ोर से फर्श पर पटक दिया जाए, या सामने दीवार पर दे मारा जाए।

पर आसपास जितना सामान था वह अपना नहीं था। उसे फेंकने और तोड़ देने का मुझे कोई अधिकार नहीं था।

फिर भी मैंने एक-एक चीज़ को देखा कि कौन-कौन-सी चीज़ इतनी पुख्ता है कि फेंकने से टूटे नहीं ? या इतनी नरम ? दो तकिये थे। एक पीतल की ऐश-ट्रे। एक पेपरवेट। एक प्लास्टिक का मग। मगर प्लास्टिक का मग ज़ोर से फेंकने से टूट भी सकता था। मैंने उन सब चीज़ों को सिर्फ देखा ही। हाथ से छुआ नहीं। फिर बरामदे में आकर सोफा-चेयर के पास खड़ा हो गया। जिन दिनों अकेला रहता था, उन दिनों दोनों सोफा-चेयर्ज़ को घसीटकर उनकी स्थितियां बदलता रहता था। शोभा के आने के बाद से यह कमरा बन्द कर दिया था। सोचा कि अगर दोनों सोफा-चेयर्ज़ को उठाकर खिड़की के रास्ते नीचे खड्ड में फेंक दूं, तो तनखाह में से कितने पैसे कटेंगे ? पर इसका हिसाब लगाने से पहले ही इरादा छोड़ दिया। एक तो उन दोनों का वज़न ही इतना था कि उन्हें उठाना मुश्किल था। दूसरे खिड़कियां छोटी थीं। तीसरे उस बारे में

सोचना सिर्फ तरद्दुद ही था क्योंकि करना तो मुझे वह था नहीं। हालांकि कर सकता, तो कुछ देर के लिए मन थोड़ा हल्का हो जाता। साथ के पोर्शन से कोहली अपनी लुंगी बांधता हुआ निकल आता, नीचे के क्वार्टर से गिरधारीलाल अपने पाजामे का नाड़ा कसता हुआ, 'क्या हुआ है? क्या हुआ है?' के शोर में अन्दर की हलचल कुछ देर के लिए डूब जाती।

थकान के मारे बैठ जाने को मन न था, पर जैसे किसी चीज़ का विरोध करने के लिए मैं चुपचाप खड़ा रहा। फर्श पर एक अधमरा तिलचट्टा रेंग रहा था। सोचा यह वही तिलचट्टा होगा जो थोड़ी देर पहले, जब मैं चिट्ठी लिखने की कोशिश कर रहा था, खिड़की के कांचों से टकरा रहा था। अब भी रेंगते-रेंगते वह बीच में थोड़ा फुदक लेता था, फिर कुछ देर मरा-सा होकर पड़ रहता था, और तब फिर रेंगने लगता था। फिर एक बार खिड़की तक उठने की कोशिश कर लेना चाहता था हालांकि उठान उसकी अब छः-आठ इंच से ऊपर नहीं जाती थी। बाहर बिलकुल सन्नाटा था। अन्दर की ही तरह। गिरधारीलाल के क्वार्टर की बत्तियां बुझ चुकी थीं। कोहली के यहां सिर्फ एक बत्ती जल रही थी—अन्दर के बड़े कमरे की। वही जो रोज़ सारी रात जलती रहती थी। पहली बीवी के मरने के बाद जब से वह शारदा को लेकर आया था, तभी से। ठक्...ठक्...ठक्...शारदा फिर गुसलखाने की तरफ जा रही थी। वे लोग अभी सोए नहीं थे। शायद उनमें अभी सोने के पहले झगड़ा चल रहा था। मैंने कल्पना की कि अपनी आरामकुर्सी पर बैठे हुए कोहली का चेहरा कैसा लग रहा होगा और फिर से अपनी लिखने की मेज़ के पास आ गया। तिलचट्टा तब तक रेंग-रेंगकर न जाने कहां चला गया था। 'वह ज़रूर मर गया होगा,' मैंने सोचा और एक नया कागज़ निकालकर सामने रख लिया। 'प्रिय शोभा...।'

हाथ फिर रुक गया। लगा कि मैं गलत सिरे से शुरू कर रहा हूं। शोभा के और अपने बीच की स्थिति को सुलझाने की बात बाद में आती थी। उससे पहले सुलझाने की स्थिति दूसरी थी।

मैं कुछ देर अपने निचले होंठ को दो नाखूनों के बीच मसलता रहा। थोड़े-थोड़े वकफे से सुनाई देती हंसी की आवाज़ बाहर के सन्नाटे को तोड़ रही थी। चेरी और लारा स्प्रिंगडेल के चौराहे तक जाकर अपने क्वार्टर की तरफ लौट रहे थे।

मुझे लगा कि मैं किसी चीज़ को धकेलकर खिड़की तक ले आया हूं। वह चीज़ भारी है, खिड़की छोटी है, फिर भी यही एक क्षण है जब

अपने को उससे मुक्त किया जा सकता है। एक बार उस वज़न का ऊपर तक उठा लेने की जरूरत है, खिड़की के चौखटे को ज़रा-सा तोड़ देने की, और बस। उसके बाद कोई आवाज़ नहीं होगी, किसीको पता भी नहीं चलेगा और मन पर कसी हुई एक गांठ खुल जाएगी—कम से कम एक दबाव से तो मन को निजात मिल ही जाएगी। उसके बाद जो जैसे सामने आएगा, देख लिया जाएगा।

हंसी की आवाज़ धीरे-धीरे दूर जाकर खामोश हो गई थी। पेड़ों की सायं-सायं के साथ खड्ड में गिरते नाले की आवाज़ ने फिर पूरे वातावरण को छा लिया था। बाहर की धुंध से खिड़की के स्याह कांचों पर हल्की सफेदी उभर आई थी।

खटाक्...गुसलखाने का दरवाज़ा बन्द हुआ और खट्...खट्...खट्...शारदा अपने कमरे में लौट आई।

चिंग-चिंग-चिंग...तिलचट्टा अभी मरा नहीं था। मेज़ के नीचे पैरों के पास आकर वह लगातार गोल घूम रहा था। झिर्र-झिर्र-झिर्र...चिंग-चिंग चक्...! मैंने उसे जूते से मसल दिया। पैर हटाया, तो वह सीधा होने की कोशिश में ऊपर उठी टांगों को बेतहाशा पटक रहा था। मैंने हल्की ठोकर से उसे परे फेंक दिया। कुछ देर प्रतीक्षा की। लेकिन उसके बाद उसकी हल्की-सी भी झिर्र-झिर्र सुनाई नहीं दी, तो एक नया कागज़ लेकर उसपर लिखना शुरू किया :

"दि हेडमास्टर, फादर बर्टन स्कूल...।"

डर

अगली सुबह काफी सर्द थी।

अपना त्यागपत्र मैं क्लासें शुरू होने से पहले मिस्टर व्हिसलर की मेज़ पर छोड़ आया था। उस समय चेपल की घण्टियां बज रही थीं, इसलिए दफ्तर में सिवाय चपरासी फकीरे के और किसीसे सामना होने की सम्भावना नहीं थी। ख्याल था कि अभी एकाध दिन शायद स्टाफ में किसीको इसका पता नहीं चलेगा। पर ग्यारह बजे टी ब्रेक में सब लोग कामन रूम में जमा हुए, तो लगा कि कम से कम चार व्यक्ति तब तक उस बात को जानते हैं—बर्सर बुधवानी, हेड क्लर्क पार्कर, मिसेज़ पार्कर

श्रौर एकाउंटेट गिरवारीलाल।

रात का कोहरा सुबह तक घना होकर बरफानी बादल में बदल गया था हालांकि बरफ पड़नी अभी शुरू नहीं हुई थी। हर हाथ की प्याली से उठती भाप मुंह की भाप से टकराकर कुछ ऐसा आभास देती थी जैसे सीधे भाप की ही चुस्कियां ली जा रही हों। बड़े सोफे पर श्रौर उसके श्रासपास महिलाओं का जमघट था। उस जमघट में बॉनी हाल स्टाफ की एकमात्र कुंवारी मेट्रन होने के नाते सबसे ज्यादा चहक रही थी। वह कान खोले जैसे हर बात को दबोचने के लिए तैयार रहती थी श्रौर ज्योंही बात कानों तक पहुंचती थी, एकाएक खिलखिलाकर हंस उठती थी। आंखें उसकी पूरे कमरे में तफरीह कर रही थीं। यह बॉनी हाल की खासियत थी कि वह जिस किसी भी समुदाय में हो, उस समुदाय के हर व्यक्ति को अपनी तरफ देखती जान पड़ती थी। उसकी आंखें एक टिड्डे की तरह यहां से वहां श्रौर वहां से यहां फुदकती रहती थीं।

कोहली श्रौर जेम्स हमेशा की तरह साथ-साथ एक कोने में खड़े थे। जैसे कि वे लोग स्टाफ के सदस्य न होकर बाहर से आए मेहमान हों या ऐसे दर्शक जिन्हें बाहर खड़े देखकर चाय पीने के लिए अन्दर बुला लिया गया हो। उनसे थोड़ा हटकर दूसरे ग्रुप में चारों हाउस-मास्टर एक-दूसरे से सटकर खड़े किसी गम्भीर मसले पर बात कर रहे थे। मिसेज पार्कर एक अलग कुर्सी पर बैठी अपनी कापियां जांच रही थी। उसकी कापियों का कुछ ऐसा सिलसिला था कि हर समय जांचते रहने पर भी वे कभी पूरी जांचने में नहीं आती थीं। हर बार हाथ की कापी हटाकर दूसरी कापी उठाने पर वह एक उसांस छोड़ लेती थी।

बुधवानी, पार्कर श्रौर गिरधारीलाल तीनों अलग-अलग खड़े थे—पूरे कमरे में यहां से वहां चक्कर काटते हुए वे मेरे काफी नज़दीक आ गए थे। फिर भी तीनों मुझसे श्रौर एक-दूसरे से इतना फासला बनाए हुए थे कि यह न लगे कि उनके उस तरह खड़े होने का कोई खास मतलब है। मुझे लग रहा था कि उनमें से हरएक मुझसे अलग से बात करना चाहता है श्रौर इस प्रतीक्षा में है कि दूसरे दो ज़रा परे हट जाएं, तो वह दो कदम श्रौर पास चला आए।

उन तीनों ने—बल्कि मिसेज़ पार्कर समेत चारों ने—बीच में कई-कई आदान-प्रदान चाहती नज़र से मुझे देख लिया था। मगर ऊपर से हरएक अपनी गम्भीरता श्रौर उदासीनता बनाए हुए था। पहले दो-एक बार उस तरह देखे जाने से मुझे असुविधा हुई थी। पर बाद में मैंने स्वयं खोजना शुरू कर दिया था कि उन चार के अलावा क्या कोई श्रौर भी

है जो उस तरह मुझसे आंख मिलाना चाहता हो।

महिलाओं के वर्ग में उस समय मौसम और आने वाली छुट्टियों को लेकर बात हो रही थी। वहां से डोरी थामकर बुधवानी ने दूर से ही मुझसे बात का सिलसिला शुरू करने की कोशिश की, "असली जाड़ा उतर आया है आज तो। इसके बाद लगता है टेम्परेचर रोज़-रोज़ गिरता जाएगा। छुट्टियों से पहले अब धूप नहीं निकलेगी। क्या ख्याल है?"

"इस बार काफी जल्दी बरफ पड़ने लगी है," मैंने कहा। "एक बरफ पहले पड़ चुकी है, एक आज पड़ जाएगी। इसके बाद धूप अगर निकली भी, तो जाड़ा कम नहीं होगा।"

बुधवानी ने हाथ की प्याली रख दी और अपने को गरमाने के लिए अपने दोनों हाथ मलने लगा। "अच्छी खुली धूप के लिए हमें तीन महीने इंतज़ार करना पड़ेगा," उसने कहा, "मेरा ख्याल है छुट्टियों से पहले अभी दो-एक बरफें और पड़ेंगी—कम से कम एक तो ज़रूर ही पड़ेगी।"

"मेरा भी यही ख्याल है," मैंने अपने हाथ बगलों में दबा लिए। बुधवानी के हाथ उसकी जेबों में चले गए।

'आज बरफ पड़ गई, तो बाहर निकलने के लिए शाम बहुत अच्छी हो जाएगी।" वह मुस्कराया। पर वह मुस्कराहट उसकी बात से जुड़ी हुई नहीं थी। वह हल्के-हल्के अपना होंठ काटकर अपनी उत्तेजना को छिपाना चाह रहा था। पर इससे उसकी उत्तजना छिप नहीं पा रही थी। उस समय बुधवानी के अन्दर से उत्तेजित होने का अर्थ था कि वह मिस्टर व्हिसलर को उत्तेजित देखकर आया था। उसका चेहरा एक आईना था जिसमें हेडमास्टर के मन की हर प्रतिक्रिया का अक्स देखा जा सकता था। जब हेडमास्टर खुश रहता था, तो बुधवानी भी खुश नज़र आता था। पर जब हेडमास्टर की त्योरी चढ़ी रहती, तो बुधवानी के लिए भी चीज़ों को बरदाश्त करना मुश्किल हो जाता था। इसलिए पीठ पीछे लोग उसका ज़िक्र 'हेडमास्टर्ज़ माइंड' और 'हेडमास्टर्ज़ वायस' के रूप में करते थे। मिस्टर व्हिसलर को अच्छा-बुरा जो भी करना होता था, उसे मुंह से कहने की ज़िम्मेदारी बुधवानी पर ही आती थी। यूं भी वह कुछ इस तरह अपने को हेडमास्टर के तौर-तरीके में ढाले रहता था—कपड़े पहनने से लेकर चलने तक के अंदाज़ में—कि उसका अपना कोई अलग व्यक्तित्व नज़र ही नहीं आता था।—अगर किसी दूसरे की तरह सोचने, महसूस करने और व्यवहार करने को ही एक तरह का व्यक्तित्व न मान लिया जाए तो। जिस किसीसे बुधवानी खासी बेतकल्लुफी से बात करता था, उसके बारे में यह निश्चित रूप से सोचा जा सकता था

कि टोनी व्हिसलर आजकल उस आदमी पर खुश है। जिससे टोनी व्हिसलर नाराज़ हो, उससे बेतकल्लुफी तो दूर, बुधवानी की बातचीत तक बन्द हो जाती थी। किसी खास चीज़ को लेकर टोनी व्हिसलर का क्या रुख है, इसकी काफी पहचान बुधवानी की मुस्कराहट या उसके होंठ हिलाने के अन्दाज़ से हो जाती थी। वह जिस भाव से उस समय मुझे देख रहा था, उसका अर्थ था कि मेरे त्यागपत्र को लेकर हेड-मास्टर ने अभी कोई निश्चय नहीं किया था। निश्चय करने से पहले अभी मेरा मन टटोलने की ज़रूरत थी—क्योंकि बुधवानी की मुस्कराहट में मुस्कराने से ज़्यादा टटोलने की ही कोशिश थी।

उसकी मुस्कराहट के जवाब में मैं भी मुस्कराया—उसके बढ़कर और पास आने की प्रतीक्षा में और उस विषय में पहली बातचीत की तैयारी के साथ। बुधवानी अपने कोट के कालर को उंगली और अंगूठे के बीच मसलता हुआ सचमुच मेरे बहुत करीब आ गया। यह देखकर कि अब उनके लिए मौका नहीं रहा, पार्कर और गिरधारीलाल अलग-अलग दिशा से कोहली के ग्रुप में जा शामिल हुए। मिसेज़ पार्कर ने माथे पर त्योरी डाले हाथ की कापी पर तीन जगह क्रास खींच दिए।

"तो?" बुधवानी के हाथ जेबों से निकल आए और आंखें मेरी आंखों में खुभ गईं। अपनी नीची गर्दन को मेरी ऊंचाई तक लाने की कोशिश में उसने काफी धीमे स्वर में कहा, "यह क्या कर दिया तुमने?"

"क्यों?" अब मैंने हाथ बगलों से निकालकर जेबों में डाल लिए।

"पहले किसीसे ज़िक्र तक नहीं किया और अचानक···?"

"बात इतनी महत्त्वपूर्ण नहीं थी कि मैं पहले किसीसे ज़िक्र करता।"

"फिर भी···," उसने एक दोस्त की तरह मेरी कुहनी पर हाथ रख लिया। "···हेड ने अभी मुझे बताया, तो मुझे बहुत हैरानी हुई। मुझे विश्वास है कि तुम···कि तुम उस बात को लेकर बहुत गम्भीर नहीं हो।"

"बात अपने में ही ज़्यादा गम्भीर नहीं है," मैंने अपनी कुहनी पर उसके स्पर्श से असुविधा महसूस करते हुए कहा, "मैं नौकरी छोड़ना चाहता था, इसलिए मैंने त्यागपत्र दे दिया है।"

बुधवानी ने एक बार आसपास देख लिया कि मेरे मुंह से निकले शब्द 'त्यागपत्र' ने किसीका ध्यान तो नहीं खींचा। फिर हल्के से अपना हाथ दबाकर बोला, "देखो, जब तक अन्तिम रूप से बात तय नहीं हो

जाती, तब तक बेहतर है इस शब्द को ज़बान पर न लाओ। तुम तो जानते ही हो कि लोग किस तरह हर बात को लेकर तरह-तरह के मतलब निकालने लगते हैं।"

"ठीक है पर जहां तक मेरा सवाल है···"

"वह बात अभी देखने की है," कहते हुए उसने फिर एक बार पूरे कमरे का जायज़ा ले लिया। हाउस-मास्टरों का ग्रुप तब तक छितरा गया था। मिस्टर व्हाइट और मिस्टर ब्राउन बाहर चले गए थे और बाकी दोनों—मिस्टर ब्र डल और मिस्टर मर्फी—महिलाओं के बीच जा खड़े हुए थे। मिसेज़ ज्याफ्रे वहां कोई किस्सा सुना रही थी जिससे सब लोग एक ठहाके में फूट पड़ने की तैयारी में थे।

"हेड तुमसे बात करना चाहते हैं," बुधवानी ने फिर मेरी तरफ मुड़कर कहा, "तुम्हारा छठा पीरियड आज खाली है न?"

मैंने सिर हिला दिया।

"तो लंच के बाद हेड के कमरे में उनसे मिल लेना। उन्होंने बुलाया है। वे इस बात से काफी परेशान हैं कि बिना कारण ही तुमने···"

"कारण मेरे लिए अपने हैं। तुम जानते हो, बिना कारण ऐसा कदम कोई नहीं उठाता।"

"कारण जो भी हों, तुम्हें उनपर हेड से बात कर लेनी चाहिए," वह मेरी कोहनी थामे हुए मुझे मैगज़ीनों वाली मेज़ की तरफ ले आया। पार्कर इस बीच फिर कोहली वाले ग्रुप से थोड़ा इधर को हट आया था। मेरी तरफ उसने एक बार हल्के से आंख भी दबा दी थी जिसका मतलब था कि यह आदमी तुम्हें क्या समझ रहा है, मुझे पता है। मिसेज़ ज्याफ्रे की बात से फूटा ठहाका अचानक ही दब गया था क्योंकि एकाएक सब लोग सचेत हो गए थे कि स्कूल के अन्दर हंसी की इतनी ऊंची आवाज़ मिस्टर व्हिसलर को बर्दाश्त नहीं है।

"हेड सचमुच तुमसे तुम्हारी बात जानना और समझना चाहते हैं," बुधवानी को कमरे में छा गई खामोशी ने कुछ अव्यवस्थित कर दिया। वह जो बात ढककर करना चाहता था, वह इससे नंगी हुई जा रही थी। आगे बात करने के लिए उसने तब तक प्रतीक्षा की जब तक मिसेज़ ज्याफ्रे ने एक नया किस्सा छेड़कर फिर लोगों का ध्यान नहीं बंटा लिया। फिर बोला, "यह मैं ही जानता हूं कि तुम्हारी तरफ हेड का रुख हमेशा कितनी हमदर्दी का रहा है। वे तुम्हारी कद्र भी बहुत करते हैं। सो तुम्हारे मन में जो भी बात हो, तुम खुलकर उनसे कर

सकते हो।"

तभी बॉनी हाल थिरकती हुई हम लोगों के पास आ गई। "मेरे ऑफ डे का क्या हुआ?" उसने बुधवानी से पूछा।

"मैंने हेड से बात कर ली है," बुधवानी कोमल अभिवादन के साथ बोला, "इस सप्ताह से छुट्टियां होने तक हर शनिवार तुम्हें खाली मिल जाएगा। तुम यही चाहती थीं न?"

"ओह फाइन, फाइन!" बॉनी अपनी एड़ी पर घूमकर वापस लौट गई, "इस उपकार के बदले में मैं एक शनिवार को तुम्हारे साथ डेट रखूंगी।"

"हर शनिवार को नहीं?"

"हर शनिवार को तुम्हारे साथ? तुम इतने खूबसूरत नहीं हो।"

"तो मैं हेड से कहूंगा कि···"

"शट अप। मैं एक भी शनिवार को तुम्हारे साथ डेट नहीं रखूंगी।"

बुधवानी के जबड़े उतनी देर ढीले रहने के बाद मेरी तरफ देखकर फिर कस गए, "तुम्हारा कागज़ पढ़कर हेड को बुरा नहीं लगा, यह मैं नहीं कहता," वह मुझसे बोला, "तुम्हें पता ही है इन सब मामलों में उनका रवैया क्या रहता है। तुम्हारी जगह और आदमी होता, तो वे उसे बुलाकर हरगिज़ बात न करते। चुपचाप उस कागज़ पर दस्तखत करके मुझसे उसका हिसाब करने को कह देते। पर तुम्हारे साथ वे बात करना चाहते हैं, इसीसे तुम सोच सकते हो कि तुम्हारे लिए उनके मन में क्या एहसानात हैं। तुम उन लोगों में से नहीं हो जिनके चले जाने से उन्हें लगे कि किसी चीज़ को कोई फर्क नहीं पड़ता। बल्कि वे तो सोच रहे थे कि···।"

अब गिरधारीलाल पास आ गया। "वह वाउचर अभी बनाना है या···?" उसने पूछा।

"तुमसे कहा था टी ब्रेक के बाद तुम्हें बताऊंगा," बुधवानी चिढ़े हुए स्वर में बोला, "मैं यहां से सीधा दफ्तर में ही आऊंगा।"

गिरधारीलाल इस स्वर से कुछ घबरा गया और एक रोनी-सी मुस्कराहट दोनों की तरफ मुस्कराकर कामन रूम से बाहर चला गया।

"···वे तो बल्कि सोच रहे थे," बुधवानी ने बात आगे जारी रखी, "कि सीनियर हिन्दी मास्टर की जो जगह खाली है, उसके लिए तुम्हारा नाम बोर्ड के सामने रखें। तुम एक दोस्त के नाते मेरी राय

लेना चाहो, तो मैं तुमसे कहूंगा कि तुम्हें उनसे काफी संभालकर बात करनी चाहिए। तुमने जो कदम उठाया है, इसे तुम अपनी बेहतरी के लिए भी इस्तेमाल कर सकते हो। निर्भर इसपर करता है कि तुम सारी चीज़ को किस तरह हैंडल करते हो। तुम कहो, तो लंच से पहले मैं भी हेड से थोड़ी बात कर लूंगा। वे सुनने के मूड में इसलिए होंगे कि आज तक यहां किसीने यहां अपनी तरफ से ऐसा नहीं किया। तुम पहले आदमी हो जिसने···"

"ओफ !" मिसेज़ पार्कर की ऊंची आवाज़ ने उसे बीच में रोक दिया। वह गर्दन पर काफी ज़ोर देकर लगभग मेरे कान में बात कर रहा था। अब अपने को अलगाने के लिए वह थोड़ा पीछे हट गया। मिसेज़ पार्कर की 'ओफ' से कमरे के और लोग भी चौंक गए थे। हल्के वक्फे के बाद सबके होंठों पर मुस्कराहट आ गई। डायना और बॉनी हाल तो मुंह पर हाथ रखे हंस भी दीं। मिसेज़ पार्कर बिना अपनी 'ओफ' के प्रभाव को जाने अब भी अपनी जगह व्यस्त थी। हाथ की कापी पर वह गुस्से में पूरे-पूरे सफे के क्रास खींच रही थी। "हॉरीबल ! हॉरी-बल !" साथ वह कहती जा रही थी, "ऐसे-ऐसे स्पेलिंग हैं कि पढ़कर आदमी के होश-हवास गुम हो जाएं।" फिर आंखें उठाकर आसपास के लोगों को देखते हुए उसने कहा, "मैं कई बार सोचती हूं कि यह सब पढ़-पढ़कर मैं अब तक पागल क्यों नहीं हो गई ? मुझे पागल ज़रूर हो जाना चाहिए था। ओफ !"

सारे कमरे में कोई किसीसे बात नहीं कर रहा था। अकेला पार्कर ही था जो कोहली से चल रही अपनी बात आगे जारी रखने की कोशिश में था। "वह तब ऊपर से घूमकर सामने चला आया है ? सामने से उसने जो उसे पटखनी दी, तो बस !"

पर कोहली का ध्यान भी मिसेज़ पार्कर की तरफ ही था—और इस बात की तरफ कि पूरे कमरे की खामोशी में उसकी—'हूं-हां' सब को सुनाई दे रही है। पार्कर भी यह देख रहा था, फिर भी वह बोलने से रुका नहीं। "एक और कुश्ती मैंने देखी थी जब मैं बेगमाबाद में था। उस कुश्ती की खासियत यह थी कि···"

मिसेज़ पार्कर कापियां परे हटाकर कुर्सी से उठ खड़ी हुई थी। हमेशा थके रहने वाले अपने भारी शरीर को किसी तरह धकेलती हुई वह चाय की मेज़ की तरफ जा रही थी। यहां यह देखकर कि चायदानी में चाय नहीं है, वह ऐसे हो गई जैसे उसे बेकार ही उतनी दूर तक आने देकर सब लोगों ने उसके साथ ज्यादती की हो। फिर एक पैर

दबाकर अपनी घिसटती चाल से वह पैंट्री के दरवाज़े तक जा पहुंची। वहां से उसने आवाज़ दी, "शेरसिंह! मुझे चाय की एक प्याली बनाकर ला दो, प्लीज़! घण्टी का वक्त हो गया है, ज़रा जल्दी से। चीनी मत डालना। तुम्हें पता ही है मैं चीनी नहीं लेती।" फिर पैंट्री से अपनी कापियों के ढेर के पास वापस आकर वह निढाल-सी बैठ गई—जैसे कि एक खामख़ाह के सफर पर निकलने के बाद आधे रास्ते से उसे अपने डेरे पर लौटना पड़ा हो। "सब काम जान लेने वाले होते हैं," वह हांफती हुई बोली, "पर यह काम तो सबसे ज़्यादा जानलेवा है। पता नहीं इस सबका अन्त किस दिन होगा? मेरे शरीर में प्राण रहते तो शायद होगा नहीं।"

उसने एक नई कापी जांचने के लिए सामने रख ली, तो बुधवानी वहां से चलने की तैयारी में अपने कालर को मसलता हुआ पहले से भी आहिस्ता स्वर में मुझसे बोला, "याद रखना। छठे पीरियड में, हेड के कमरे में। अब तक सिवा दफ्तर के लोगों के किसीको पता नहीं है। दफ्तर के लोगों से भी ऐसे ही बात हो गई थी···यूं उन्हें भी हेड ने मना कर दिया है। एक बार हेड से तुम्हारी बात हो जाए, तो फिर जैसे हो देख लेना···ओ० के०?" और चलते हुए मेरा हाथ काफी घनिष्ठता से दबाकर वह एक बार फिर मुसकरा दिया।

शेरसिंह ने जैसे मिसेज़ पार्कर की असुविधा बढ़ाने के लिए ठीक उस वक्त उसे चाय की प्याली लाकर दी जब टी ब्रेक समाप्त होने की घण्टी बज रही थी। तब तक आधे लोग कामन रूम से जा चुके थे। बाकी अपने-अपने गाउन संभालकर जा रहे थे। मिसेज़ पार्कर प्याली हाथ में लेते ही कुढ़ गई। "देखो, कैसी प्याली लाकर दी है इसने मुझे!" वह जाते लोगों को सुनाकर बोली, "ऊपर से नीचे तक गीली! बताओ, कौन इन्सान ऐसी प्याली में चाय पी सकता है?" पर प्याली उसने लौटाई नहीं। एक नज़र अपने पति पर डालकर जल्दी-जल्दी चुस्कियां भरने लगी। फिर चाय की गर्मी अन्दर पहुंचने से पल-भर आंखें मूंदे रही। वह जब भी ऐसा करती थी, तो उसका थल-थल गोल चेहरा ऐसे लगता था जैसे चमड़े के घिसे हुए थैले पर दो बन्द क्लिपें लगी हों। अगली चुस्की भरने के लिए उसने आंखें खोलीं, तो पार्कर को दरवाज़े की तरफ बढ़ते देखकर उसकी बड़बड़ाहट फिर शुरू हो गई, "कौन समझाए इन्हें कि प्याली में चाय डालने से से पहले एक बार उसे अच्छी तरह पोंछ लेना चाहिए? पांच-पांच साल हो जाते हैं इन्हें यहां काम करते, फिर भी ज़रा-सी बात इनकी

समझ में नहीं आती। मैं तो कहती हूं, इन्हें कुछ भी सिखाने का कुछ मतलब ही नहीं है। ये लोग कभी सीख ही नहीं सकते। यहां के लकड़ों को कभी स्पेलिंग नहीं आ सकते और यहां के नौकरों को···"

"तुम्हारी क्लास नहीं है ? घण्टी बज चुकी है," पार्कर ने उसके पास रुककर कुछ तुर्श आवाज़ में कहा। मिसेज़ पार्कर की दोनों क्लिप कस गईं। पर इससे पहले कि वह जवाब में कुछ कहे, पार्कर मेरे पास आ गया। "की गल्ल ए जी ?" वह हिन्दुस्तानी मास्टरों से मित्रता बढ़ाने के अपने खास लहजे में बोला, "ए की पुआड़ा पा दित्ता जे अज्ज ?" फौज में कई साल रहने के कारण पार्कर हिन्दी और पंजाबी दोनों गुज़ारे लायक बोल लेता था। इस वजह से वह हिन्दुस्तानी मास्टरों में काफी लोकप्रिय था, हालांकि इसी वजह से लोग उससे कतराते थे क्योंकि स्कूल में कौन क्या कहता-करता है, इसकी ज्यादातर रिपोर्टें पार्कर ही हेडमास्टर के पास पहुंचाता था।

"तुम्हें दफ्तर में काम नहीं है ? तुम्हारे लिए घण्टी नहीं बजी ?" मिसेज़ पार्कर ने प्याली रखते हुए उसे जवाब दे दिया। पार्कर इस तरह हंसकर जैसेकि वह इस चोट की आशा ही कर रहा था, बाहर को चलता हुआ मुझसे बोला, "तुमसे मुझे कुछ बात करनी है। लंच ब्रेक से पहले या बाद में जब भी वक्त मिला, देखेंगे।" फिर जल्दी-जल्दी से मिसेज़ पार्कर से कहकर, "तुम्हारी क्लास रो रही है उधर," वह जूता चरमराता बरामदे में पहुंच गया।

पार्कर ने अन्तिम बात उसे नहीं कहने दी, इसलिए मिसेज़ पार्कर हताश भाव से उसे पीछे से देखती रही। तब तक कामन रूम में उसके और मेरे सिवा और कोई नहीं रह गया था।

"देखो, यह आदमी है।" उसने आंखें झपकते हुए मुझसे कहा—जैसे मुझसे किसी चोर की शनाख्त करा रही हो।

मैं सिर हिलाकर मुस्करा दिया।

"मैं कितना कुछ बरदाश्त करती हूं यहां," वह निढाल हाथों से अपनी कापियां समेटती बोली, "पर अब मुझसे बरदाश्त नहीं होता। मैं अब जल्द-अज़-जल्द यहां से वापस चली जाना चाहती हूं।"

"वापस ? तुम्हारा मतलब है कि···?"

"बैक होम। मेरा असली घर लन्दन में है। तुम्हें पता नहीं ?"

वह कितनी ही बार यह बात कहती थी। पर हर बार हरएक उससे यही कहता था, "अच्छा ? मुझे पता नहीं था।"

"मेरी दादी वहां पर है। यहां तो मेरी सिर्फ एक ही पुश्त बीती है।

मेरी मां एक सिविल सर्वेंट से शादी करके यहां चली आई थी।" वह सिविल सर्वेंट क्या और कौन था, इसपर मिसेज़ पार्कर कभी रोशनी नहीं डालती थी। "मेरी दादी मुझे कितनी बार लिख चुकी है कि वह मुझे वीज़ा भेज देगी, मैं जब चाहूं वहां चली आऊं। मैं तो इसी साल चली जाना चाहती थी, पर···।" और किसी तरह कापियों के साथ अपने को संभाले वह उठ खड़ी हुई। "पर यह आदमी ऐसा है कि मेरी बात ही नहीं सुनता। इसे जाने क्यों यहीं पड़े रहना पसन्द है! इसकी वजह से मैं भी यहां पड़ी हूं···अपनी लड़की को हालांकि मैंने पिछले साल भेज दिया है। वहां रहकर उसका कुछ बन भी जाएगा, यहां पर उसका क्या बनना था? मेरी तरह ज़िन्दगी-भर किसी स्कूल में कापियां जांचती रहती और शादी भी किसी ढंग के आदमी के साथ न कर पाती।···मैं इस आदमी से कई बार पूछती हूं कि यहां हम लोगों का अब क्या भविष्य है? यहां आए दिन जिस तरह की बातें सुनने को मिलती रहती हैं, उससे तुम्हें लगता है कि यह स्कूल साल, दो साल से ज़्यादा चल पाएगा? मुझे तो ज़रा नहीं लगता।"

"बातें तो सब तरह की लोग करते रहते हैं, उससे क्या होता है?" मैंने कहा, "सत्तर साल पुराना स्कूल है।"

"फिर भी···," वह पैर घसीटती मेरे पास आ गई। "तुम शायद बेहतर जानते हो क्योंकि तुम···अच्छा बताओ, वह बात ठीक है जो चार्ली ने टी ब्र क से पहले मुझे बताई है?"

"कोन-सी बात?"

मिसेज़ पार्कर पल-भर सन्देह की नज़र से मुझे देखती रही। फिर अपने मन से बोझ उतार फेंकने की तरह बोली, "कि तुमने स्कूल से त्यागपत्र दे दिया है?"

मैंने आंखें हिलाकर एक मैगज़ीन उठा ली।

"फिर भी तुम कहते हो कि यहां कुछ होने वाला नहीं है?"

"क्यों? एक आदमी के त्यागपत्र दे देने से···?"

"इतने मासूम मत बनो। कम से कम मुझे तो तुम बता ही सकते हो। तुम्हें पता है, मैं यहां किसी चीज़ के लेने-देने में नहीं हूं।"

"मेरे पास बताने को कुछ हो तब न!"

"तुमने इसलिए त्यागपत्र नहीं दिया कि···?"

"किसलिए?"

"इसलिए कि···?" मिसेज़ पार्कर ऐसे स्वर में बोली जैसे कि त्यागपत्र देकर मैंने खास उसीके साथ कुछ बुराई की हो। "अच्छा, रहने दो।

नहीं तो चार्ली बाद में मेरी जान खाएगा।"

"मेरा ख्याल है अपने त्यागपत्र की असली वजह का सिर्फ मुझे ही पता नहीं है।"

"तुम्हें किस चीज़ का पता नहीं है?" मिसेज़ पार्कर अभी बात करने के लिए रुकना चाहती थी, पर अपनी क्लास की वजह से उसे जाने की उतावली भी हो रही थी। "मेरा ख्याल है यहां सबसे होशियार आदमी एक तुम्हीं हो।"

"सचमुच?"

"नहीं हो क्या?"

"कह नहीं सकता। मेरा तो ख्याल था कि···।"

"मैं चार्ली से कितनी बार कह चुकी हूं कि तुम बाहर से जितने चुप रहते हो, अन्दर से उतने ही···उतने ही तेज़ आदमी हो।" 'तेज़ आदमी' की जगह वह कुछ और कहना चाहती थी, पर आखिरी क्षण कुछ सोच-कर उसने शब्द बदल दिया था।

"मुझे आशा है कि यह बात मेरी प्रशंसा में कही जा रही है!" मैं फिर मुस्करा दिया। मिसेज़ पार्कर आश्वस्त हो गई कि जो नश्तर उसने बचा लिया था, उसका अंदाज़ा मुझे नहीं हुआ।

"और नहीं तो क्या?" वह आंखों में बीतते समय का दबाव लिए बाहर को चल दी। "तुम्हारी इस वक्त क्लास नहीं है?"

मैंने सिर हिला दिया। "सोमवार को मेरे दो पीरियड खाली होते हैं। चौथा और छठा। सिर्फ सोमवार को ही।"

"तभी तुम इतने आराम से खड़े बात कर रहे हो," वह पहले से ज्यादा हड़बड़ा गई। "खुशकिस्मत आदमी हो तुम जो तुम्हें किसी एक दिन तो दो पीरियड खाली मिल जाते हैं। मेरे किसी भी दिन दो पीरि-यड खाली नहीं होते। मेरा ख्याल है, यहां सबसे खराब टाइम टेबल मेरा है। मैं किसीसे कुछ कहती नहीं, इसलिए जैसा चाहते हैं रख देते हैं। मैं भी कहती हूं चलो, मुझे कौन जिन्दगी-भर यहां पड़ी रहना है।"

पर चौखट लांघने के बाद वह फिर एक बार अन्दर लौट आई। "तुम किसी दिन हमारे यहां चाय पीने क्यों नहीं आते?" उसने कहा।

"तुमने आज तक कभी बुलाया ही नहीं।"

"आज तक की बात छोड़ो। तुम आज या कल किसी वक्त आ सकते हो···मतलब शाम को किसी वक्त।"

"हां-हां···क्यों नहीं? मुझे बहुत खुशी होगी।"

"तो मैं चार्ली से कहूंगी, तुमसे तय कर ले। मैं अपने हाथ की बनी

पाई तुम्हें खिलाऊंगी—अगर पाई तुम्हें पसन्द हो तो।"

"पसन्द क्यों नहीं होगी? खास तौर से तुम्हारे हाथ की बनी पाई···।"

"मैं चार्ली से कहूंगी तुमसे तय कर ले। कल का या परसों का। कुछ देर बैठकर बात करेंगे।"

मिसेज पार्कर के जाने के बाद मैं अकेले कामन रूम में इस तरह खड़ा रहा जैसे कि एक भीड़ से निकलकर वहां आया होऊं। यहां-वहां तिपाइयों पर पड़ी जूठी प्यालियां, सोफे के कवर पर महिलाओं के बैठने की सलवटें। अन्दर की उदास ठण्डक उस एकान्त में मुझे और गहरी महसूस होने लगी। मैंने मन ही मन दिन गिने। छुट्टियां होने में पूरे चार हफ्ते थे। मेरा नोटिस पीरियड छुट्टियों में ही पूरा हो जाना था, इसलिए लौटकर एक दिन के लिए भी वहां आने की जरूरत नहीं थी। मैं कुछ देर इस नजर से कमरे को देखता रहा जैसे कि मैं अभी से वहां से जा चुका हूं। वह कमरा अगले साल के किसी उतने ही ठण्डे दिन में उसी तरह उदास पड़ा है, लोग वहां से चाय पीकर अपनी-अपनी क्लासों में गए हैं और किसीको यह याद भी नहीं है कि पिछले साल सक्सेना नाम का कोई आदमी यहां काम करता था, या कि आज के दिन उसके त्यागपत्र को लेकर लोगों ने यहां थोड़ी हलचल महसूस की थी। नई टर्म से स्टाफ में कुछ नये लोग आ गए हैं जो नये सिरे से अपने को यहां के वातावरण में ढालने की कोशिश में हैं। किसी सिलसिले में जब उनमें से किसीके कान में सक्सेना का नाम पड़ता है, तो वह यूं ही चलते ढंग से पूछ लेता है, "सक्सेना? वह कौन था?"

फिर मैं सोचने लगा कि अगले साल इन दिनों मैं कहां रहूंगा, क्या कर रहा हूंगा। साल के बारह महीनों में से कुछ महीने तो यहां से मिला तनख्वाह से निकल जाएंगे—उसके बाद के महीने? तब यह सोचकर मन को थोड़ा आश्वासन मिला कि अभी मेरा त्यागपत्र मंजूर नहीं हुआ, अभी उस बारे में मुझसे बात की जानी है—मैं चाहूं, तो त्यागपत्र वापस भी ले सकता हूं और अगले साल आज के दिन अपने को यहीं, इसी तरह, खड़ा पा सकता हूं।

'मैंने त्यागपत्र क्यों दिया है?' यह सवाल मेरे अन्दर से भी कोई बुधवानी या पार्कर मुझसे पूछ रहा था, लेकिन उसे भी जवाब देना मैं उसी तरह टाल रहा था। 'मुझे इस बारे में सोचना नहीं चाहिए, मैंने अपने से कहा। मुझे डर लग रहा था कि मिस्टर व्हिसलर के पास जाने तक मेरा निश्चय कहीं टूट न जाए।

"क्या सोच रहे हो ?" मुझे पता नहीं चला था कि गिरधारीलाल कब पिछले दरवाज़े से दबे पैरों अन्दर चला आया था। चेचक के दागों से लदे अपने सांवले चेहरे पर सहानुभूति का भाव लिए वह उस कुर्सी के पास आ गया था जिससे मिसेज़ पार्कर उठकर गई थी।

"सोचना क्या है ?" मैंने थोड़ा चौंककर कहा, "ऐसे ही खाली वक्त बिता रहा हूं।"

"आज बुधवानी ने बचा दिया," वह बोला, "नहीं, हेड ने तो काम कर ही दिया था।" वह सतर्क आंखों से आसपास देखता मेरे नज़दीक आ गया।

"क्या मतलब ?"

"उसने तो त्यागपत्र का कागज़ पढ़ते ही सीधे मुझे बुला लिया था। मुझसे बोला कि मैं तुम्हारे पूरे हिसाब का वाउचर बना दूं—आज शाम को ही आपसे चले जाने को कह दिया जाएगा। मैंने बाहर आकर बुधवानी को बताया, तो इसने अन्दर जाकर उसे जाने क्या समझा-बुझा दिया। वाउचर रोके रहने के लिए अभी मुझसे बुधवानी ने ही कहा है, हेडमास्टर ने खुद नहीं, बुधवानी ने बताया है कि लंच के बाद तुम हेडमास्टर से मिल रहे हो। मैंने सोचा कि मुझे इस बारे में तुम्हें बता तो देना ही चाहिए। एक घर में रहते हैं, इसलिए इतना तो फर्ज़ मेरा बनता ही है।"

"बता देने के लिए शुक्रिया," मैंने कहा। "हेडमास्टर से मिलने की बात मेरी तरफ से नहीं है। मुझसे बुधवानी ने कहा है कि हेड मुझसे बात करना चाहते हैं।"

"बुधवानी अच्छा आदमी है।" गिरधारीलाल थोड़ा और सतर्क हो गया। "मैं पहले उसे जितना अच्छा समझता था, उससे भी अच्छा है।"

"लेकिन मुझे हेड से कुछ खास बात नहीं करनी है···।"

"बात तुम्हें ज़रूर करनी चाहिए, क्योंकि हेडमास्टर का ख्याल है कि···।"

मैं आगे बात सुनने की प्रतीक्षा में उसे देखता रहा। गिरधारीलाल की सतर्कता में अब एक डर भी आ समाया—कि मेरा हित चाहने में कहीं वह अपने हित की क्षति तो नहीं कर रहा। पर किसी तरह अपने डर पर काबू पाकर उसने इतने धीमे स्वर में कि हम लोगों से एक गज़ दूर भी सुनाई न दे, कहा, "उसका ख्याल है कि इसके पीछे चेरी की कुछ साजिश है। चेरी अभी कल-परसों ही डी० पी० आई० से मिलकर आया है। दो-चार दिनों में किसी दिन डी० पी० आई० के यहां आने की भी

बात है।"

चेरी पर हेडमास्टर ने कुछ अभियोग लगा रखे हैं, यह बात कामन रूम में ही किसीसे सुनी थी। यह भी सुना था कि चेरी ने उन अभियोगों के उत्तर में हेडमास्टर तथा डी० पी० आई० को एक लम्बा खरड़ा लिखकर दिया है। मेरे त्यागपत्र का उसके साथ सम्बन्ध जोड़ा जा रहा है, इससे मुझे थोड़ा गुस्सा हो आया। "मुझे इस चीज़ से कोई मतलब नहीं कि हेडमास्टर मेरे त्यागपत्र को लेकर क्या सोचता है," मैंने कहा। "मेरे त्यागपत्र के कारण बिल्कुल व्यक्तिगत हैं।"

"यही मैंने भी मिस्टर व्हिसलर से कहा था कि कोई ऐसी-वैसी बात होती, तो घर में साथ रहते कभी तो ज़िक्र आता। उसने मुझसे पूछा था कि त्यागपत्र देने से पहले तुमने किसीको कुछ बताया तो नहीं। मैंने कहा कि कल शाम को तो हमारी मुलाकात नहीं हुई, पर परसों और परले रोज़ हमारी घर पर बात हुई है—उसमें ज़िक्र तक नहीं आया ऐसा किसी चीज़ का।"

"कल रात तक मैंने खुद नहीं सोचा था कि मैं त्यागपत्र दे दूंगा।"

"तो फिर एकाएक कैसे···?"

"बस तय कर ही लिया कल रात। मेरा मन नहीं लगता था यहां।"

'था' में जो अतीत की ध्वनि थी, उसने फिर मुझे अन्दर कहीं पर खरोंच दिया।

"अकेले में मन लग सकना मुश्किल तो है ही। मैंने पहले भी कहा था दो-एक बार कि शोभा बहन को वहां से बुला लो। कितने दिन रहेंगी वे अपने पिता के यहां?"

यह शोभा जाते हुए उन लोगों से कह गई थी कि वह जालन्धर जा रही है, अपने पिता के पास। उसके जाने के बाद से मैं भी उस झूठ को निभा रहा था।

"अकेलेपन का मन न लगने से कोई ताल्लुक नहीं था," मैंने कहा।

"जो भी बात हो, मिस्टर व्हिसलर को यह नहीं लगना चाहिए कि···।"

"मिस्टर व्हिलसर को क्या लगता है, इसकी मैं चिन्ता नहीं करना चाहता।"

गिरधारीलाल का चेहरा मुरझा गया। वह मुझसे इतने रूखे स्वर की आशा नहीं करता था। वह पल-भर सिकुड़ा-सा मुझे देखता रहा। "देख लो। अब यह तुमपर है।"

"अब ही क्यों, पहले भी मुझीपर था।" मुझे खुद लग रहा था कि

मैं बेचारे गिरधारीलाल से इस तरह क्यों बात कर रहा हूं? उससे मुझे किस चीज़ की चिढ़ थी?

खैर, मेरा फर्ज़ था कि मैं इस बारे में तुमको आगाह कर दूं। हैड-मास्टर की त्योरी सुबह से चढ़ी हुई है। वह ग्यारह बजे की चाय पीने घर पर नहीं गया। मिसेज़ व्हिसलर ने इसे बुला भेजा क्योंकि उन्हें इससे कुछ बात करनी थी। पर इसने कहला दिया कि इस वक्त फ़ुर्सत नहीं है—शाम को ही घर आएगा।"

"आगाह कर देने के लिए शुक्रिया," मैंने बात समाप्त करने के लिए कहा और पत्रिका में आंखें गड़ा लीं।

गिरधारीलाल फिर भी रुका रहा। "कोई गलत बात कही गई हो, तो माफ कर देना," वह मुझे ठीक से न समझ पाने के असमंजस में बोला। "मेरा मतलब सिर्फ इतना ही था कि···"

"मुझे पता है तुम्हारा मतलब मेरा भला चाहना ही है," मैंने उसका कन्धा थपथपा दिया, "मैं बाद दोपहर हेडमास्टर से बात कर लूं, तो फिर···"

"जो भी बात हो बताना। शाम को घर पर मिलेंगे," कहकर वह बेबस सद्भावना के साथ मुसकराया और दबे पैरों वहां से चला गया।

मैं मैगज़ीन हाथ में लिए खिड़की के पास आ गया। बाहर घास पर हल्की-हल्की सफेद चकत्तियां पड़ गई थीं। बरफ गिरने लगी थी। 'इस तरह यहां खड़ा होकर क्या फिर भी मैं बरफ गिरती देखूंगा?' मैंने सोचा और खिड़की की सिल पर बैठ गया।

कुरसी

एक-डेढ़ घण्टे में इतनी बरफ गिर गई कि लंच तक सारा लान, छतें, चिमनियां और खुले में जो कुछ भी था, सब सफेद हो गया। कामन रूम में तब तक दो बड़ी-बड़ी अंगीठियां दी गई थीं। बरफ की सफेदी के बीच जहां-तहां उभरे हरे-स्याह-स्लेटी रंगों को देखता मैं पांचवें पीरियड के बाद वहां आया, तो अकेली मिसेज़ व्हिसलर सोफे के सामने रखी अंगीठी के पास खड़ी थी। मुझे देखते ही कहा, "मैं नहीं जानती थी कि तुम इतने खतरनाक आदमी हो।" साथ वह अपनी बाईं आंख ज़रा-सी

दबाकर हंस दी।

जेन व्हिलसर टोनी व्हिलसर से ग्रपने व्यक्तित्व में इतनी ग्रलग थी कि उसे मिसेज़ हेडमास्टर के रूप में स्वीकार करना मुश्किल लगता था। टोनी व्हिलसर हर समय जितना कसा-कसा रहता था, वह उतनी ही खुली, खुशमिज़ाज ग्रौर मिलनसार थी—या शायद टोनी को चिढ़ाने के लिए ऐसी बनी रहती थी। कद में वह टोनी से एक-डेढ़ इंच ऊंची थी ग्रौर उम्र में दो-एक साल बड़ी भी। टोनी ने हेडमास्टर लगने के बाद जहां चार-छः बढ़िया सूट सिला लिए थे, वहां जेन ग्रब भी सादा छींट के फ्राक पहनती थी। सुनहरे फ्रेम का वह चश्मा भी उसने नहीं बदला था जिसकी वजह से वह बयालीस की उम्र में कम से कम पैंतालीस की नज़र ग्राती थी। टोनी के चेहरे की हड्डी स्लैव किस्म की थी, जेन की कुछ-कुछ मंगोल ढंग की—नीचे से गोल ग्रौर ऊपर से उभरी हुई। टोनी से उसकी एक ग्रसमानता यह भी थी कि दिन में एकाध बार वह ग्रपने (मतलब टोनी के) रुतबे का ध्यान छोड़कर कामन रूम में चली ग्राती थी। यूं टोनी के सामने वह ग्रपने को काफी गम्भीर बनाए रखती थी, पर उसकी ग्रनुपस्थिति में खूब खुलकर हंसती थी। उसका ज़िक्र होने पर बाईं ग्रांख दबाकर कहती थी, "ग्रो टोनी? वह तो स्टेनलेस स्टील का पुर्ज़ा है जो बिना घिसे चौबीसों घण्टे काम कर सकता है। उसे दुःख है तो यही कि दुनिया में ग्रौर लोग भी उसकी तरह स्टेनलेस स्टील के पुर्ज़े क्यों नहीं हैं। यूं वह इतना ग्रच्छा फोटोग्राफर है कि मैं समझती हूं, उसे सिवाय फोटोग्राफी के कोई काम नहीं करना चाहिए। पर उसके स्वभाव को देखते हुए लगता है कि उसे हेडमास्टर या फोटोग्राफर न होकर किसी स्टील प्लांट में हेड फोरमैन होना चाहिए। वहां वह दिन-रात कच्चे फौलाद को जैसे सांचों में चाहे ढालता रह सकता है। बेचारा टोनी! मैं सचमुच तरस जाती हूं उसे कभी खुलकर हंसते देखने के लिए।" फिर वह ग्रपनी चिड़ी-शक्ल नाक को रूमाल से छूने लगती थी। "शुक्र है परमात्मा का कि मेरी नाक ज़्यादा लम्बी नहीं है। नहीं तो टोनी जैसे ग्रादमी के साथ चार दिन गुज़ारा करना मुश्किल हो जाता।"

मैं तीन-चौथाई कमरा लांघकर उसके बराबर जा खड़ा हुग्रा। राख की हल्की परतों के नीचे उठती कोयलों की ग्रांच शरीर को गरमाने लगी। "हो सकता है मैं हूं खतरनाक," मैंने कहा, "लेकिन किस तरह से हूं, यह भी ग्राप ही को बताना होगा।"

"वह मैं नहीं बता सकती," मिसेज़ व्हिलसर हाथों से चेहरा गरम

करती बोली, "अपने गुणों का तुम्हें खुद ही पता होना चाहिए।"

मुझे लगा कि वह सीधी अपने पति के पास से वहां आई है। उसका उत्साह इस बात का सूचक था कि मिस्टर व्हिलसर को उसने काफी बेचैन मन:स्थिति में देखा है।

"आपका मतलब शायद..."

"मेरा मतलब उसी चीज़ से है जिससे तुम समझ रहे हो। पर उसके अलावा भी किसी चीज़ से है जिसकी मैं बात नहीं करूंगी। मैं सचमुच नहीं सोचती थी कि..." वह फिर हंस दी। साथ ही उसकी आंखों में हल्की चमक भर आई।

"देखिए, जहां तक मेरे त्यागपत्र का सवाल है..."

"मुझे पता है उसकी कोई न कोई वजह तुम मुझे बता दोगे। लेकिन मैं तुमसे वजह नहीं जानना चाहती। हर आदमी अपने हर काम की कोई न कोई वजह बता सकता है, हालांकि ज्यादातर काम किए उस वजह से नहीं जाते जिस वजह से आदमी समझता है कि वे किए गए हैं।"

"मैं कुछ पल चुप रहकर अपने ठण्डे हाथों को अंगीठी पर तापता रहा। फिर आलोचना के स्वर में मैंने कहा, "आप आज काफी खुश हैं।"

"मैं कब खुश नहीं रहती?" उसने अपने सैंडल की नोक से अंगीठी के कोयलों को थोड़ा हिला दिया। "हालांकि आज तुम्हारी वजह से मुझे अफसोस भी है, पर सचमुच अपने पति की वजह से मैं खुश भी हूं। उसकी मानसिक तन्दुरुस्ती के लिए ज़रूरी था कि उसे इस तरह का कोई झटका लगे। पिछले कई सालों में मैंने उसे आज जितना परेशान नहीं देखा।"

"तो क्या आप समझती हैं कि..."

"मेरे समझने न समझने की बात जाने दो। कुछ बातें हैं जिन्हें मैं समझकर भी चुप रहती हूं। कुछ हैं जिन्हें बिना समझे बात कर आती हूं।" और तभी एल्बर्ट क्राउन को अन्दर आते देखकर वह उसकी तरफ मुड़ गई। "आज तो तुम्हारे त्रिशूली जाने का दिन है, एल्बर्ट! आज वहां बरफ पर फिसलने में खूब मजा आएगा तुम्हें।"

हम लोगों में आगे बात नहीं हो सकी, पर हर अन्दर आते व्यक्ति से वह उसी उत्साह के साथ कुछ न कुछ कहती रही। कोहली को उसने सलाह दी कि उसने नई-नई शादी की है, इसलिए अब उसे एक नया गाउन भी खरीद लेना चाहिए। डायना को उसने नई तरह से बाल कटाकर आने के लिए बधाई दी और कहा कि अब वह जल्दी ही किसी नये समाचार की प्रतीक्षा करेगी। जेम्स से पूछा कि उसकी सेहत अब कैसी है और कि डाक्टर ने उसे नौकरी छोड़ देने की सलाह तो नहीं दी। वह

जिस तरह बात कर रही थी, उससे लंच की घण्टी बजने तक कामन रूम में सारा जमाव उसीके आसपास रहा। अकेली मिसेज़ ज्याफ़ अलग बैठी एक-एक व्यक्ति से आंख मिलाकर उसके उत्साह की खामोश आलोचना करती रही। कामन रूम से निकलकर डाइनिंग हाल की तरफ जाते हुए भी मास्टरों और मेट्रनों की पूरी कतार जेन के साथ थी। पर डाइनिंग हाल के बाहर पहुंचकर सब लोग उससे थोड़ा-थोड़ा हटकर खड़े हो गए। वह मिसेज़ हेडमास्टर थी, इसलिए फासला ज्यादा नहीं बढ़ाया जा सकता था। पर उसमें और हैडमास्टर में ठीक से बनती नहीं थी, इसलिए हेडमास्टर के आने के वक्त उसके बहुत नज़दीक भी खड़े नहीं हुआ जा सकता था। हाल में लड़के अपनी-अपनी जगह आकर खड़े हो गए थे। ठक ठक ठक···प्रीफेक्टों के जूतों की आवाज़ ने और सब आवाज़ों को चुप कर दिया। प्रीफेक्ट ऊपर चबूतरे पर हेडमास्टर की मेज़ के गिर्द अपनी सीटों के पास जा खड़े हुए, तो आठ-दस सैकेंड के हल्के विराम में सब लोगों ने चोर नज़र से आसपास देख लिया। लंच शुरू होने से पहले ग्रेस के शब्द मिस्टर व्हिलसर को कहने होते थे, पर बरामदे के सिरे तक वह तनी हुई गरदन और चौड़े कन्धे कहीं नज़र नहीं आ रहे थे। एक नज़र अपनी घड़ी और एक पीछे के छोटे रास्ते पर डालकर सीनियर मास्टर मिस्टर ब्राइट ने तुरन्त आपत्कालीन निर्णय ले लिया। खुद अन्दर जाकर उसने ग्रेस के शब्द बोल दिए 'आमेन' की गूंजती आवाज़ के साथ लंच शुरू हो गया।

मेरी सीट जिस सिरे पर थी, वहां से हेडमास्टर की मेज़ बिल्कुल सामने पड़ती थी। मिसेज़ व्हिसलर जिस तरह कामन रूम में चहक रही थी, कुछ उसी तरह वहां प्रीफेक्टों के बीच हंसती हुई बात कर रही थी। मिस्टर व्हिसलर की उपस्थिति में उस मेज़ पर लंच बहुत संजीदगी के साथ खाया जाता था। मिसेज़ व्हिसलर खामोश और उदासीन बनी रहती थी, जब कि आठों प्रीफेक्ट मिस्टर व्हिसलर का ही एक-एक मुखौटा लगाए पूरे हाल में नज़र दौड़ाते रहते थे। परन्तु उस समय वे सब भी मिसेज़ व्हिसलर के साथ उसीकी तरह हाथ हिलाते और गरदन पीछे फेंककर हंसते हुए बात कर रहे थे। उससे पूरे हाल में भी वह तनाव नहीं रहा था जो मिस्टर व्हिसलर की उपस्थिति में रहा करता था। हेडमास्टर की मेज़ पर चल रही बातचीत का खुलापन और सब मेज़ों पर भी छा गया था। और दिनों हाल में बातचीत में ऊंची आवाज़ छुरी-कांटों की रहा करती थी। पर उस समय छुरी-कांटों की आवाज़ बातचीत के शोर में डूब गई थी।

"मुझे मिसेज़ व्हिसलर बहुत अच्छी लगती हैं, सर !" मेरे पास बैठा चौथे फार्म का इन्द्रजीत कह रहा था। "मैं जब हेडमास्टर हाउस में था, तो ये कई बार रात को हमारी डारमेटरी का चक्कर लगाने आ जाती थीं। हम लोग इनके आने का इंतज़ार करते रहते थे क्योंकि ये कोई न कोई बात करके हम सबको हंसा देती थीं। पता नहीं बड़े लड़कों की डारमेटरियों में ये क्यों कभी नहीं आतीं ? मेरा ख्याल है मिस्टर व्हिसलर ने इन्हें रोक रखा होगा। मैं अगर उस बार फेल हो जाता, तो मुझे इस बात की खुशी होती कि एक साल और हेडमास्टर्ज़ हाउस में रहने का मौका मिल जाएगा। ये इतनी अच्छी हैं, इतनी अच्छी हैं, फिर भी···खैर···कितने अफ़सोस की बात है कि ये एक साल के लिए यहां से जा रही हैं !"

यह बात एक अफवाह की तरह कई दिनों से सुनी जा रही थी। ज़्यूरिच में मिसेज़ व्हिसलर के किसी रिश्तेदार की जायदाद थी जो वह अपनी वसीयत में इसके नाम छोड़ गया था। उसका अधिकार लेने और व्यवस्था करने के लिए मिसेज़ व्हिसलर वहां जाने की सोच रही थी। उस जायदाद का क्या किया जाना चाहिए इसे लेकर उसमें और मिस्टर व्हिसलर में काफी मतभेद था। मिस्टर व्हिसलर का ख्याल था कि उस जायदाद को बेच देना चाहिए, जब कि मिसेज़ व्हिसलर चाहती थी कि वे लोग अब ज़्यूरिच को ही अपना स्थायी निवास स्थान बना लें। मिसेज़ ज्याफ़्रे दबे-दबे लोगों को बताया करती थी कि इस बात को लेकर दोनों में कितनी खटपट चल रही है। "मेरा ख्याल है उसे ज़्यूरिच में रहने का इतना शौक हो आया है कि वह उसके लिए अपने पति को हमेशा के लिए छोड़कर भी जा सकती है," एक बार उसके कहा था, "और मुझे कहीं यह भी लगता है कि टोनी उससे लड़-झगड़कर, जान-बूझकर उसे इसके लिए उकसा रहा है। वह शायद सोचता है कि इसी तरह अगर इससे छुटकारा मिल जाए तो शायद बुरा सौदा नहीं होगा।"

जेन व्हिसलर के दूर या पास रहने पर टोनी के व्यवहार में क्या अन्तर आ जाता है इसका कुछ-कुछ आभास मुझे पिछली बार छुट्टियों में मिला था। उस बार छुट्टियों के तीनों महीने मैं कहीं बाहर नहीं गया था। एक तो जाने को कोई जगह नहीं थी, दूसरे मैं चाहता भी था कि कुछ दिन बिना कुछ किए, कहीं जाए, बस ऐसे ही पड़ा रहूं। उन्हीं दिनों एक बार टोनी के बुलाने पर उसके क्वार्टर में गया था। वहां उस समय जिस टोनी व्हिसलर को बहुत-से नेगेटिव आसपास फैलाए उनपर निशान लगाते देखा था, वह जेबों में हाथ डाले कंधे चौड़ाकर स्कूल के बरामदों

में चक्कर लगाने वाले व्यक्ति से बहुत भिन्न था। उसकी भूरी आंखें भी जिनका काम वैसे सिर्फ यह देखना लगता था कि कौन कहां क्या गलत कर रहा है, उस समय एक सहजता का स्पर्श लिए थीं। यूं भी कसे हुए कपड़ों की जगह उसे एक ढीली-ढाली पोशाक में देखना मुझे अच्छा लगा था। नौकरी के दो सालों में मैं कभी उतने इत्मीनान के साथ उसके पास नहीं बैठ सका था।

"तुम्हें कोहली की कोई खबर मिली है?" उसने जिस मुसकराहट के साथ पूछा था, वह भी मेरे लिए बिलकुल अपरिचित थी।

"हां, सुना है उसकी बीवी गुज़र गई है," मैंने कहा। "गिरधारीलाल उस दिन बता रहा था।"

"बहुत अफसोस की बात है न?" वह उसी तरह मुसकराता रहा।

"हां, बात तो अफसोस की है ही, हालांकि बेचारी जिस तरह बीमार रहती थी, उससे दोनों की ज़िन्दगी काफी दूभर हो रही थी।"

"तुम्हारा क्या ख्याल है···कोहली को कैसा लगा होगा अपनी बीवी की मौत से?"

उसकी आंखों की चमक से ही मुझे लगा कि वह किसी खास वजह से यह बात पूछ रहा है। यूं मेरा ख्याल था कि कोहली को इससे ज्यादा बुरा नहीं लगा होगा क्योंकि छुट्टियों से पहले वहां से जाने तक वह स्त्री लगभग अपाहिज हो चुकी थी। फिर वह जिस तरह रात-दिन झीखती रहती थी, उससे कोहली को तो क्या, पड़ोसी होने के नाते मुझे भी कम परेशानी नहीं होती। फिर भी शिष्टाचार के तकाज़े से मैंने कहा, "मेरा ख्याल है कोहली को बहुत अकेलापन महसूस हो रहा होगा। बीस साल वह उसके साथ रहा है। ठीक है पिछले दो-तीन साल से वह उसके लिए एक बोझ बन गई थी, फिर भी···।"

टोनी खिलखिलाकर हंस दिया। वह पहली और आखिरी बार थी जब मैंने उसे उस तरह हंसते देखा था, "कोहली की एक चिट्ठी आई है," वह बोला। "मैं चाहता हूं वह चिट्ठी तुम पढ़ लो।"

उसके पास ही एक लिफाफा रखा था जो उसने उठाकर मेरी तरफ बढ़ा दिया। मैं चिट्ठी निकालकर पढ़ने लगा। पढ़ते हुए मुझे भी हंसी आ गई। कोहली ने लिखा था कि उसे यह सूचना देते बहुत दुःख है कि दो सप्ताह पहले उसकी पत्नी की मृत्यु हो गई है। इसलिए वह छुट्टियां समाप्त होने से पहले ही वापस आ जाएगा। वह एहसान मानेगा अगर मिसेज़ ब्राउन से कहकर अभी से उसके क्वार्टर की रोगन और सफेदी करा दी जाए। इसके बाद की पंक्तियां थीं: "इससे यह मतलब न लिया

जाए कि मुझे इसके बाद फैमिली-क्वार्टर की जरूरत नहीं रहेगी। मैं इन्हीं दिनों दूसरी शादी कर रहा हूं और अपनी नई पत्नी को साथ लेकर ही वहां आऊंगा। यह बात लिख देना मैंने इसलिए आवश्यक समझा है कि कहीं मुझे अकेला मानकर मेरे वाला क्वार्टर किसी और को दे दिया गया, तो मेरे यहां आने पर नये सिरे से व्यवस्था करने का झंझट पैदा न हो। मुझे आशा है मेरी स्थिति को ध्यान में रखते हुए आप मिसेज क्राउन से विशेष अनुरोध कर देंगे कि···।"

"ऐसा क्या यहां इतनी आसानी से ही जाता है?" मैंने पत्र रख दिया, तो टोनी ने उसी तरह हंसते हुए पूछा।

"होने को तो सब कुछ हो जाता है, लेकिन···।"

"और तुम्हारा केस देखकर मुझे लगता था कि यहां स्कूल-मास्टरों को आसानी से लड़कियां मिलतीं ही नहीं।"

इसपर हम दोनों हंसते रहे। "कोहली खुशकिस्मत आदमी है," मैंने कहा।

"खुशकिस्मत है या बदकिस्मत, इसका पता तो बाद में चलेगा। पर जो काम उसने किया है, वह अपने में काफी बेढंगा है। भले आदमी को कम से कम साल-छः महीने तो इंतजार कर ही लेना चाहिए था," फिर अपने नेगेटिवों को सहेजते हुए उसने मुझसे पूछा, "तुम्हारे लिए यह पड़ोस अब भी ठीक रहेगा न? तुम्हें तो इसे लेकर कोई आपत्ति नहीं है?"

"मुझे क्या आपत्ति हो सकती है? मुझे इस पड़ोस की आदत हो चुकी है।"

"यह तुम नहीं कह सकते। जो पड़ोस पहले था, अब उससे अलग तरह का पड़ोस होगा तुम्हारा। मैंने तुम्हें इसीलिए बुलाया था कि एक बार तुमसे पूछ लूं। तुम चाहो, तो तुम्हारे लिए स्कूल के अन्दर ही दूसरे क्वार्टर की व्यवस्था हो सकती है।"

"आप जैसा चाहें। वैसे मुझे वहां रहने में कोई आपत्ति नहीं है।"

"तुम्हें आपत्ति नहीं है, तो ठीक है। बल्कि इस तरह के पति-पत्नी पड़ोस में हों, तो जिन्दगी काफी दिलचस्प बनी रहती है।"

उसके बाद उसने अपने हाथ से काफी की प्याली बनाकर मुझे दी थी और मुझे छोड़ने बाहर सड़क तक चला आया था। वहां से विदा लेते हुए भी उसने हंसकर कहा था, "ज्यादा झांक-वांककर मत देखना, पर उसी वक्त जाया करना जब कोहली वहां पर हो।"

उन दिनों वह आदमी घर पर अकेला था। मिसेज व्हिलसर दो

महीने के लिए दक्षिण घूमने गई हुई थी।

उसके कुछ ही दिन बाद स्कूल खुलने से पहले मुझे फिर एक बार उसके यहां जाना पड़ा था। तब वह मुझे यह बताना चाहता था कि बोर्ड ने एक सीनियर हिन्दी मास्टर रखने का फैसला तो कर लिया है, पर वह जगह अभी भरी नहीं जाएगी। तब तक मिसेज़ व्हिसलर लौटकर आ चुकी थी। उस बार उनके ड्राइंग रूम में मुझे काफी देर इंतज़ार करना पड़ा। आखिर वह अन्दर के कमरे से निकलकर आया, तो उसकी भौंहें तनी हुई थीं। मुझे देखकर लगा जैसे कि मुझसे कोई कसूर हो गया हो जिसके लिए वह मुझे डांटने जा रहा हो।

"लुक हेयर," उसने जाते ही कहा, "एक बात है जो मैं नई टर्म शुरू होने से पहले ही तुम्हें बता देना चाहता हूं। तुम्हारे पास इस साल भी उतने ही पीरियड रहेंगे जितने पिछले साल थे। तुम्हें इस बारे में कुछ कहना तो नहीं है?"

मुझे बहुत कुछ कहना था। लेकिन मैं जानता था कि मैं अपनी बात कहूं, इसके लिए सवाल नहीं पूछा गया।

"वैसे तो आप जो भी फैसला करें, ठीक है," मैंने कहना शुरू किया। "लेकिन…"

"लेकिन-वेकिन कुछ नहीं। सीनियर हिन्दी मास्टर की नियुक्ति हम अगले साल से पहले नहीं कर पाएंगे। यह बात मैंने बोर्ड में भी कह दी थी। मिसेज़ बुधवानी इस साल भी पिछले साल की तरह छोटी क्लासें लेती रहेंगी। बड़ी क्लासें तुम्हारे पास रहेंगी। तुम्हें बाद में अपने टाइमटेबल को लेकर कोई ऐतराज़ हो, इससे बेहतर है कि तुम अभी से यह बात जान लो। वैसे इसमें तुम्हारा फायदा ही है। तुम्हें तीस रुपये अतिरिक्त एलाउन्स मिल जाता है। किस क्लास में क्या चीज़ शुरू में पढ़ाई जाएगी, इसका ब्योरा बनाकर मिसेज़ को दे देना। पिछले साल तुम्हारे पास खेलों की ड्यूटियां नहीं थीं। इस साल तुम्हारी वे ड्यूटियां भी लगानी पड़ेंगी क्योंकि दूसरे मास्टर इस चीज़ को लेकर एतराज़ करते हैं। अपना नया टाइमटेबल तुम पार्कर के पास देख सकते हो।"

उसके आने के साथ ही मैं कुर्सी से उठ गया था। उसके बाद मैं खड़ा ही रहा—उसने मुझसे बैठने के लिए नहीं कहा। अपनी बात कह चुकने के बाद जेबों में हाथ डाले इस तरह मुझे देखने लगा जैसे कि मैं बिना इजाज़त उसके कमरे में घुस आया होऊं और मुझसे यह पूछकर कि मैं क्यों आया हूं, अब वह मेरे बाहर निकलने की राह देख रहा हो।

"फार वाट वी हैव रिसीव्ड, मे द लार्ड मेक अस ट्रूली थैंकफुल फार क्राइस्ट्'स सेक।" अपनी सीट से उठकर लंच की समाप्ति की ग्रेस भी मिस्टर ब्राइट ने कही और सब लोग प्लेटें छोड़कर खड़े हुए। मैंने पहली सर्विस में अपनी प्लेट में चावल नहीं लिए थे, तब तक बैरे के दूसरी बार आने की राह ही देख रहा था, "सर भूखे रह गए हैं," इन्द्रजीत ने आहिस्ता से कहा और सहानुभूति के साथ मुसकरा दिया। मैं अधभूखे पेट तीन बजे तक का समय काटने की उलझन मन में लिए कामन रूम में आ गया।

अंगीठियां आधी बुझ चुकी थीं। फिर भी लोग क्लासों में जाने से पहले उन्हें घेरकर खड़े हो गए थे। कोहली क्योंकि लंच से पहले परे एक कोने में खड़ा रहा था, इसलिए अब वह एक अंगीठी के ऊपर अपनी दोनों बांहें फैलाए था—ताकि स्कूल द्वारा दी गई उस सुविधा में अपना हिस्सा प्राप्त करने से वंचित न रह जाए। 'फ फ फ'—अपने ठिठुरते शरीर की कंपकंपी होंठों से व्यक्त करके वह स्थापित करना चाह रहा था कि उसे आग की कितनी ज़रूरत है। "बहुत ठण्ड लग रही है ?" मैंने उसके पास जाकर पूछा।

पर वह जवाब न देकर उसी तरह 'फ फ फ' करता रहा। आंख से उसने पीछे खिड़की की तरफ इशारा कर दिया। बाहर हल्की-हल्की बरफ अब भी गिर रही थी—धुनी रुई के उड़ते रेशों जैसी। खिड़की के पास छः-सात लोग जमा थे—चारों हाउस-मास्टर, मिसेज़ ब्राउन, बॉनी हाल और एकाध और। खिड़की के चौखटे पर बाहर की तरफ इतनी बरफ जम गई थी कि वह पूरा बरफ की तख्तियों का बना लग रहा था। मिसेज़ ज्याफ़्रे, जो कामन रूम के बाहर खिड़की के पास खड़ी उन लोगों से बात कर रही थी, अपने नीले स्कर्ट और रुपहले बालों के कारण उस चौखटे में जड़ी एक तसवीर की तरह लग रही थी। साठ साल की उम्र में भी पाउडर से लदे अपने नुकीले दुबले चेहरे, पतले होंठों और चमकती आंखों में वह अपने अतीत यौवन की कुछ-कुछ छाया सुरक्षित रखे थी। कम से कम अपनी लड़की मॉली ब्राउन के झाईं-भरे चेहरे से तो उसका चेहरा अधिक युवा नज़र आता ही था। वह खिड़की पर थोड़ा अन्दर को झुककर कह रही थी, "कुछ न कुछ ज़रूर हुआ है इनके बीच। तभी न वह आज लंच के लिए नहीं आया। यह जिस दिन उसे जितना परेशान कर लेती है, उस दिन उतनी खिली हुई नज़र आती है। नहीं ? मुझे लगता है कि आखिर यह उसे अपने साथ ज़्यूरिच ले जाए बिना मानेगी नहीं। वह कितना चाहे कि इससे अपनी

बात मनवा ले, पर हारकर उसे करना वही पड़ेगा जो यह चाहेगी। इसका साल-भर के लिए जाना तो मुझे सिर्फ एक बहाना लगता है। यह वहां से लौटकर आएगी, इसमें मुझे बहुत सन्देह है। साल के अन्दर-अन्दर देखना, या तो वह भी इसके पास वहीं चला जाएगा या…"

एल्बर्ट ब्राउन हम लोगों की तरफ देखकर हल्के से खांस दिया। मिसेज़ ज्याफ़े ने उसका इशारा कुछ-कुछ समझा, फिर भी अपनी बात रोकी नहीं। "…या की बात मैं नहीं कह सकती। लगाने को आदमी कई तरह से अनुमान लगा सकता है। पर असल में जो होना है, उसका पता तो होने पर ही चल सकता है।"

"काम का समय है, काम करना चाहिए," कहते हुए मिसेज़ ब्राउन ने वहां से हटकर उस सारे ग्रुप को छितरा दिया। कमरे से निकलते हुए उनमें से हरएक ने एक-एक बार हम लोगों की तरफ देख लिया। जब वे सब चले गए और मिसेज़ ज्याफ़े भी खिड़की के पास से हट गईं तो कोहली ने रुके हुए रिकार्ड की तरह मेरे सवाल का जवाब दे दिया, "हां, बहुत ठण्ड लग रही है आज। आज तुम्हें नहीं लग रही ?"

मेरे मन में एक बार आया कि कम से कम कोहली को तो बता ही दूं कि मैंने त्यागपत्र दे दिया है और उस सम्बन्ध में बात करने के लिए अभी मुझे हेडमास्टर के कमरे में जाना है। सुनकर उसके चेहरे पर क्या भाव आएगा और उसकी 'फ़ फ़ फ़' अचानक कैसे रुक जाएगी, इसकी भी मैंने कल्पना की। पर यह सोचकर उससे नहीं कहा कि किसी दूसरे से यह बात सुनकर उनके चेहरे पर जो भाव आएगा, वह कहीं ज़्यादा मनहूस और मनोरंजक होगा। वह एक हाथ लगभग बुझी हुई अंगीठी पर तापता हुआ दूसरा अब अपने गाउन के उस फटे हिस्से पर रखे था जिसपर मिसेज़ व्हिसलर ने लंच से पहले टिप्पणी की थी। मुझे जवाब देने के बाद न जाने क्या सोचकर वह थोड़ा अन्तर्मुख हो गया था। कुछ देर चुपचाप खड़े रहने के बाद उसने एक उसांस भरी और मन ही मन जैसे किसी परिस्थिति से समझौता करके बाहर जाने के लिए तैयार हो गया। "तुम्हारी क्लास नहीं है ?" उसने चलते हुए मुझसे पूछा।

मेरे मन में फिर एक बार आया कि उसे बता दूं। लेकिन मैं फिर अपने को रोक गया। इस बार उसके बाहर नज़र आ रहे जबड़ों की वजह से जो बात करने से कुछ देर और सामने खुले रहते। कुछ देर में कामन रूम बिलकुल खाली हो गया, तो भी मैं वहां रुका रहा। पहले कभी हेडमास्टर ने बुलाया होता, तो मैं डाइनिंग हाल से निकलते ही

सीधा उसके कमरे में पहुंच जाता। पर उस समय मुझे लग रहा था कि मैं जाने से पहले थोड़ा और वक्त ले सकता हूं। कम से कम अपना सिगरेट तो पूरा पी ही सकता हूं। सिगरेट के कश खींचते हुए मैं अपने को उसके साथ होनेवाली बातचीत के लिए तैयार भी करता रहा। आज तक जब भी उससे बात हुई थी—सिर्फ एक दिन को छोड़कर—तो जूनियर मास्टर और हेडमास्टर के निर्धारित सम्बन्ध के आधार पर हुई थी। उस एक दिन भी, जब वह कुछ खुलेपन से पेश आया था, मैं अपनी तरफ से उस निर्धारित रेखा को नहीं लांघ पाया था। पर आज, वहां से त्यागपत्र दे चुकने के बाद, मुझे लग रहा था कि मैं बिलकुल दूसरे आधार पर उससे बात कर सकता हूं। एक बार यह भी मन में आया कि अपना गाउन उतारकर मैं कामन रूम में छोड़ जाऊं, पर यह इसलिए नहीं किया कि वह पहले से ही मेरे रुख को भांपकर और उस दृष्टि से तैयार होकर बात न करे। आखिर जब सिगरेट फिल्टर के सिरे तक पिया जा चुका, तो उसे ऐश-ट्रे की तरफ उछालकर मैं कामन रूम से निकल आया। सोचा था कि आज अपनी टाई की गांठ की चिंता नहीं करूंगा, पर बाहर आते ही हाथ अनायास उसपर पहुंच गया। फिर भी और दिनों से कहीं ज़्यादा आत्मविश्वास के साथ मैं आफिस में दाखिल हुआ। बुधवानी, पार्कर और गिरधारीलाल तीनों तीन पुतलों की तरह अपनी-अपनी मेज़ पर झुके थे। उनके चेहरों से लग रहा था कि मेरे देर से आने का तनाव तीनों अपने अन्दर महसूस कर रहे हैं। फकीरे ने मुझे देखते ही हेडमास्टर के कमरे का दरवाज़ा खोल दिया। बुधवानी अपनी कुर्सी से उठ खड़ा हुआ और एक ओढ़ी हुई मुसकराहट के साथ मुझे अन्दर ले गया। टोनी हमारे पहुंचने के बाद भी इस तरह अपने कागज़ों में डूबा रहा जैसे हमें अन्दर आते उसने देखा ही न हो। कुछ पल एक तरफ खड़े रहने के बाद बुधवानी ने उसे मेरे आने की सूचना दी और दबे पैरों कमरे से चला गया।

टोनी ने दरवाज़ा बन्द होने तक आंखें नहीं उठाईं। मैं भी उतनी देर खिड़की से बाहर क्रिकेट ग्राउण्ड की जाली को देखता रहा। फिर पेन नीचे रखते हुए उसने अपने उस खास ढंग से मुझे देखा जिससे बात करने से पहले वह दूसरे को थोड़ा अव्यवस्थित करने की चेष्टा किया करता था। पर उस समय मेरे ऊपर उस नज़र का कुछ खास असर नहीं हुआ। मुझे लगा कि मेरा पूरा सिगरेट पीकर आना बेकार नहीं गया।

"तुम सचमुच स्कूल छोड़ना चाहते हो?" उसने एक झटके के

साथ पूछा। मेरे चेहरे पर अपनी नज़र की प्रतिक्रिया न देखकर उसका स्वर हमेशा से भी कुछ तीखा हो गया था।

"जी हां," मैंने कहा। "मैं इस टर्म के बाद वापस नहीं आना चाहता।"

"इसका असल कारण मैं जान सकता हूं ?"

"कारण मैंने अपने त्यागपत्र में लिखा है।" वह जिस जल्दी से सवाल पूछ रहा था, मैं उसी जल्दी से जवाब देता जा रहा था।

"अपने त्यागपत्र में तुमने कुछ भी कारण नहीं लिखा। सिर्फ यह लिखा है कि तुम्हारी व्यक्तिगत परिस्थितियां तुम्हें नौकरी छोड़ने के लिए मजबूर कर रही हैं।"

"मेरा ख्याल था कि यह अपने में ही एक कारण हो सकता है। मेरे लिए इसके अलावा और कोई कारण नहीं है।"

"हूंss !" वह पल-भर उंगलियां चटकाता रहा। उसे आशा नहीं थी कि मेरे जवाब इतने कटे-छंटे होंगे। दो-एक बार आंखें झपकने के बाद उसका चेहरा थोड़ा नरम पड़ गया। उसने मेरे त्यागपत्र का कागज़ निकालकर सामने रख लिया। "तो मैं यह मानकर चलूं कि तुमने अपने इस फैसले के सब पहलुओं पर ठीक से विचार कर लिया है ?"

मैंने सिर हिला दिया। "आप सोच ही सकते हैं कि बिना ठीक से विचार किए ऐसा कदम कोई नहीं उठाता।"

"तुम यहां से छोड़कर कहां जाना चाहते हो ?"

"अगर आपका मतलब मेरे कोई और नौकरी करने से है, तो मैं कह सकता हूं कि फिलहाल मैं कहीं भी नौकरी करने का विचार नहीं रखता।"

"सुनने में बात कुछ अजीब-सी लगती है," कहता हुआ वह अपनी कुर्सी से उठ खड़ा हुआ। "इसलिए मैं तुमसे ज़रा विस्तार से जानना चाहता हूं।" फिर मेज़ से आगे आकर बोला, "आओ, उधर सोफे पर बैठकर बातें करते हैं।"

नौकरी के तीन सालों में यह दूसरा अवसर था जब उसने मुझसे उस तरह आफिस के सोफे पर बैठने को कहा था। पहला अवसर तब था जब मैं वहां इण्टरव्यू के लिए आया था। सोफे की तरफ बढ़ते हुए उसने एक नज़र दीवार-घड़ी पर डाल ली। मतलब था कि तुम ग्यारह मिनट लेट आए हो, फिर भी देखो मैंने तुमसे कुछ नहीं कहा। अपने पर काबू रखने की चेष्टा में उसकी नुकीली ठोढ़ी चौकोर चेहरे से इतनी

जुदा लग रही थी जैसे कि अलग से तराशकर वहां चिपकाई गई हो। गर्दन भी और दिनों से ज्यादा सुर्ख़ नज़र आ रही थी—इतनी कि जैसे अभी-अभी उसके अन्दर से लहू फूट आना हो।

"देखो, वैसे तो यह तुम्हारा व्यक्तिगत मामला है," हम लोग सोफे पर बैठ गए, तो उसने कहना शुरू किया, "इसलिए मुझे इस बारे में कुछ कहना नहीं चाहिए। लेकिन तुमने एकाएक जाने का फैसला किया है, इसलिए एक बात मैं तुमसे जान लेना ज़रूरी समझता हूं। तुम यहां किसी तकलीफ की वजह से तो छोड़कर नहीं जा रहे?" यह उसने जिस स्वर में कहा, वह हेडमास्टर व्हिसलर का वह स्वर नहीं था जिसे सुनने के कान आदी थे—'एऽऽ, क्या कर रहे हो तुम वहां?' वाला चाबुकाना स्वर। मगर अलग-सा होते हुए भी वह स्वर मेरे लिए बिलकुल अपरिचित नहीं था। तीन साल पहले उसी सोफे पर हुई बातचीत में वह स्वर पहले भी इस्तेमाल हो चुका था। उसमें अधिकार का दावा और रुतबे का अलगाव तो था, पर साथ अपनी जगह से थोड़ा नीचे उतरकर एक परिस्थिति को स्वीकार करने की मजबूरी भी थी। इस बार मजबूरी का कारण था कि मेरी नियुक्ति डी० पी० आई० के सुझाव से हुई थी, क्योंकि स्कूल में हिन्दी पढ़ाने की व्यवस्था से शिक्षा-विभाग सन्तुष्ट नहीं था। मेरी नियुक्ति के बाद वह व्यवस्था ठीक हो गई मान ली गई थी, क्योंकि मुझे नौकरी दिलाकर डी० पी० आई० को मुझसे अनुवाद का कुछ व्यक्तिगत काम कराना था।

"मुझे यहां रहकर तकलीफ क्या हो सकती थी?" मैंने उसकी असुविधा में रस लेते हुए कहा, "हम लोग यहां एक परिवार की तरह रहते हैं। फिर मैं यह भी जानता हूं कि जितनी सुविधाएं मुझे यहां प्राप्त हैं, उतनी और किसी स्कूल की नौकरी में नहीं मिल सकतीं।"

उसका हाथ अपनी टाई के निचले सिरे से सरकता हुआ उसकी गांठ तक पहुंच गया था। ये दोनों बातें तीन साल पहले उसीने मुझसे कही थीं। कुछ उसी तरह अपनी टाई से खेलते हुए उसने मुझे उस नौकरी की विशेषताएं बतलाई थीं। कहा था कि तीन सौ लड़कों और स्टाफ के साठ सदस्यों को मिलाकर वह तीन सौ साठ व्यक्तियों का एक परिवार है। उस परिवार में सब लोग एक-सा खाना खाते हैं और एक-सी सुविधा के साथ रहते हैं। फिर यह बात लाने के बाद कि तनख्वाह के अलावा यहां मुझे पूरा खाना और क्वार्टर फ्री मिलेगा, बिजली और जमादार का खर्च स्कूल देगा, सर्दियों में कोयले की सप्लाई मुफ्त होगी, उसने मुझे एक विशेष सुविधा भी दी थी। 'देखो एक अकेले आदमी

को स्कूल से सिर्फ बैचलर क्वा-र ही मिल सकता है। फैमिली क्वार्टर हम उन्हींको देते हैं जो विवाहित हैं। अगर किन्हीं विवाहित मास्टरों की पत्नियां स्कूल में नौकरी नहीं करतीं, तो उन्हें भी रिहायश के बदले में स्कूल का कुछ न कुछ काम करना पड़ता है। जैसे रोज़ है, सीनियर मास्टर मिस्टर व्हिटमैन ब्राइट की पत्नी। वह यहां फूलों की देखभाल करती है। मगर तुम्हें यहां आने पर वही क्वार्टर मिल जाएगा जो तुमसे पहले हिन्दी मास्टर शिवचन्द नरूला के पास था। इस तरह अकेले लोगों में तुम्हीं एक होगे जिसके पास बड़ा फैमिली क्वार्टर होगा। कल को कोई और अकेला आदमी मुझसे यह सुविधा चाहे, तो मैं उसे नहीं दूंगा।"

इस बात का पता मुझे वहां आने के बाद चला था कि शिवचन्द नरूला वाला क्वार्टर कोई और वहां लेने को तैयार ही नहीं था। एक तो इसलिए कि वह क्वार्टर स्कूल से बहुत दूर पड़ता था, दूसरे इसलिए कि कोहली की बीमार बीवी का पड़ोस किसीको पसन्द नहीं था।

मेरी बात में कहीं एक नोक है, यह उसे महसूस हो गया था। उसका हाथ अब टाई की गांठ से नीचे की तरफ उतर रहा था। आगे कुछ भी कहने से पहले वह थोड़ी देर रुका रहा। जैसे कि अभी मेरे मुंह से और भी कुछ सुनने की उसे आशा हो। एक उड़ती नज़र उसने खिड़की की तरफ डाल ली। एक गंजा गोरा सिर खिड़की के पास से निकल गया। खोपड़ी की बनावट और पैरों की ठप्-ठप् से स्पष्ट था कि वह जेम्स है। टोनी के माथे पर हल्की-सी त्योरी आई जो अगले ही क्षण साफ हो गई। "तो क्या तुम्हारे पास इतने साधन हैं कि तुम बगैर नौकरी के गुज़ारा कर सको?" उसने आंखों से मुझे तौलते हुए पूछा।

"ऐसा होता, तो मैं अपने त्यागपत्र में यही कारण लिख सकता था," मैंने कहा। "यह आप भी जानते हैं कि मेरे जैसा आदमी कभी इतने साधन नहीं जुटा सकता।"

"तो फिर नौकरी छोड़कर तुम करना क्या चाहते हो?" वह थोड़ा बेसब्र हो गया। "साधन तुम्हारे पास हैं नहीं, दूसरी नौकरी तुम करोगे नहीं, तो क्या तुम सिर्फ बेकारी का मज़ा लेने के लिए ही कदम उठाना चाहते हो? अब तुम शादीशुदा आदमी हो। क्या अपनी पत्नी से तुमने इस विषय में राय ले ली है?"

मैं पहली बार थोड़ा अव्यवस्थित हुआ। अपने चेहरे पर फैलती सुर्खी को वश में रखने की चेष्टा करते हुए मैंने कहा, "आप शायद जानते हैं कि वह इन दिनों यहां नहीं है।"

"जानता हूं," उसके स्वर में ठीक जगह को छू लेने का विश्वास आ गया। "इसीलिए तुमसे पूछ रहा हूं।"

"देखिए, यह मेरा व्यक्तिगत मामला है, इसलिए···"

"हां-हां, मैं जानता हूं कि यह तुम्हारा व्यक्तिगत मामला है।" वह पल-भर चुप रहा। जैसे मेरी कही बात से किसी निष्कर्ष पर पहुंचने की कोशिश कर रहा हो। फिर बोला, "पर इसके बावजूद मैं तुमसे एक बात पूछ लेना चाहता हूं।" उसकी एक बांह सोफे की पीठ पर फैलकर मुझसे छः-आठ इंच दूर तक आ गई। "मैं जानता हूं कि मुझे पूछने का हक नहीं है, फिर भी एक हितचिन्तक होने के नाते पूछ लेना मेरा फर्ज़ है।···तुम्हारी विवाहित ज़िन्दगी तो ठीक चल रही है न ?"

मुझे पता था वह इसी बात पर आ रहा है। मेरे और शोभा के बीच जो कुछ घटित होता रहा था, उसे दीवार के उस तरफ से देखने वाली कोहली की आंखें कितनी दीवारों के अन्दर तक उसका समाचार पहुंचा आई होंगी, इसका अनुमान मैं लगा सकता था। पर पहले से उस प्रश्न के लिए तैयार होने के कारण मैं तब तक थोड़ा संभल गया था। स्वर में कुछ अतिरिक्त रूखापन लाकर मैंने कहा, "मेरे त्यागपत्र के साथ इस बात का क्या सम्बन्ध है, मैं समझ नहीं सका।"

उसका हाथ जो थोड़ा और आगे बढ़ आने को था, सहसा पीछे हट गया। उसकी आंखें भी मेरे चेहरे से हटकर दूसरी तरफ व्यस्त हो गईं। "कई बार होता है सम्बन्ध," उसने जैसे मुझसे नहीं, किसी तीसरे व्यक्ति से कहा, "मुझे एकाध ऐसे केस का पता है। मेरा मतलब इतना ही था कि अगर कोई वैसी बात हो, तो स्कूल की कोई दिलचस्पी नहीं। आदमी अपना काम ठीक से करता रहे, तो स्कूल के लिए सब कुछ ठीक है।"

'यह बात यह मुझसे कह रहा है या अपने से ?' मैंने सोचा। उसके चेहरे से एकसाथ कई बातें सोचने का सा भाव झलक रहा था। अचानक उसने अपनी कलाई की घड़ी को दीवार-घड़ी से मिलाकर देखा और उतारकर चाबी देने लगा। "तुम समझ गए हो न, मैं क्या कह रहा हूं ?" उसने जैसे अपने विचारों के गुंझल से निकलने की चेष्टा करते हुए पूछा।

मैंने हल्के से आंखें झपक लीं और सीधी नज़र से उसे देखता रहा।

"स्कूल एक संस्था है," वह कुछ देर रुका रहने के बाद बोला, "और संस्थाएं व्यक्तियों से चलती हुई भी व्यक्तियों पर निर्भर नहीं करतीं। अपनी जगह के लिए एक आदमी बहुत अनुकूल हो सकता है, पर किसी भी जगह के लिए कोई आदमी अनिवार्य नहीं होता। फिर भी एक अनु-

कूल आदमी अपनी जगह से उखड़ रहा हो, तो उसे समय से सचेत कर देना गलत नहीं है। तुम चाहो, तो तीन-चार सप्ताह और सोच लो। छुट्टियों से तीन दिन पहले भी तुम मुझे अन्तिम रूप से बता दोगे, तो…"

"मैं दूसरा कुछ सोचूंगा, तो आपको बता दूंगा। अगर नहीं बताता, तो आप यही मानकर चलिए कि मैं छोड़कर जा रहा हूं।" तीन-चार सप्ताह और सोचने में जो अनिश्चय की स्थिति रहती, उसकी कल्पना ने ही मुझे अन्दर से सिहरा दिया था। उस समय तक मन में अपने को उस वातावरण से जुड़ जाने की सम्भावना से और गहरी उदासी मन में छा जाती। अगले साल वहां न रहने की बात मैं इस हद तक मन में स्वीकार कर चुका था कि टी ब्रेक के बाद कामन रूम में अकेले खड़े होकर जिस स्थिति की कल्पना की थी, उससे अलग, अपने समेत, वहां की स्थिति की कल्पना मेरे लिए एक वास्तविकता रह ही नहीं गई थी। अपने वहां न होने के स्थान पर होने की चुभन—मैं यह विकल्प ही सामने नहीं रखना चाहता था।

टोनी व्हिसलर के चेहरे की सुर्खी में हल्की स्याही घुल गई। आंखों में वह कठोर भाव घिर आया जो दूसरी ओर से हल्के-से प्रतिरोध को भी सहन नहीं करता था। उस भाव की तीव्रता कुछ महीने पहले मैंने एक स्टाफ मीटिंग में देखी थी। वह मीटिंग विशेष रूप से बुलाई गई थी क्योंकि स्टाफ के गुसलखाने का कमोड किसीने गन्दा कर दिया था। इसका पता सबसे पहले पार्कर को गुसलखाने में जाने पर चला था और उसीने उसे साथ ले जाकर दिखा दिया था। मीटिंग में वह आपे से बाहर होकर चिल्लाता रहा था कि 'वे लोग' जिन्हें 'हमारी' चीज़ों का इस्तेमाल करना नहीं आता, अपने को उन चीज़ों से दूर ही रखा करें। 'हम' और 'वे' ये दो श्रेणियां थीं जिनमें उसने अपने आसपास की सारी दुनिया को बांट रखा था। 'हम'—अर्थात् स्कूल के गोरे-अधगोरे मास्टर और मैट्रनें, मेज़-कुर्सियां, कमोड, टायलेट पेपर और बाहर से आने वाली आधी दर्जन पत्रिकाएं। 'वे'—अर्थात् हिन्दुस्तानी मास्टर और उनकी पत्नियां, मजदूर, चपरासी, रिक्शा वाले और लड़कों के मां-बाप, डी० पी० आई० और शिक्षा-विभाग, किचन, पैंट्री और वे कुत्ते-बिल्ले जो स्कूल की सीमाओं में दाखिल होकर गन्दगी फैला जाते थे।

"तो ठीक है। मैं तुम्हारा त्यागपत्र मंज़ूर कर रहा हूं," कहता हुआ वह सोफे से उठ खड़ा हुआ। मैं भी साथ ही खड़ा हो गया। "मगर साथ ही मैं तुम्हें एक चेतावनी दे देना उचित समझता हूं। अगर तुम्हारा इरादा सचमुच चले जाने का है, तब तो कोई बात ही नहीं है, पर अगर

इसके पीछे कोई और चीज़ है, तो तुम्हें याद रखना चाहिए कि टोनी व्हिसलर किसी भी तरह की उलटी-सीधी हरकतों को बरदाश्त नहीं करता। वह जब तक यहां हेडमास्टर है, तब तक सब कुछ उसी तरह चलेगा जैसे कि अब तक चलता आया है। उसके जाने के बाद लोग इस स्कूल का क्या करेंगे, वह नहीं जानता। लेकिन फिलहाल उसका जाने का कोई इरादा नहीं है।"

मैं अपना गुस्सा पीकर पल-भर चुपचाप उसे देखता रहा। फिर मैंने आहिस्ता से कहा, "मैं आपका मतलब नहीं समझ सका।"

"मुझसे इस तरह मासूमियत के साथ बात करने की ज़रूरत नहीं," वह अपनी कुर्सी पर लौटता हुआ उबल पड़ा, "मैं अच्छी तरह जानता हूं कि स्कूल में कौन कहां क्या कर रहा है, क्या सोच रहा है। स्कूल के बाहर से जो लोग यहां अपना जाल बिछा रहे हैं, उन्हें भी अच्छी तरह जानता हूं। मगर मैं उनमें से किसीकी भी परवाह नहीं करता। मैं जब तक यहां हूं, उनमें से कोई मेरा कुछ नहीं बिगाड़ सकता। मेरा ख्याल है अब तुमने मेरा मतलब समझ लिया होगा।" कांपते हाथ से अपनी ट्रे में से कुछ कागज़ निकालकर उसने सामने रख लिए।

"मैं अब भी नहीं समझ सका," मैंने फिर उसी तरह कहा।

"तुम समझ सके हो या नहीं, मैं इसकी छानबीन में नहीं पड़ना चाहता। समझ सके हो, तो भी तुम्हारे हक में अच्छा है और नहीं समझ सके हो, तो भी तुम्हारे ही हक में अच्छा है। कुछ लोग अपने को भुलावे में रखने के लिए अफवाहें फैलाते रहते हैं कि मैं स्कूल छोड़कर यहां जा रहा हूं, वहां जा रहा हूं—या कि मुझे ऊपर से इस चीज़ के लिए मजबूर किया जा रहा है, उस चीज़ के लिए मजबूर किया जा रहा है। मैं उन सब लोगों पर स्पष्ट कर देना चाहता हूं कि न तो मैं कहीं जा रहा हूं और न ही मुझे किसी चीज़ के लिए मजबूर किया जा सकता है। तुम्हारा हिसाब मैंने तैयार करा दिया है। पहले सोचा था कि छुट्टियों की तनखाह समेत पूरी रकम का चेक देकर आज ही तुम्हें विदा दे दी जाए, पर बाद में तय किया है कि तुम टर्म पूरी करके ही यहां से जाओगे। उस तरह देख भी लोगे कि स्कूल में गड़बड़ करने वालों को आखिर हासिल क्या होता है। तुम्हें अब कुछ कहना तो नहीं है?"

"अपनी तरफ से मुझे कुछ भी नहीं कहना है। लेकिन आपने जो बात कही है···"

"मैंने जो बात कही है, उसके बारे में मैं किसी तरह की टिप्पणी नहीं सुनना चाहता। मैं यह हक किसीको नहीं देता—अपनी पत्नी तक

को नहीं—कि वह मेरी किसी बात पर टिप्पणी कर सके। तुम अब जा सकते हो।"

"देखिए, मिस्टर व्हिलसर..."

"मुझे देखना कुछ नहीं है। मैंने तुमसे कहा है कि तुम अब यहां से जा सकते हो।"

"मिस्टर व्हिलसर!" मेरा स्वर इतना ऊंचा हो गया कि वह कुछ पल चुप रहकर आंखें झपकता मुझे देखता रहा। फिर दोनों हाथ मेज़ पर रखे तमतमाए चेहरे के साथ कुर्सी से उठ खड़ा हुआ। "तुम कहना क्या चाहते हो?" उसने पूछा।

"मैं सिर्फ इतना कहना चाहता हूं कि आपको मुझसे इस तरह बात करने का कोई हक नहीं।"

"तो तुम्हारा मतलब है कि...तुम्हारा मतलब है कि...?" उसका स्वर कांपने लगा। वही गंजा गोरा सिर फिर खिड़की के पास से निकल गया।

मैं पल-भर सीधे उसकी आंखों में देखता चुप रहा। फिर मैंने कहा, "मेरा मतलब है कि आपको किसीसे भी इस तरह बात करने का हक नहीं है।" और उसके कमरे से निकलकर आफिस में आ गया। वहां बुधवानी, पार्कर और गिरधारीलाल पहले से ज्यादा जड़ होकर अपनी-अपनी मेज़पर झुके थे। पार्कर मेरे आते ही एक फाइल लेकर अन्दर चला गया। मुझे अपने बीच से दूसरे दरवाज़े की तरफ जाते जैसे उनमें से किसीने देखा ही नहीं। मैं बाहर बरामदे में आया, तो सामने ही जेम्स पर नज़र पड़ गई। वह ठप्-ठप्-ठप् जूते की एड़ियां पटकता मेरे साथ-साथ कामन रूम की तरफ चलने लगा।

"बहुत ज़ोर से चिल्ला रहा था वह!" उसने मेरे कन्धे से कन्धा मिलाए धीमी आवाज़ में कहा।

मैं चुप रहकर चलता रहा।

"चेरी ने इसकी गर्दन दबोच रखी है न, उसीसे यह इतना हताश हो रहा है।"

मैंने फिर भी कुछ नहीं कहा।

"तुम मिसेज़ ज्याफ़े की बात सुन रहे थे न आज? मेरा ख्याल है इसकी बीवी ने भी इसे नोटिस दे रखा है।"

"तुम उस समय कहां थे?" मुझे याद था कि जब मिसेज़ ज्याफ़े बात कर रही थी, वह कामन रूम में नहीं था।

वह अपने पीले दांत उघाड़कर मुसकरा दिया। "मैं वहीं पास में ही

था। तुम्हारा क्या ख्याल है वह ले जाएगी इसे अपने साथ इसी साल ?"

"मुझे इसमें कोई दिलचस्पी नहीं है," मैंने कुछ उकताहट के साथ कहा, "तुम्हें अगर पता न हो, तो मैं तुम्हें बतला दूं कि मैंने यहां से त्यागपत्र दे दिया है।"

वह उसी तरह मुसकराता रहा। "मुझे पता चल गया है। यही एक तरीका था जिससे तुम इसे सीनियर ग्रेड देने के लिए मजबूर कर सकते थे। अब देख लेना, इसे झख मारकर ग्रेड देना पड़ेगा तुम्हें। नहीं तो···।"

कामन रूम के अन्दर पहुंच जाने से सहसा उसे चुप हो जाना पड़ा। वहां मिसेज़ ज्याफ़े एल्बर्ट क्राउन से बात कर रही थी—"ज्यादा से ज्यादा अगली गर्मियों तक···।" हमें आते देखकर वह भी चुप हो गई।

सहयोगी

रात को स्टिवर्ड चार्ल्टन की काटेज के बाहरी कमरे में हम तीन आदमी बैठे थे···चार्ल्टन, लैरी जो और मैं। खिड़कियां-दरवाज़े सब बन्द करके बुखारी में आग जला दी गई थी जिससे कमरा काफी गरम था। फिर भी मैं चाह रहा था कि बाहर की हवा के लिए कहीं कोई दरार छोड़ दी गई होती, क्योंकि चेरी ने सिगार फूंक-फूंककर इतना धुआं कमरे में भर दिया था कि अपने समेत सब कुछ उस कसैली गंध में घुटा-घुटा लग रहा था।

"देखो, वह कुतिया अब तक नहीं आई," चेरी ने राख का मोटा-सा लोंदा ऐश-ट्रे में झाड़ते हुए कहा और अपनी दोहरी ठोड़ी छाती पर झुकाए फिर से कश खींचने लगा। लैरी आंखें मूंदकर बांहें सिर पर रखे गम्भीर भाव से कुछ सोच रहा था। उसने उसी मुद्रा में अपने होंठ वितृष्णा से हिला दिए। मैं प्लेट से सीख-कबाब का एक टुकड़ा उठाकर धीरे-धीरे चबाने लगा।

शाम को लैरी ने मुझसे अपने यहां आने को कहा था, तो मुझे इस पूरे आयोजन का पता नहीं था। स्कूल से चलते समय उसने कुछ उसी तरह मुझे रात को अपने यहां पीने आने की दावत दी थी जैसे पहले दिया करता था···हर महीने की पहली के आसपास। इस बार इतना अन्तर

ज़रूर था कि पहली तारीख बहुत पीछे छूट चुकी थी। मैंने सोचा था कि इस बार भी वह हमेशा की तरह मद्रास के दिनों के अपने प्रेम-सम्बन्धों की चर्चा करेगा, पर उसके यहां पहुंचने पर पता चला कि कार्यक्रम चेरी के क्वार्टर में है। "मैंने स्कूल में तुमसे ज़िक्र करना उचित नहीं समझा," उसने कहा, "किसीके कान में बात पड़ जाती, तो तुम्हारे लिए खामखाह की परेशानी हो जाती। चेरी चाहता है कि तुम्हारे त्यागपत्र को लेकर जो नई स्थिति पैदा हो गई है, उसपर हम लोग आपस में बात कर लें। वह खुद तुमसे कहना चाहता था, पर मैंने ही उसे मना किया था कि वह बात न करे, मैं तुम्हें अपने यहां बुलाकर साथ लेता आऊंगा। तुम्हें कोई एतराज़ तो नहीं?"

मुझे एतराज़ था, पर उस वक्त उस एतराज़ की बात करना बेमानी था। मैं चुपचाप उसके साथ चेरी के क्वार्टर में चला आया था। वह क्वार्टर एक पहाड़ी की ऊंचाई पर बिलकुल अलग-अलग बना था, इस-लिए चेरी उसे क्वार्टर न कहकर अपना काटेज कहा करता था। उस क्वार्टर की तरफ जाते व्यक्तियों को नीचे स्कूल की सड़क से देखा जा सकता था, इसलिए अंधेरा होने के बावजूद मेरी आंखें बार-बार उस तरफ मुड़ जाती थीं। बरफानी हवा और पगडण्डी की बरफ-मिली मिट्टी से ज़्यादा मैं उस तरफ की आहटों के प्रति सचेत था। मुझे लग रहा था कि दोपहर को टोनी व्हिसलर की जिस बात से मुझे गुस्सा आया था, उसे कुछ ही घण्टे बाद चेरी के क्वार्टर में जाकर मैं एक तरह से सच साबित कर रहा हूं। आसपास की झाड़ियों और ढलान पर उगे पेड़ों के बीच से कुछ साये जैसे मुझे उस पहाड़ी पर ऊपर जाते देख रहे थे और मैं कोट के कालर ऊंचे किए अपने को उन द्वारा पहचाने जाने से बचा लेना चाहता था। लैरी मुझसे आगे-आगे चल रहा था, इसलिए भी मैं अपने को उस रास्ते पर काफी अनढका-सा महसूस कर रहा था। पर लैरी को इसका कुछ एहसास नहीं था। वह इतना ही जानता था कि मैंने चुपचाप मुस्कराकर उसका प्रस्ताव स्वीकार कर लिया था।

चेरी के क्वार्टर में पहुंचने पर पता चला कि लारा वहां नहीं है।

"उसकी मां की तबीयत ठीक नहीं थी, वह उसे देखने के लिए गई है," चेरी ने कमरे में दाखिल होते ही बताया, "उसने कहा था कि मैं उसकी ओर से तुमसे क्षमा मांग लूं।" मगर यह बात सच नहीं थी। वहां आने के थोड़ी ही देर बाद मुझपर स्पष्ट हो गया कि चेरी ने जान-बूझ-कर उसे वहां से भेज दिया है। स्कूल में यह बात प्रायः सुनी जाती थी कि शादी के बाद भी चेरी किंडरगार्टन की मिसेज़ दारूवाला से अपना

सम्बन्ध बनाए है श्रौर कि जब भी लारा घर से जाती है, चेरी मिसेज़ दारूवाला को अपने यहां बुला लेता है। उस दिन भी मिसेज़ दारूवाला वहां निमन्त्रित थी, हालांकि हम लोगों को पहुंचे डेढ़ घण्टा हो गया था श्रौर वह अब तक आई नहीं थी।

बातचीत की शुरुआत लैरी ने की थी। कहा था कि अब मौका आ गया है जब हम लोगों को मिलकर हेडमास्टर के खिलाफ अपना मोर्चा बना लेना चाहिए। जब वह पहला पेग पी रहा था, तो उसका ख्याल था कि मैंने त्यागपत्र देकर बहुत साहस का काम किया है। पर तीसरे पेग के बाद वह मेरा कन्धा हिलाता हुआ कहने लगा था कि मैं बहुत डरपोक आदमी हूं···अगर मुझमें साहस होता, तो मैं चेरी की तरह डटकर उस आदमी से लोहा लेता। "त्यागपत्र देने का क्या है? एक चपरासी भी त्यागपत्र दे सकता है। गुरदा चाहिए लड़ने के लिए। मुझे अफसोस है कि तुम्हारे पास वह गुरदा नहीं है।"

लैरी की बातों से मुझे पता चल गया था कि जेम्स ने मेरे त्यागपत्र की बात पूरे स्कूल में फैला दी है—यहां तक कि शाम की चाय के समय यह बात लड़कों की ज़बान पर भी थी। लैरी ने कुरेद-कुरेदकर मुझसे पूछने की कोशिश की कि मेरे निर्णय का वास्तविक कारण क्या है और कि हेडमास्टर ने इस चीज़ को लेकर मुझसे क्या बात की है। मैं उस कमरे में आने के बाद से ही मन में इतना कुढ़ गया था कि उसके हर सवाल को मैंने एक मुस्कराहट के साथ टाल दिया। संक्षेप में इतना बता देने के बाद कि मुझे अब इस नौकरी में दिलचस्पी नहीं रही, उसकी गेंद को हर बार वापस उसीकी तरफ उछाल दिया। "तुम बताओ, तुम क्या सोचते हो इस बारे में?" लैरी आखिर थककर और शायद अपनी ही रट से ऊबकर कुछ देर के लिए खामोश हो गया।

चेरी शुरू से ही खामोश था। मेरा ध्यान बार-बार उसके भारी पेट पर कसे जैकेट की तरफ चला जाता था जिसके बटन बुरी तरह खिंचे हुए थे। तब तक उसके व्यक्तित्व की जो छाप मेरे मन पर थी, उस समय वह उससे काफी भिन्न लग रहा था। यह वह मुंहफट और दबंग आदमी नहीं था जो किचन, पैंट्री और डाइनिंग हाल के इलाके में दूसरे हेडमास्टर की तरह कहता घूमता था, "मुझसे क्या बात करेगा कोई? मुझसे इनमें से किसीका कुछ छिपा है?" और जिसके कमरे में हर समय टेलीफोन पर मांस-मच्छी वालों से की जाने वाली इस तरह की बातचीत सुनाई देती थी, "एक पूरा बकरा खराब है···यह क्या भेजा है तुमने? ऐसा मांस तो कुत्तों के खाने लायक भी नहीं है, हरामखोर, तुमने समझ

क्या रखा है ? यह तंदूर है या ढाबा ? पता है यहां एक-एक लड़के से महीने का दो-दो सौ रुपया लिया जाता है ? उसके बदले में मैं उन्हें यह बकरा खाने को दूं ? तुम दूसरा बकरा जल्दी से भेजो अपने आदमी के हाथ। वह भी ठीक न हुआ, तो तुम्हारे आदमी को ही काटकर चढ़ा दूंगा आज। और कल मुझे तीन सूअर चाहिए। तुम्हारी तरह पले हुए। आ गया समझ में ? आ गया कि नहीं ?" इसके अलावा वह राह चलते किसीके भी कन्धे पर हाथ मारकर कह सकता था, "क्यों पट्ठे, बताओ क्या खाओगे आज शाम को ?" और अपेक्षा रखता था कि उसके बनवाए पानी की शक्ल के स्टू से लेकर डंठलों समेत उबली गोभी तक हर चीज़ की उसके सामने प्रशंसा की जाए। प्रशंसा सुनकर उसका चेहरा एक उदार मुस्कराहट से खिल जाता था। "गोभी कल शाम मैंने तुम्हारे लिए स्पेशल बनवाई थी। मुझे पता है तुम्हें गोभी बहुत पसन्द है।" लोग उससे ज्यादा बात करने से अक्सर बचते थे, पर खास मुश्किल उस समय पड़ती थी जब हेडमास्टर से डांट खाकर वह अपना गुबार निकालने के लिए कामन रूम में चला आता था। "पता है आज सूअर के उसने मुझसे क्या कहा है ? कहता है खाना दिन-ब-दिन बदज़ायका होता जा रहा है। कोई पूछे इस बन्दर की औलाद से कि खाना यहां हेडमास्टर लगने से पहले इसने कभी खाया भी था ? वहां मद्रास में मिलता क्या था इसे ? रसम् और तक्रम् ? डण्टल चूसते यहां आकर हड्डियां चूसने को मिल गईं, तो बड़ा जानकार हो गया यह खाने का ! जानता नहीं कि हम तो पैदा ही मुर्गे के शोरबे में हुए हैं। बीस साल का तजुर्बा है मेरा इस काम का। जिन दिनों कलकत्ता के ग्रैंड होटल में मुझे सात सौ तनख्वाह मिलती थी, उन दिनों इसे तीन सौ भी नहीं जुटते होंगे मास्टरी के। पहला हेडमास्टर चाहे पादरी था, पर उसे तमीज़ थी खाने-पीने की। उसके ज़माने में कभी कोई पार्टी होती थी यहां बगैर ब्रांडी-व्हिस्की के ? पर यह नीरे की औलाद, न खुद पीता है न दूसरों को पीने देता है। बस पार्टी के बाद भेज देता है अपने बंरे को कि जितना सामान बचा हो, उठाकर ले आए। सुबह बुला लेता है हिसाब चेक करने। मैं कहता हूं कर ले हिसाब चेक, मैं एक-एक पैसे का खर्चा लिखकर रखता हूं अपने पास। तुझे जिस-जिस चीज़ का बिल चाहिए, उसका बिल ले ले। कुछ और चाहिए तो वह भी ले ले। मुझे क्या पता नहीं कि यह सारी साजिश किस चीज़ की है ? यह उसे लगाना चाहता है स्टिवर्ड अपनी मदाम जाफरी को (मिसेज़ ज्याफ्रे का चेरीकरण) जिससे लड़कों के मां-बाप का खून चूस-चूसकर ये अपने ब्लैंड्स में भर लें। मैं कहता हूं मैंने न कर दिया पंक्चर तुम्हारा

एक-एक ग्लैंड तो कहना। दिखाते फिरोगे एक-दूसरे को कि देखो चेरी ने क्या कर दिया है। इन्हें पता नहीं कि चेरी की पहुंच इनके भी माई-बापों तक है। मैंने एक बार वहां जाकर कर दी न रिपोर्ट तो हड्डियों की सब गांठें ढीली हो जाएंगी।''

ज्यादातर बातें वह काली चमड़ी के रिश्ते से हिन्दुस्तानी मास्टरों के सामने और हिन्दी में ही कहता था। एक बार कोहली ने उसे इस तरह खुलेआम बकझक करने से टोक दिया था, तो पन्द्रह दिन उसके यहां खाना जाता रहा था जो बैरे-चपरासियों का हिस्सा देकर बच जाया करता था। यह बात भी चेरी ने किसीसे छिपा नहीं रखी थी कि वह कोहली को दब्बूपन की सज़ा दे रहा है। "मैं कहता हूं क्या करेगा वह यह अच्छा खाना खाकर? गुरदे में जो सत ईसबगोल भरा है, उससे सब निकल जाता है बाहर। इसलिए कुछ दिन ऐसा खाना खा ले जिससे इसका सत ईसबगोल थोड़ा कम हो जाए।''

पर उस समय व्हिस्की का आधा गिलास हाथ में लिए अपनी कुर्सी पर फैला वह एक मार खाए सांड की तरह सांस ले रहा था। मुझे लग रहा था कि उसने एक बार कुछ लम्बी सांस खींच ली, तो जैकेट का एकाध बटन ज़रूर टूट जाएगा।

"तो?'' लैरी सिर से हाथ हटाकर सीधा हो गया।

"तो क्या?'' मैंने पूछा।

"तुम इस हक में बिलकुल नहीं हो कि कल हम तीनों—और अगर मिसेज़ दारूवाला भी चलने को तैयार हो, तो चारों···जाकर डी० पी० आई० से मिल लें? तुम्हें नौकरी छोड़नी ही है, तो इससे तुम्हारा कुछ बिगड़ नहीं जाएगा। मगर दूसरों का, जो यहां रहना चाहते हैं इससे थोड़ा भला हो सकता है। मेरी समझ में नहीं आता कि तुम्हारे मन में डर किस चीज़ का है।''

"मेरे मन में डर किसी चीज़ का नहीं है,'' मैंने कहा, "मगर मेरे छोड़ने का कारण क्योंकि बिलकुल व्यक्तिगत है, इसलिए···''

लैरी वितृष्णा के साथ हंस दिया, "मैं समझ गया तुम्हारी बात।''

"मैं नहीं जानता कि तुम क्या समझ गए हो, लेकिन···।''

"मैं बिलकुल समझ गया हूं। मेरा ख्याल है चेरी भी ज़रूर समझ गया होगा। क्यों चेरी, तुम समझ नहीं गए इसकी बात?''

चेरी के गले से जो आवाज़ निकली, वह ऐसी थी जैसे एक गाली में से व्यंजन निकालकर केवल स्वर रहने दिए गए हों। "मैं पहले ही समझ रहा था,'' उसने कहा, "मैंने तुमसे कहा नहीं था कि मामला कुछ

दूसरा ही हो सकता है ?"

"इसे पता नहीं है कि उस आदमी की मियाद यहां खत्म हो चुकी है," लैरी अपने गिलास में और व्हिस्की डालने लगा। फिर मेरी तरफ मुड़कर कुछ ऊंचे स्वर में बोला, "तुम सुन रहे हो न मेरी बात? उस आदमी की मियाद यहां खत्म हो चुकी है। इसलिए उसकी जी-हुजूरी करने से तुम्हें कुछ फायदा नहीं होने का।"

मैं अपना गिलास रखकर उठ खड़ा हुआ। "मैं जा रहा हूं," मैंने कहा, "मुझे नहीं पता था कि तुम लोगों ने इस सबके लिए मुझे यहां बुलाया है।"

लैरी भी साथ ही उठ खड़ा हुआ, "देखो सक्सेना," वह मेरी बांह थामकर बोला, "तुम्हें यह बताकर जाना होगा कि तुम हमारे दोस्त हो या दुश्मन।"

"मैं नहीं जानता," मैंने बांह छुड़ाने की कोशिश की। लेकिन उसने बांह नहीं छोड़ी। "मैं तो समझता था कि···"

"तुम हमारे दोस्त हो," लैरी के हाथ की जकड़ और मज़बूत हो गई। "दोस्त होने के नाते तुम्हारा फर्ज है कि तुम हमारा साथ दो। तुम हमारा साथ देने से इन्कार नहीं कर सकते।"

"देखो लैरी···"

"तुम बैठकर बात करो। मैं इस तरह तुम्हें यहां से नहीं जाने दे सकता।" उसने मुझे ज़बरदस्ती फिर कुर्सी पर बिठा दिया। "तुम यह तो मानते हो न कि टोनी व्हिसलर को जितना मैं जानता हूं, उतना यहां तुम लोगों में से कोई नहीं जानता?"

"यह दावा वह पहली बार नहीं कर रहा था। कुछ साल पहले वह और टोनी व्हिसलर मद्रास में एक स्कूल में साथ पढ़ाते थे। उसी आधार पर टोनी उसे यहां लाया भी था। पर उसके आने के एक-डेढ़ महीने के अन्दर ही यह बात दोनों पर स्पष्ट हो गई थी कि जिस रूप में वे पहले एक-दूसरे को जानते थे, वह रूप अब दोनों में से किसीका नहीं रहा। एक-दूसरे की अपेक्षाएं भी वे पूरी नहीं कर सकते थे। इससे पैदा हुई निराशा के कारण ही लैरी की उन सब लोगों से घनिष्ठता हो गई थी जो टोनी के विश्वासपात्र नहीं थे—और उनमें भी सबसे ज्यादा चेरी से।

लैरी इसी तरह का सवाल पूछकर जब कुछ क्षण उत्तर सुनने की प्रतीक्षा में रुका रहता था, तो उसका चेहरा, उभरी हुई आंखों समेत, प्लास्टर आफ पेरिस के एक बुत जैसा लगने लगता था। फिर अपने आप

जैसे लोगों की आंखों से ही उत्तर पाकर, वह प्लास्टर पिघल जाता था। "तो मैं तुम्हें बतला रहा हूं कि उसके यहां रहने का समय अब चुक गया है। जिस तरह यहां आकर एकदम यह इस रुतबे पर पहुंच गया है, उसी तरह एकदम अब इससे नीचे गिरने वाला है। मैं यह बात पूरे विश्वास के साथ कह रहा हूं। तुम्हें मुझपर ज़रा भी भरोसा है, तो तुम्हें भी इस बात पर पूरा विश्वास हो जाना चाहिए। तुम देख लेना···इसमें ज्यादा वक्त नहीं लगेगा। मद्रास में तो हम इसे बहुत अक्लमन्द आदमी भी नहीं समझते थे। सचमुच बहुत मामूली दिमाग का आदमी माना जाता था इसे। यह तो यहीं आकर इसने अपने लिए इतना ऊपर तक रास्ता बना लिया है। वहां होता, तो आज भी यह तीसरे और चौथे फार्म की क्लासें ले रहा होता।"

चेरी ठोड़ी ऊंची करके लगातार सिगार के कश खींच रहा था। कुछ देर खांसने और मुंह में आया बलगम निगल जाने के बाद वह बोला, "यह तो यहां हर आदमी जानता है कि अगले साल तक यह यहां हेडमास्टर नहीं रहेगा। सवाल सिर्फ इतना है कि इसे हटाने में कामयाब कौन होता है।"

"अगर हम लोग समय से कार्यवाही नहीं करते, तो यह निश्चित है कि वह स्त्री जो चीज़ चाहती है, वह कर ले जाएगी," लैरी ने उसकी बात पूरी कर दी।

वह किस स्त्री की बात कर रहा है, यह मुझे पूछने की ज़रूरत नहीं थी। स्कूल में जब भी कोई बातचीत में 'उस स्त्री' का ज़िक्र करता था, तो उसका मतलब मिसेज़ ज्याफ़े से होता था। ज्यादातर लोगों की आपसी बातचीत का विषय भी वही रहती थी। इस दृष्टि से स्कूल में सबसे महत्त्वपूर्ण व्यक्ति वही थी। रहस्यमय भी। क्योंकि उसके अतीत को लेकर कई तरह की बातें लोगों से सुनने को मिल जाती थीं। एक बात जो सबसे ज्यादा प्रचलित थी, वह यह थी कि मॉली क्राउन उसके पति की सन्तान नहीं है। "मॉली आधी हिन्दुस्तानी है," कोहली कहा करता था, "जब कि इसका पति इसकी तरह खालिस अंग्रेज़ था। बीस साल यह एक राजकुमारी की गवर्नेस रही है। उसी ज़माने में सुना है कि···।" लोगों को मिसेज़ ज्याफ़े का बीस साल पहले का इतिहास कहां से मालूम हुआ था, पता नहीं। पर बातें काफी विस्तार के साथ कही जाती थीं। "यह जिस महाराजा के यहां रहती थी, सुना है उसीने इसके पति को ज़हर देकर मरवा दिया था। पार्टियों में देखते हो यह कितनी कीमती पोशाकें पहनकर आती है? वे पोशाकें तुम समझते हो इसने अपनी तन-

ख्वाह से बनवाई हैं ?" इसके अलावा भी कई तरह का ब्योरा उसके बारे में दिया जाता था। "पता है वहां से इसे निकाला क्यों गया था ? यह शिकार पर जाया करती थी महाराजा के एक दोस्त के साथ। एक बार ऐसा हुआ कि···"

"तुम्हें पता है वह स्त्री क्या खेल खेल रही है यहां ?" चेरी बोला।

मैंने कन्धे हिला दिए। मतलब था कि न मैं जानता हूं, न मेरी जानने में दिलचस्पी है।

"वह अपनी जगह इस कोशिश में लगी है कि इसे उखाड़कर इसकी जगह एल्बर्ट को हेडमास्टर लगवा दे।"

"और टोनी इतना बेवकूफ आदमी है कि उसकी इस चाल को समझ ही नहीं रहा।" लैरी अपना चेहरा मेरे इतने करीब ले आया कि उसकी सांस से बचने के लिए मुझे अपना सिर काफी पीछे हटा लेना पड़ा। मेरी खामोशी उन लोगों को एक तरह का बचाव लग रही थी जिसे वे किसी तरह तोड़ देना चाहते थे।

"वह तो समझता है कि वह स्त्री उसकी खुफिया है जो यहां-वहां की सब खबरें उस तक पहुंचाती रहती है।"

"एल्बर्ट और मॉली को भी इस वजह से वह अपने आदमी समझता है।"

"पर यह स्त्री शतरंज की बिसात पर बड़ी सावधानी से एक-एक चाल चल रही है।"

"देखा नहीं कि गोरी चमड़ी वाले के बीच वह अंग्रेज बनकर बात करती है और काली चमड़ी वालों के बीच हिन्दुस्तानी बनकर ?"

"यहां तक कि बैरों से भी इस तरह बात करती है जैसे कि वे भी इसके बहुत अपने हों—'किसने तुमको बुलाया इदर ? मैंने बुलाया ? किसने बोला'—छिनाल कहीं की !"

"तुम बताओ कि जब एल्बर्ट और मॉली एक बार चले गए थे लन्दन, तो इसने खास कोशिश करके उन्हें यहां क्यों बुलाया था ?"

"पिछले हेडमास्टर को पता था कि यह कितनी बदकार औरत है। तभी न उसने कपड़ों की धुलाई का काम इससे लेकर इसे किंडरगार्टन की इंचार्ज बना दिया था ?"

"किंडरगार्टन में यह उस तरह कमीशन नहीं ले सकती न, जैसे धोबियों से लिया करती थी !"

"स्कूल की आधी चादरें और पर्दे उन दिनों हर साल सिकुड़ जाते थे या गुम हो जाते थे।"

"अगर इसे कमीशन मिल सकता, किंडरगार्टन के आधे लड़के भी हर साल गुम हो जाया करते।"

"इसीलिए स्कूल के पर्दों को छू-छूकर अब नाक-भौं चढ़ाती रहती है—'कैसी धुलाई होने लगी है आजकल यहां ?'"

"बड़ी बनती है सफाईपसन्द ! दुनिया-भर की गन्दगी ज़िन्दगी-भर पेट में भरती रही है !"

"उसे धोने के लिए ही तो पीती रहती है इतनी स्पिरिट !"

"और चेरी की जगह पर उसकी आंख किसलिए हैं ? इसलिए न कि···?"

यहां पर चेरी ने उसे टोक दिया। "उसे मिल जाए न इस महकमे का चार्ज, तो देख लेना हर महीने का खर्च कितना बढ़ जाता है।"

"मेरा मतलब यही था," लैरी ने जल्दी से अपनी गलती को सुधारा। "उसे हर चीज़ में कमीशन लेने की लत पड़ी है, इसीलिए मैं यह कह रहा हूं।"

"एल्बर्ट यहां हेडमास्टर हो जाए, इसकी भी कोशिश वह किसलिए कर रही है ? इसलिए नहीं कि अपने दामाद से उसे लगाव है; वह ऐसा हेडमास्टर चाहती है यहां जिसके नीचे अपनी मनमानी करने में उसे किसी तरह की रोक-टोक न रहे।"

"तुम्हारा ख्याल है एल्बर्ट इसे समझता नहीं है ?"

"एल्बर्ट अच्छी तरह समझता है। मेरा ख्याल है जितनी नफरत एल्बर्ट को इससे है, उतनी और किसीको हो ही नहीं सकती।"

"देखा नहीं इसकी पीठ पीछे वह कैसे नाक हिलाता रहता है, जैसे कि उसे इससे बदबू आ रही हो।"

"खैर वह चीज़ तो वह पब्लिक रिलेशन्ज़ के लिए करता है···"

"और जिस तरह वह सबके सामने मॉली से पूछता रहता है, 'व्हेयर इज़ योर बिग मदर ?'"

"एल्बर्ट मॉली से भी उतनी ही नफरत करता है जितनी···"

"इसमें तो कोई शक ही नहीं है। पर उसे जब इस तरह अपना काम बनता नज़र आता है, तो वह भी सोचता है ठीक है···"

अचानक दोनों आदमी चुप हो गए। बाहर किसीके पैरों की आहट सुनाई दे रही थी। "मेरा ख्याल है मिसेज़ दारूवाला है," कुछ देर उधर कान लगाए रहने के बाद लैरी ने कहा और अपनी टाई पर पड़े टमाटर की चटनी के निशान को उंगली से साफ करने लगा।

पर वह आहट बरामदे तक नहीं आई। बरामदे के परे से ही कच्ची

बरफ पर पड़ते पैरों की कचर-कचर दूसरी तरफ चली गई।

"कोई और था शायद!" लैरी ने एक आशंकित नज़र चेरी पर डाल ली।

पर चेरी उस आहट से आशंकित नहीं हुआ था। "होगा कोई," उसने कहा, "उधर सिंह की कोठी है। वहां आधी रात तक लोगों का आना-जाना चलता रहता है।"

"तुम्हें विश्वास है न कि…?"

चेरी ने आंखें हिलाईं। "उस तरह इस काटेज तक आने का किसी का हौसला नहीं पड़ सकता।"

लैरी फिर भी आश्वस्त नहीं हुआ। कुछ देर अपने गिलास को हाथ में घुमाने के बाद वह व्यस्त भाव से उठ खड़ा हुआ। "मैं अभी गुसलखाने से होकर आता हूं।"

पर बाहर जाने के लिए दरवाज़ा उसने काफी आहिस्ता से और साव-धानी के साथ खोला। ठण्डी हवा की एक लहर कमरे के धुएं को चीर गई।

"बातें बहुत बड़ी-बड़ी करता है, पर है बहुत कमज़ोर दिल का आदमी," दरवाज़ा फिर से बन्द हो जाने पर चेरी अपनी कुर्सी थोड़ा आगे को सरकाकर बोला, "तुमसे कहता है कि तुम्हारे अन्दर हौसला नहीं है, पर अपने को देखो…"

मैंने उसे जवाब न देकर घड़ी में वक्त देख लिया।

"तुम अब तक उस बात का बुरा माने बैठे हो?"

मैंने सिर हिलाया, पर कहा फिर भी कुछ नहीं।

"फिर तुम्हारा चेहरा ऐसे क्यों हो रहा है?"

मैं ज़बर्दस्ती मुस्करा दिया। "मुझे नींद लग रही है," मैंने कहा, "सोचता हूं कि अब घर जाकर खाना-वाना खा लिया जाए और…"

"तुम्हें इस आदमी की बातों का बुरा नहीं मानना चाहिए," वह बोला "तुम्हें पता ही है, यह कितना बेवकूफ आदमी है। मैंने तुमसे कोई ऐसी-वैसी बात कही हो, तो तुम बताओ…"

"देखो चेरी…"

"यह मतलबी आदमी है। अपने मतलब से मेरे पीछे लगा रहता है। तुम्हारी इसके साथ दोस्ती ज़रूर है, पर तुम इसे ठीक से जानते नहीं हो।"

"मैं कभी दावा नहीं करता कि मैं…"

"हम लोग कभी अलग से बैठेंगे, तो मैं तुम्हें इसके बारे में बताऊंगा।

एक-एक बोटी मांस और एक-एक गुत्थी नमक के लिए यह आदमी कैसे मेरी मिन्नत करता है, तुम नहीं जानते।"

"मैंने कहा है न कि मुझे इस बात का बिल्कुल दावा नहीं है कि···"

"तुम्हारे साथ इसके सम्बन्ध बनाकर रखने का भी एक राज़ है। तुम्हारी नियुक्ति डी०पी०आई० के ज़रिये हुई थी, इसलिए यह समझता रहा है कि तुम्हें खुश रखकर यह अपने को डी०पी०आई० की नज़रों में ला सकता है। मेरे साथ इसके दोस्ती रखने की वजह भी मांस-मच्छी के अलावा यही है कि मैं डी० पी० आई० के पास जाता-आता रहता हूं। टोनी से जो इसकी अनबन हुई है, उसकी असली वजह तुम जानते हो?"

मैंने बात में दिलचस्पी न रखने के ढंग से सिर हिला दिया।

"इसका ख्याल था कि यहां आकर टोनी का सबसे नज़दीकी आदमी यही होगा। इसकी नज़र सीनियर मास्टर की जगह पर थी क्योंकि इसने सुन रखा था कि जिमी ब्राइट कुछ दिनों में यहां से जाने वाला है। पर जब यहां आकर इसने देखा कि टोनी का अन्दरूनी सर्कल बिलकुल दूसरा है और कि मिसेज़ ज्याफ्रे और एल्बर्ट क्राउन के सामने इसकी दाल नहीं गल सकती, तो यह अपनी दूसरी जोड़-तोड़ में लग गया।"

"हो सकता है," मैंने फिर भी अपने को तटस्थ रखते हुए कहा। "यह उसका अपना तरीका है जीने का।"

"तुम बात समझ नहीं रहे," वह बोला, "मैं तुम्हें इसलिए बता रहा हूं कि वह तुमसे अलग से बात करने लगे, तो तुम ज़रा होशियार रहो। आज हम लोग यहां मिलकर बात करें, यह सुझाव भी उसीका था। दरअसल यह अपनी जगह डरा हुआ है कि छुट्टियों के शुरू में टोनी इसे नोटिस न दे दे। तुम्हें पता ही है, टोनी का यह तरीका है। उसे जिस आदमी को निकालना होता है, उसे तीन महीने की तनखाह और नोटिस एक ही दिन हाथ में पकड़ा देता है। मैंने भी इसीलिए इसके सामने आज ज्यादा बात नहीं की। इसका मतलब यह नहीं कि मैं इससे या किसीसे डरता हूं। चेरी को और चाहे कुछ भी कह ले, डरपोक कभी कोई नहीं कह सकता। मुझे जो भी कुछ कहना-करना होता है, मैं धड़ल्ले के साथ कहता-करता हूं। इसीलिए टोनी और किसीसे भी उस तरह खम नहीं खाता जिस तरह मुझसे खाता है। बल्कि पूरे स्कूल में वह अगर किसीसे डरता है, तो मुझसे। मैं अगर आज डी० पी० आई० से अपनी शिकायत वापस ले लूं, तो उससे जो चाहूं अपने लिए करा लूं। मगर मैं एक बुनियादी चीज़ के लिए लड़ रहा हूं—हेडमास्टर और उसके पिट्ठुओं को स्कूल में खाने-पीने की खास रिआयतें मिली रहें, इस चीज़ के खिलाफ—

इसलिए अपना नफा-नुकसान ताक पर रखकर मैं यह चीज़ साबित कर देना चाहता हूं कि दुनिया में असूल नाम की भी कोई चीज है। जिस तरह तुम्हारी लड़ाई असूल की है कि तुम्हें सीनियर ग्रेड मिलना ही चाहिए जिसके कि तुम हकदार हो, उसी तरह मेरी भी लड़ाई असूल की है कि बावर्चीखाने के काम-काज को लेकर मुझपर किसी तरह का दबाव नहीं डाला जाना चाहिए। जब इस काम की उनमें से किसीको समझ ही नहीं है, तो जिसे समझ है, उसे अपने ढंग से काम करने देना चाहिए। ठीक है कि नहीं ? पर मुझे इस आदमी पर इतना भी एतबार नहीं है कि कल को हेडमास्टर इसे फुसलाकर अपनी तरफ करना चाहे, तो यह जाकर यहां पर हुई सारी बातें उसके सामने उगल नहीं देगा। यह आज बात मेरी तरफ से कर रहा है, पर तुम समझते हो इसे सचमुच इस चीज़ का गम है कि कहीं मिसेज़ ज्याफ़े मेरे वाली जगह न ले ले ? इसे गम है तो इस चीज़ का कि···"

दरवाज़ा खुलने की आवाज़ से उसकी बात रुक गई और उसने अपनी कुर्सी फिर पीछे सरका ली। लैरी अन्दर आया, तो उसका रूमाल उसके हाथ में था। पीछे दरवाज़ा बन्द करने और कुर्सी की तरफ बढ़ने से उसके ढंग से स्पष्ट था कि वह गुसलखाने में कै करके आया है। अपनी कुर्सी पर आकर वह कुछ पल आंखें मूंदे रहा।

"तुम्हारी तबीयत तो ठीक है ?" चेरी ने उससे पूछा।

लैरी ने आंखें मूंदे हुए सिर हिला दिया।

"आज तुमने कुछ ज़्यादा भी नहीं पी।"

लैरी ने हाथ से बाहर की तरफ इशारा कर दिया। "यह उस वजह से हुआ है।"

"उस वजह से यानी···?"

"हवा की वजह से। ठण्डी हवा में जाते ही मेरा सिर चकरा गया था।"

"तुम्हें कोई चीज़ चाहिए इसके लिए ?"

"नहीं। मैं अभी ठीक हो जाऊंगा। काफी ठीक हो गया हूं अब तक।"

"मेरा ख्याल है तुम्हें अपने क्वार्टर में जाकर लेट रहना चाहिए।" मैंने इतनी देर में पहली बार उससे बात की।

"चाहो तो यहीं लेट जाओ······कुछ देर के लिए," चेरी ने कहा।

"नहीं। मैं ठीक हो जाऊंगा ऐसे ही," लैरी हठ के साथ बोला, "मैं

सीधा खुले में चला गया था। पगडण्डी की तरफ। इसीसे हवा खा गया हूं।"

"वहां क्या देखने गए थे···कि कौन गया है निकलकर?" चेरी की आंखें मुझसे मिल गईं। मैंने अपनी आंखें हटा लीं।

"मैंने कहा था देख लूं वह आ भी रही है या नहीं···दारूवाला। पर नीचे सड़क तक वह मुझे कहीं नहीं दिखी। मेरा ख्याल है वह डर के मारे नहीं आई कुतिया!"

चेरी का चेहरा कस गया। वह मिसेज़ दारूवाला के लिए जिस शब्द का प्रयोग स्वयं करता था, उसे लैरी के मुंह से सुनना उसे गवारा नहीं हुआ। "हो सकता है उसे मेरी चिट न मिली हो," उसने कहा, "मैं ऊपर आते हुए एक बैरे के पास चिट छोड़ आया था कि उसके क्वार्टर में दे आए।"

लैरौ ने ठीक से आंखें खोल लीं। "तुम्हें उसका जवाब नहीं मिला था कि वह आ रही है?"

चेरी ने हल्के से सिर हिला दिया और नया सिगार मुंह में लेकर तीलियां घिसने लगा।

"पर तुमने तो कहा था कि वह निश्चित रूप से आ रही है।"

"मैंने सोचा था कि उसे चिट मिल जाएगी, तो वह निश्चित रूप से आ जाएगी।"

"तुमने यह नहीं कहा था। तुमने कहा था कि···"

"मेरा ख्याल था वह आ जाएगी। नहीं आई, तो मैं उसके लिए मैं ज़िम्मेदार नहीं हूं।"

लैरी की आंखों में लाल डोरे उभर आए थे। उसका चेहरा भी पहले से विकृत हो गया था। "और तुम कहते हो कि तुम्हारे कहने से वह कुछ भी कर सकती है।"

चेरी जवाब में कुछ कहने को हुआ, पर मेरी तरफ देखकर अपने को रोक गया। "इस वक्त हम इसपर बात नहीं कर रहे," उसने आहिस्ता से कहा, "कि मेरे कहने से वह क्या कर सकती है और क्या नहीं।"

लैरी निचला होंठ बाहर निकालकर ऊपरी होंठ को उसपर दबाए बारी-बारी से हम दोनों को देखता रहा। "लगता है तुम लोग इस बीच किसी नतीजे पर पहुंच गए हो," उसने कहा।

"तुम्हारे पीछे हम लोगों में बात तक नहीं हुई, किसी नतीजे पर क्या पहुंचना था!" चेरी ने अपने स्वर से मुझे भी साथ समेट लिया।

"खूब !" लैरी सिर हिलाने लगा, "बाहर से लग तो ऐसे रहा था जैसे अन्दर तुम्हारा भाषण चल रहा हो।"

"मैं इससे इसकी पत्नी के विषय में पूछ रहा था। वह बहुत भली स्त्री है। मुझे बहुत अच्छी लगती है।"

"तो कुछ भी तय नहीं किया तुम लोगों ने ?" लैरी अब मेरी तरफ घूम गया। मेरा ध्यान उसके हाथ की नसों की तरफ चला गया जो रूमाल को भींचे रहने से बाहर को उभर आई थीं। "या मुझे अब इस बातचीत से बाहर रखने का फैसला किया गया है इस बीच ?"

"तुम्हें आज थोड़ी-सी पीकर ही नशा हो गया है," चेरी बोला। "इसलिए बेहतर यही है कि···"

लैरी ने अपने दोनों हाथ हम लोगों की तरफ फैला दिए। "तुम लोग समझते हो कि मैं परवाह करता हूं ? मैं तुम दोनों को यह बता देना चाहता हूं कि मैं बिलकुल परवाह नहीं करता। किसी भी चीज़ की परवाह नहीं करता। जो आदमी टोनी व्हिसलर जैसे आदमी को सुर्ख आंख से देख सकता है, वह किसीकी क्या परवाह कर सकता है ? तो ठीक है। मैं खुद अपने को इस बातचीत से बाहर रखना चाहता हूं। मुझे इसमें कोई दिलचस्पी नहीं है। सच पूछो, तो मुझे किसी भी चीज़ में कोई दिलचस्पी नहीं है। मुझे यहां की हर चीज़ से उबकाई आती है—लोगों से, बातों से, हर चीज़ से।"

"इसकी तबीयत ठीक नहीं है," लैरी ने मेरी तरफ देखकर कहा। "मेरा ख्याल है इसके बाद जो भी बात करनी हो, वह फिर किसी वक्त की जाए। आज के लिए हम लोग···"

"फिर किसी वक्त क्यों की जाए ?" लैरी अपना रूमाल वाला हाथ कुर्सी की बांह पर पटकने लगा। "जो बात इस वक्त नहीं की जा सकती, वह फिर किसी वक्त भी नहीं की जा सकती। और मैं इस बात में आता कहा हूं ? बात तुम दोनों की है। तुम दोनों की नौकरी का सवाल है। मुझे क्या पड़ी है कि मैं बीच में दखल दूं ?"

"लैरी !" चेरी ने अपने ऊंचे स्वर से उसे दबाने की कोशिश की।

"मुझसे इस तरह बात मत करो," लैरी सरककर अपनी कुर्सी के सिरे पर आ गया। मैं किसीके मुंह से इस तरह अपना नाम सुनने का आदी नहीं हूं।"

"देखो लैरी···।" मैंने एक मध्यस्थ की तरह कहना शुरू किया।

"मुझसे इस तरह बात मत करो," उसने मुझे भी काट दिया। "मैं

जानता हूं कि तुम लोग इस वजह से मुझसे बात करने से कतरा रहे हो। मैं बच्चा नहीं हूं। मैंने ज़िन्दगी देखी है। मैं आदमी को सूंघकर बता सकता हूं कि उसके मन के अन्दर क्या बात है। तुम लोग समझते हो कि मैं समझता नहीं हूं। मैं सब समझता हूं।"

"इसे घर जाकर लेट रहना चाहिए," चेरी बोला।

"मुझे कुछ काम भी है," मैंने कहा, "इसलिए मैं समझता हूं कि..."

"तुम लोग समझते हो कि मुझे ही कुछ काम नहीं है?" लैरी और भी चमक उठा। "यहां इतनी ज़रा-सी शराब पीने आने के लिए मेरे पास फालतू वक्त रखा है। मैं आया था तुम दोनों की खातिर। वरना मुझे क्या पड़ी थी यहां आने की? शराब मैंने ज़िन्दगी में बहुत पी है। औरतें भी बहुत देखी हैं। अगर किसीका यह ख्याल था कि..."

चेरी ने ताव में उसकी बांह झकझोर दी। "तुम्हें होश है कि तुम क्या बात कर रहे हो?"

लैरी ने झटके से बांह छुड़ा ली और पल-भर हांफता हुआ उसे देखता रहा। फिर ऐसे जैसे कि उसकी बात के उत्तर पर ही सब कुछ निर्भर करता हो, बोला, "तुम समझते हो कि मुझे होश नहीं है?"

"हां, मैं समझता हूं कि तुम्हें होश नहीं है," चेरी उसकी आंखों में आंखें गड़ाए रहा।

"सचमुच समझते हो कि मुझे होश नहीं है?"

"हां, सचमुच समझता हूं कि तुम्हें होश नहीं है।"

"और तुम्हें होश है?"

"हां, मुझे होश है।"

"सचमुच होश है।"

"यह तुम्हें भी दीख रहा है कि सचमुच होश है।"

"और अगर मुझे कुछ और ही दीख रहा हो, तो?"

"और क्या दीख रहा हो?"

"तुम जानना चाहोगे?"

"क्यों नहीं जानना चाहूंगा?"

मैंने अपने को तैयार कर लिया था कि जहां ये सवाल-जवाब रुकेंगे, वहां एक का हाथ दूसरे के गले की तरफ बढ़ जाएगा। वे अपनी-अपनी कुर्सियों पर कुछ उसी तरह आगे को बढ़ भी आए थे। मैं उनके बीच बिलकुल फालतू पड़ गया था। अगर मैं कुछ कहता, तो वह उनके कानों को छूता भी नहीं। आगे आने वाले 'कुछ' की प्रतीक्षा में मैंने अपने को

अपनी कुर्सी पर ढीला छोड़ दिया। वे दोनों भी जैसे उसी 'कुछ' की प्रतीक्षा में कुछ पल एक-दूसरे को देखते रुके रहे। फिर लैरी सिर पीछे टिकाता हुआ वितृष्णा के साथ हंस दिया, "मैं तुम्हें बताकर अपने को छोटा नहीं करना चाहता।"

"हां, वैसे तो तुम काफी बड़े हो," कहकर चेरी ने कुछ देर और प्रतीक्षा की। फिर वह भी अपनी जगह ठीक से हो गया।

उसके बाद खामोशी का एक लम्बा अन्तराल रहा। हम तीनों बिना एक-दूसरे की तरफ देखे अपनी-अपनी अस्थिरता को दबाए पर्दों, गिलासों और दीवारों तथा दीवारों के कोनों में उभर आई सीलन को देखते रहे। मुझे खुद अपने अन्दर मितली-सी उठती महसूस हो रही थी। लग रहा था जैसे कोई हाथ मेरे अन्दर उतर गया हो और वहां के धड़कते लोंदे को धीरे-धीरे अपने में भींचता जा रहा हो। मैंने काफी देर से सिगरेट नहीं पिया था। पीने को मन नहीं था। बल्कि अपनी सांस से टकराता चेरी के सिगार का धुआं भी मुझसे बरदाश्त नहीं हो रहा था। उस गन्ध के अलावा एक और गन्ध जो मेरी उबकाई को बढ़ा रही थी, वह थी लैरी की अलकोहल-मिली सांसों की। सिर पीछे डाल लेने के बाद उसने अपनी बांहों और टांगों को बेतरह फैल जाने दिया था और उसके फैलने का ढंग कुछ ऐसा था कि उसका सिर मेरी तरफ को काफी झूल आया था। चेरी लगातार लम्बे-लम्बे कशों का धुआं बाहर उंडेलता हुआ इस तरह इधर-उधर आंखें घुमा रहा था जैसे कि हम लोगों का वहां होना उसके ठीक से किसी चीज़ को देख सकने में बाधा हो।

मैं सोच रहा था कि वहां से चलने का प्रस्ताव लैरी के मुंह से निकले, तो ज्यादा अच्छा होगा। अपनी उबकाई पर काबू पाए मैं उसकी प्रतीक्षा करता रहा। पर उसके चेहरे और आंखों के स्थिर होते भाव से जब यह लगने लगा कि वह वहीं पड़ा-पड़ा सो न जाए, तो मैंने अपनी तरफ से खामोशी को तोड़ने का निश्चय कर लिया। "मैं अब चल रहा हूं," मैंने कुर्सी से उठते हुए लैरी की बांह को छूकर कहा, "तुम्हारा इरादा अगर कुछ देर और यहीं बैठने का है, तो..."

लैरी ने एक झटके के साथ अपने को संभाल लिया। आसपास इस तरह देखा जैसे कि जहां होने की आशा थी, उसकी जगह अपने को किसी और जगह पर देख रहा हो। फिर चेरी के चेहरे पर नज़र डालकर उसने जैसे पिछली स्थिति से इस स्थिति का सम्बन्ध जोड़ा और ठक् से फर्श पर जूतों की आवाज़ करता उठ खड़ा हुआ। "मैं भी

चलूंगा," उसने कहा। "मैं तो कब का चला गया होता अगर तुम्हें इस तरह जमकर बैठे न देखता। मैं न तो अपनी वजह से आया था यहां, और न ही···न ही···।" आगे बात पूरी न कर सकने से उसने होंठ चबा लिया।

चेरी हम लोगों के उठने की प्रतीक्षा में था। "अच्छा," उसने अपनी कुर्सी छोड़ते हुए मुझसे कहा, "फिर किसी दिन बैठेंगे, तो बात करेंगे।" साथ आंखों से उसने मुझे समझाने की चेष्टा की कि हम दोनों के बीच कोई गलतफहमी नहीं है, मैं उस लिहाज़ से मन में किसी तरह की बात लेकर न जाऊं। लैरी ने भी उसकी आंखों का वह भाव देखा और फिर एक बार वितृष्णा से हंस दिया। "आओ चलें," उसने कहा और दरवाज़े की तरफ बढ़ गया।

बाहर निकलने पर हवा इतनी तीखी लगेगी, इसका अंदाज़ा कमरे में बैठे हुए मुझे नहीं था। पगडण्डी पर आकर लैरी ने मेरे कंन्धे का सहारा ले लिया। मुझे बुरा नहीं लगा क्योंकि खुद मुझे भी उस समय उस तरह के सहारे की ज़रूरत महसूस हो रही थी। एक-एक कदम चलते हुए लग रहा था जैसे इस बीच बरफ की फिसलन पहले से काफी बढ़ गई हो। यहां तक कि दो-एक जगह बरफ से बचकर चलने की कोशिश में मैं पगडण्डी से हटकर झाड़ियों के अन्दर चला गया। एक जगह तो लैरी मुझे वक्त से संभाल न लेता, तो मैं ढलान से सीधा नीचे को लुढ़क जाता।

"बहुत गन्दी शराब थी," कुछ दूर उतरने के बाद सामने आए बरफ के एक लोंदे को पैर से हटाते हुए उसने कहा, "अच्छी शराब पीकर मेरी तबीयत कभी खराब नहीं होती।"

"अच्छा है हम आज की शाम के बारे में बात न करें," मैंने कहा। मुझे कोशिश करनी पड़ रही थी कि नीचे सड़क पर पहुंचकर उससे अलग होने तक अपनी तबीयत ज़्यादा खराब न होने दूं।

"तुम ठीक कहते हो," वह बोला, "मुझे नहीं पता था यह शाम इतनी गन्दी बीतेगी।"

"मैं तो यहां आने के लिए तैयार होकर आया भी नहीं था। मेरा तो ख्याल था कि···"

"हम लोग अगली वार अकेले बैठेंगे। जैसे हमेशा बैठते हैं। पहली से पहले ही किसी दिन।"

"हां, पहली के बाद तो छुट्टियां हो जाएंगी।"

"मैं कह रहा हूं न उससे पहले ही किसी दिन। इसीलिए तो कह

रहा हूं। लेकिन एक चीज़ का तुम्हें ध्यान रखना चाहिए।" इस बार वह ठोकर खा गया और मैंने उसे संभाल लिया।

"किस चीज़ का ?"

"इस आदमी की बातों में आकर कोई गलत कदम न उठा लेना।"

मैंने उसे जवाब नहीं दिया। देखने की कोशिश की कि पगडण्डी के अभी कितने मोड़ बाकी हैं।

"तुम इसे नहीं जानते," वह बोला, "मैं जानता हूं। आज बल्कि पहले से ज़्यादा जान गया हूं। तुमने देखा है न कि इसकी 'वह' भी आज नहीं आई। वह भी इसे जानती है।"

"हूंss !" मैंने कहा और अपनी छाती को हाथ से दबा लिया। कुल दो-तीन मिनट और अपने पर काबू रखने की ज़रूरत थी।

"तुम समझते हो कि इसकी चिट उसे मिली नहीं होगी ? मैं यह बात मान ही नहीं सकता। चिट ज़रूर मिली होगी, पर वह जान-बूझकर नहीं आई। वह जानती है कि इसके साथ मिलने-जुलने में नौकरी का खतरा है। वह अपनी नौकरी खतरे में क्यों डाले ?"

एक ही मोड़ और था जिसके बाद चौड़ी सड़क थी। "फिर कभी बैठेंगे, तो बात करेंगे" मैंने कहा, और इस तरह तेज़ चलने लगा जैसे कि पगडण्डी की ढलान ने ही इसके लिए मजबूर कर दिया हो। उसे भी ज़बर्दस्ती घिसटकर मेरे साथ तेज़ चलना पड़ा।

"एक मैं ही हूं," वह कहता रहा, "जो इन चीज़ों की परवाह नहीं करता। कल को देख लेना यह भी जाकर हेडमास्टर के तलवे चाट आएगा। मगर मैं इन चीज़ों से बहुत ऊपर हूं। मैं अपनी मर्ज़ी से ऐसी पचास नौकरियां छोड़ सकता हूं। पर कोई मेरे साथ चालाकी बरतकर मुझे किसी जाल में फंसा दे, ऐसा मैं नहीं होने दे सकता। तुमको भी मैं इसीलिए होशियार किए दे रहा हूं। यह मेरी गलती थी जो मैं आज तुम्हें इसके यहां ले गया। मैं अपनी गलती साफ मान रहा हूं। पर इसके बाद अगर कुछ होता है, तो वह मेरी गलती नहीं होगी। यह भी मैं तुमसे साफ कहे दे रहा हूं। तुम अपनी मर्ज़ी से छोड़कर जाना चाहो, यह तुम्हारे ऊपर है। पर अगर तुम अपनी नौकरी बनाए रखना चाहते हो, तो इस आदमी से अपने को बचाकर रखना। यह तुम्हें कई तरह का लोभ दे सकता है—तुम्हारे यहां यह चीज़, वह चीज़ भिजवाने का, इस का, उसका। अपनी 'उस' के साथ तुम्हारी दोस्ती कराने का। अगर तुम इसकी बातों में आ गए, तो देख लेना क्या होता है। जो हाल इसका होगा, वही तुम्हारा भी होगा। फिर मुझसे मत कहना कि···"

पांव सड़क पर पहुंच जाने से उसकी बात रुक गई। उसने इस तरह आसपास देख लिया जैसे कि जिस परदे की ओट में वह बात कर रहा था, वह एकाएक सामने से हट गया हो। "बहुत जल्दी पहुंच गए नीचे," उसने कहा, "तो ठीक है। फिर किसी दिन बैठेंगे, तो बात करेंगे।"

मैंने किसी तरह उसका हाथ अपने हाथ में लिया और आहिस्ता से हिला दिया। उसका हाथ पहले दो-एक क्षण तो ढीला रहा, फिर मेरे हाथ पर कस गया। "याद रखना, मैं तुम्हारा दोस्त हूं," कहकर वह मुसकराया। "वह आदमी का दोस्त नहीं है।" मैंने भी मुसकराकर इसकी स्वीकृति दी। फिर हम हाथ हिलाकर अपने-अपने क्वार्टर की तरफ चल दिए।

मेरे लिए अपनी उबकाई रोकना असम्भव हो रहा था। फिर भी जितना रास्ता रोशनी थी, उतना रास्ता मैंने सांस रोके हुए पार कर लिया। पर उस खम्भे के पास आते ही जिससे आगे घर तक अंधेरा ही अंधेरा था, मैं खड्ड की तरफ झुक गया और अपनी छाती के कसाव को मैंने ढीला हो जाने दिया।

नाटक

कई दिनों से कोई चिट्ठी नहीं आई थी। कहीं से भी, किसीका भी। खुद चाहे चार हफ्ते से मैंने किसीको एक पंक्ति नहीं लिखी थी, शोभा के पत्र का उत्तर भी नहीं दिया था, फिर भी हर रोज़ ज़रा-सा समय मिलते ही कामन रूम की ड्योढ़ी में अपने पिजन-होल पर एक नज़र डाल आता था। पता यूं पहले से होता था कि पिजन-होल खाली होगा, फिर भी उसे खाली देखने तक मन में एक व्यस्तता का अनुभव कर लेता था। इस तरह सुबह का खालीपन दोपहर की प्रतीक्षा में कट जाता था, दोपहर का अगले दिन की प्रतीक्षा में। जैसे की किसी दिन पिजन-होल के अन्दर कुछ ऐसा रखा मिल जाना हो जिससे अन्दर की उलझन का उपाय हो सकता हो।

उस दिन स्कूल के बाद खाली पिजन-होल के पास खड़ा था जब सीनियर मास्टर जिमी ब्राइट ने पीछे से आकर कहा, "क्या कर रहे हो खड़े-खड़े? यह प्रार्थना कि कोई चुपके से आकर खाली पिजन-होल में

प्रेम-पत्र रख जाया करे ?"

मैं थोड़ा सकपका गया क्योंकि यह भूलकर कि मैं वहां क्यों आया हूं, शायद एक-डेढ़ मिनट से मैं वहीं खड़ा था। मैंने मुसकराकर अपनी सकपकाहट को ढांप लेने की चेष्टा की।

"एक मिनट मेरे साथ चल सकते हो मेरी स्टडी में ?" जिमी बोला। "एक लड़के को सज़ा दी जानी है। मुझे गवाह के तौर पर एक आदमी के हस्ताक्षर चाहिए। मेरा ख्याल है, तुम इस वक्त खाली हो।"

"मैं बिलकुल खाली हूं," मैंने अपने को सहेजते हुए कहा और उसके साथ चल दिया, हालांकि मुझे घृणा थी उस सारी प्रक्रिया से। जाकर सीनियर मास्टर की स्टडी में एक तरफ खड़े हो जाओ और एक लड़के को पिछवाड़े पर बेंत की मार खाते देखो। फिर रजिस्टर में हस्ताक्षर करो कि लड़के को कुल कितने बेंत मारे गए। उसके बाद जेबों में हाथ डाले टहलते हुए वहां से चले आओ। मगर यह सब भी नौकरी के अनुशासन में शामिल था। इसे भी चुपचाप इसी तरह सह जाना होता था जैसे मिस्टर व्हिसलर की त्योरियों को और 'डाल' के नाम से खाई जाने वाली बेहूदा दाल को।

जिमी के साथ उसकी स्टडी में पहुंचने पर प्रीफेक्ट जसवन्त को वहां खड़े देखकर मुझे कुछ आश्चर्य हुआ। यह बहुत कम होता था कि स्कूल के किसी प्रीफेक्ट को इस तरह सज़ा दी जाए। फिर जसवन्त लगता भी काफी बड़ा था—अपने ऊंचे कद और डेढ़-डेढ़ इंच की दाढ़ी की वजह से। हमें देखकर उसने अभिवादन किया और चुपचाप उस कोने में चला गया जहां लड़के मार खाने के लिए खड़े होते थे। जिमी ने भी बिना उससे कुछ कहे अपना बड़ा बेंत उठाया और सड़ाप्-सड़ाप् सात बार उसके जड़ दिया। जसवन्त ने बिना शरीर या चेहरे पर किसी तरह की प्रतिक्रिया आने दिए एक बुत की तरह पूरी मार सही और इस तरह सीधे होकर जैसे कि इस बीच झुकने के अलावा और किसी तरह की तकलीफ उसके शरीर ने न सही हो, मुसंकराता हुआ जिमी के पास चला आया।

"तुम इसकी वजह तो नहीं जानना चाहते ?" जिमी ने उससे पूछा।

"अगली बार ऐसा हुआ, तो तुम्हें वापस भेज दिया जाएगा, यह भी जानते हो ?"

"हां, सर !"

"तो अब तुम जा सकते हो।"

जसवन्त ने फिर सिर हिलाकर हम दोनों को अभिवादन किया

और स्टडी से बाहर चला गया। जिमी ने सज़ा का रजिस्टर मेरे सामने कर दिया। मैंने चुपचाप हस्ताक्षर कर दिए।

"तुम स्कूल से जा रहे हो, इसलिए पांच मिनट रुककर चाय की एक प्याली आज यहीं पी लो," मैं भी चलने को हुआ, तो उसने कहा, "तुम्हें इस वक्त कोई काम तो नहीं है?"

मैंने सिर हिला दिया। स्कूल के बाद कहीं भी रुकने का मौका मिले यह मुझे अच्छा लगता था। इससे अपने को खाली कमरे में लौटकर जाने की ज़हमत से कुछ देर के लिए तो बचाया ही जा सकता था। पर जिमी के यहां रुकने में मुझे वैसा नहीं लगा। यह इस ख्याल से कि उसके साथ 'पांच मिनट' चाय पीने में केवल शिष्टाचार निभाना होगा। वह स्कूल की बिरादरी में सबसे मिलनसार होता हुआ भी सबसे अकेला आदमी था। जैसे एक फीता लेकर दिन के एक-एक मिनट को नापने में व्यस्त। "जेंटलमेन, आज शाम को चार पचास से पांच तीस तक स्टाफ की मीटिंग होगी—हेड के कमरे में।" या, "दोस्तो, बाहर से एक मेह-मान आ रहे हैं आज। उनके साथ हम चाय पिएंगे—तीन पचास से तीन पैंतालीस तक।" इसी तरह, "अब दस मिनट हम लोग गपबाज़ी करेंगे!" और मज़ाक शुरू। ठीक दस मिनट बाद, "अब अपने-अपने काम पर!" और मज़ाक का बटन बन्द, काम शुरू। सुबह के आठ बजे से रात के साढ़े नौ बजे तक स्विचबोर्ड लगातार चालू। साढ़े नौ स्विच-बोर्ड बन्द, बत्तियां गुल और बिस्तर के अन्दर।

"मैं अभी आ रहा हूं रोज़ से कहकर," और वह घर के अन्दर चला गया। मैं सोचता रहा कि बंधे-बधाए पांच मिनटों में उन लोगों से क्या बात हो सकेगी। जिमी एक ऐसा आदमी था जिसके साथ पचास बार हंस चुकने के बाद भी बेगानगी का अहसास अन्दर से जाता नहीं था। वह जैसे उतनी देर के लिए ही दूसरे से जुड़ता था जितनी देर दूसरा उसके सामने हो। फिर परे हटते ही एकाएक बिलकुल और पूरा अलग हो जाता था। पर उससे भी ज्यादा बेगानगी का अनुभव रोज़ के सामने होता था। वह स्त्री यह मानकर चलती थी कि स्कूल से और वहां काम करने वाले लोगों से उसका कुछ लेना-देना नहीं है। वहां के जितने भी दायित्व हैं, लोगों की तरफ मुसकराने से लेकर उनसे बात करने तक के, वे सब उसके पति के हैं क्योंकि उनमें से वही अकेला स्कूल से तनखाह लेता है। साधारणतया वह अपने को घर में ही बन्द रखती थी। स्कूल में किसीके भी यहां आती-जाती नहीं थी। कभी हफ्ते-पखवारे में एकाध बार वह बाहर नज़र आती थी—अपनी बच्ची को प्रैम में घुमाती हुई

या रिक्शा में बैठकर घूमने जाती हुई। इसके अलावा उससे भेंट होती थी साल में एक बार उस नाटक के मंच पर जो जिमी स्कूल के लिए प्रस्तुत करता था। इस बार का नाटक उसी शाम को था, इसलिए मैंने सोचा कि वे पांच मिनट उस विषय में अपनी उत्सुकता प्रकट करने में बिताए जा सकते हैं।

पर जिमी ने अन्दर से आने में ही पांच मिनट से ज्यादा लगा दिए। मैं उस बीच उसकी मेज़ का जायज़ा लेता रहा जिसपर एक-एक चीज़ इस तरह रखी थी जैसे कि उसे कभी हाथ से छुआ ही न जाता हो। जिमी आया, तो ऐसे व्यस्त भाव से जैसे कि कोई रुका हुआ काम उसे अभी-अभी पूरा करना हो। आकर बैठता हुआ बोला, "तुम रात को नाटक देखने आ रहे हो?"

मैंने सोचा, अच्छा है रोज़ के आने से पहले ही उस विषय में बात शुरू हो गई। "स्कूल में कोई ऐसा आदमी है जो नहीं आएगा?" मैंने कहा। पर कहकर मुझे लगा कि मेरी बात का कुछ दूसरा अर्थ भी निकल सकता है।

जिमी मुसकराया। उसे शायद लगा कि मैंने जान-बूझकर बात इस तरह से कही है। मैंने तुरन्त आगे बात जोड़ दी, "मेरा मतलब है कि यहां हर आदमी साल-भर आज के दिन की प्रतीक्षा करता है।"

"पर इस बार मेरा ख्याल है कि हम सब लोगों को निराश करने जा रहे हैं," उसने एक बार टटोलती नज़र से मुझे देख लिया। मुझे उसका स्वर ही नहीं, चेहरा भी काफी गम्भीर लगा।

मैंने पल-भर प्रतीक्षा की कि शायद रोज़ अन्दर से निकलकर आ जाए, तो मेरे कहे शब्द उसके कानों में भी पड़ जाएं। पर उधर से कोई आहट न पाकर मुझे जैसे समय से पहले ही अपनी बात कहनी पड़ी। "तुम्हारा ख्याल कुछ भी हो, पर रोज़ को मंच पर देखना हर बार सब लोगों के लिए एक नया अनुभव होता है।"

"मैं समझता हूं कि सबसे ज्यादा वही इस बार तुम्हें निराश करेगी," उसने थोड़ा और गम्भीर होने की चेष्टा की जिससे मैं उसके शब्दों को ठीक उसी अर्थ में ले सकूं।

"यह तुम किस वजह से कह रहे हो?"

"उसकी मन:स्थिति की वजह से। तुम कल ड्रेस रिहर्सल में नहीं थे। होते, तो यही बात तुम भी सोच रहे होते।"

"लेकिन..."

"मैं ठीक कह रहा हूं। पर वह अभी आएगी, तो उससे इस विषय में

बात मत करना। वह पहले से ही काफी उदास है। मैं चाहता था, आज दिन में भी एक रिहर्सल कर लेते, पर वह उसके लिए राज़ी नहीं हुई।"

"तो सचमुच तुम्हारा ख्याल है कि···?"

उसने जबड़े कसे हुए सिर हिला दिया, "मुझे लग रहा है कि यहां पर उसका यह आखिरी अभिनय होगा। यह बात कुछ तसल्ली की भी है हालांकि इसी वजह से मैं सोचता था कि···"

"मैं समझ नहीं सका।" उसकी तरफ देखता रहा।

"मेरे कांट्रैक्ट का एक साल यहां बाकी है," वह बोला, "लेकिन हो सकता है मुझे पहले ही उसे कैंसिल करके चले जाना पड़े।"

"क्यों?"

"क्योंकि···उसे यहां अब बिलकुल अच्छा नहीं लगता। मैं तो खैर दिन-भर व्यस्त रहता हूं। पर उसके लिए बहुत मुश्किल हो जाता है।"

"पर मैंने तो सुन रखा है कि···"

"वह बात ठीक है। कांट्रैक्ट पूरा होने से पहले मैं यहां से जाऊंगा, तो मुझे लौटने का किराया नहीं मिलेगा। लेकिन रोज़ की तबीयत भी इस साल यहां काफी खराब रही है। मैं नहीं चाहता कि जाने तक वह अपनी सेहत बिलकुल गंवा बैठे।"

बैरा अन्दर से चाय की ट्रे ले आया। रोज़ भी साथ ही आ गई। उसके चेहरे से लग रहा था कि वह मुश्किल से अपने को बाहर आने के लिए तैयार कर पाई है। मैंने उठकर अभिवादन किया, तो उसने मुसकराकर मेरा हालचाल पूछ लिया। फिर अपने हाथ से दो प्यालियों में चाय डालकर एक-एक प्याली हम दोनों की तरफ बढ़ा दी। "मुझे माफ करना, मैं इस वक्त चाय नहीं पिऊंगी," उसने मुझसे कहा। "मैंने अभी दवाई ली है। उसके बाद मुझे चाय नहीं पीनी चाहिए।"

मुझे क्या कहना चाहिए, यह मैं तुरन्त नहीं सोच सका। उसने इतनी बात भी मुझसे पहली बार की थी। पर इससे पहले कि मैं कुछ कहता, जिमी उससे बोला, "मेरा ख्याल है तुम शो से पहले कुछ देर लेट रहो, तो अच्छा है। अगर डाक्टर को बुलाने की ज़रूरत हो, तो···"

"नहीं, डाक्टर को बुलाने की ज़रूरत नहीं है," रोज़ ने निश्चित स्वर में कहा। फिर मेरी तरफ देखकर बोली, "मुझे अफसोस है, मैं तुम लोगों के साथ बैठ नहीं सकूंगी। मेरे लिए इस वक्त आराम करना ज़रूरी है।" और अन्दर चली गई।

"यह आज मुझसे भी खफा है," जिमी ने उसके जाने के बाद उसके

रूखे व्यवहार की व्याख्या करने की चेष्टा की।

"मुझे लगा कि वह काफी थकी हुई है," मैंने कहा।

"थकी हुई तो है ही। यह जब से यहां आई है, तभी से यहां की ज़िन्दगी इसे रास नहीं आई। यहां रहकर इसकी थकान लगातार बढ़ती ही गई है।"

मैंने घड़ी पर नज़र डाल ली। वहां बैठे मुझे दस एक मिनट से ऊपर हो चुके थे। मैं जल्दी-जल्दी चाय के घूंट भरने लगा।

"ऐसी जल्दी नहीं है," जिमी मेरा इरादा भांपकर बोला, "आज थो से पहले मैं भी कुछ देर आराम कर लेना चाहता हूं।"

"इसीलिए मैं सोच रहा था कि···"

"मैं इस वक्त बहुत आराम से हूं। हां, तुम्हें कोई काम हो, तो···"

"मुझे कोई काम नहीं।"

"तो बैठो और पांच मिनट। मैं तुमसे एक बात पूछना चाहता हूं।"

मैंने अपनी प्याली परे रख दी। उसका चेहरा अब भी उतना ही गम्भीर था। उसकी बात सुनने की प्रतीक्षा में हाथों की उंगलियां उलझाए मैं थोड़ा आगे को झुक गया।

उसने भी बात कहने से पहले अपनी प्याली की बाकी चाय पी डाली। फिर कहा, "स्कूल में जो नया परिवर्तन हो रहा है, उसका तुम्हें पता तो होगा ही।"

मैं सूने चेहरे से उसे देखता रहा।

"मैं उसी विषय में तुमसे कुछ जानना चाहता था।"

"तुम्हारा मतलब किस परिवर्तन से है, मैं समझ नहीं सका," मैंने कहा।

वह पल-भर तेज़ नज़र से मुझे भांपता रहा कि मैं बनने की कोशिश तो नहीं कर रहा।

"तुम सचमुच नहीं जानते कि शिक्षा विभाग से स्कूल के सम्बन्ध तोड़कर इसे एक प्राइवेट स्कूल में बदला जा रहा है?"

"सचमुच?" मुझे हैरानी हुई। इस बात की भनक भी तब तक मेरे कान में नहीं पड़ी थी।

"और यह अभी से किया जा रहा है, छुट्टियां शुरू होने के पहले से ही। मेरा ख्याल था तुम्हें पता होगा।"

"मुझे बिलकुल पता नहीं था," मैंने कहा। पर मुझे लगा कि जिमी को मेरी बात पर विश्वास नहीं आया।

"इस बीच तुम्हारी शिक्षा विभाग के किसी व्यक्ति से भेंट नहीं

हुई ?" उसका इशारा किस व्यक्ति की ओर है, यह मेरे लिए स्पष्ट नहीं था।

मैंने सिर हिला दिया। "मैं इस बीच बहुत कम बाहर निकला हूं।"

वह कुछ देर चुप रहा। जैसे यह सोचने के लिए कि इसके बाद उसे आगे बात करनी चाहिए या नहीं। "तुम इन दिनों किसीसे मिलने या बात करने का इरादा भी नहीं रखते ?" फिर उसने पूछा।

"कह नहीं सकता। पर फिलहाल मुझे नहीं लगता कि···"

"तो छोड़ो इस बात को। मैं ऐसे ही पूछ रहा था।"

"देखो, बुरा मानने की बात नहीं," मैंने कहा। "मुझे सचमुच इस चीज़ का पता नहीं था। हो सकता है इसीलिए किसीने मुझसे ज़िक्र न किया हो कि अब मेरी इस बात में कोई दिलचस्पी नहीं हो सकती। या शायद···"

वह अविश्वास के साथ मुसकरा दिया, "मैं सिर्फ एक ही वजह से जानना चाहता था। ठीक स्थिति का पता चल जाने से मैं अपना कार्य-क्रम आसानी से निश्चित कर सकता हूं। अगर सचमुच शिक्षा विभाग इसे एक प्राइवेट स्कूल में बदल जाने देगा, तो मैं···मेरा मतलब है कि रोज़ जैसा चाहती है, उसे नज़र में रखते हुए मैं···एक और साल यहां रहने की जगह इसी साल चले जाने की सोच सकता हूं। मेरे सामने अपना ही नहीं, बच्चों का भी सवाल है—उनकी पढ़ाई-लिखाई का, उनके कैरियर का। खैर जाना तो मुझे है ही···फिर भी···"

"तुम समझते हो सचमुच बहुत फर्क पड़ जाएगा इस चीज़ से ?"

"स्कूल को न पड़े, मुझे तो पड़ ही सकता है। वह आदमी आज भी इतना कुछ ऐसा करता रहता है कि मुझे एक-एक दिन यहां काटना मुश्किल लगता है। उसके बाद तो वह कुछ भी कर सकता है। मुझे कहना नहीं चाहिए, लेकिन···तुम्हें पता है, रोज़ आज इतनी परेशान क्यों है ?"

"तो क्या इसकी भी वजह···?"

"इसकी भी वजह वह आदमी है। हम लोग डेढ़ महीने से 'ब्लड वेडिंग' के रिहर्सल कर रहे हैं। मैंने उसे पहले से बता दिया था कि इस साल मैं कोई प्रहसन प्रस्तुत नहीं करना चाहता। रोज़ की बहुत दिनों से इच्छा थी कि हम कभी यह नाटक खेलें। हम लोग जब यहां आए थे, उससे पहले से ही यह बात उसके मन में थी। पर पहले भी यह सम्भव नहीं हुआ था और यहां आकर भी अब तक नहीं हो पाया था। मैंने इस साल इसे इसलिए भी चुना था कि जो कुछ हम लोग अब तक करते

आए हैं, उससे अलग तरह की कोई चीज़ कर सकें। उस आदमी ने अगर नाटक पहले से नहीं पढ़ रखा था, तो यह कसूर किसका है? उसे शुरू से पता था कि हम यह नाटक कर रहे हैं। पर नाटक उसे पसन्द नहीं है, यह बात कल उसने मुझसे कही है—ड्रेस रिहर्सल से पहले। बोला कि नाटक उसने अभी पढ़ा है—यह उस तरह का नाटक नहीं है जो स्कूल के लड़कों के बीच खेला जाए। रिहर्सल के बाद कुछ ऐसी ही बात उसने रोज़ से भी कह दी।"

"तो क्या···?"

"मैंने उससे कहा था कि वह चाहे, तो नाटक को अब भी कैंसिल किया जा सकता है। पर इसके लिए भी वह राज़ी नहीं हुआ। बोला कि नाटक तो अब होगा ही, हालांकि उसे दु:ख है कि हम लोगों ने एक गलत तरह का नाटक चुन लिया है। तुम सोच सकते हो कि आज की पूरी शाम में से गुज़रना मेरे लिए कितना मुश्किल हो रहा है। पहले मेहमानों के साथ चाय है, फिर नाटक का डिनर। मैं कितना चाहता हूं कि आज की पूरी शाम मैं बिस्तर में पड़े-पड़े काट दूं जो कि वैसे मैं कभी नहीं चाहता। पर ठीक है···," कहता हुआ वह उठ खड़ा हुआ। "यह शाम भी उसी तरह बीत जाएगी जैसे रोज़ की शाम बीतती है। कल सुबह हम इसका ज़िक्र बीते कल की शाम के रूप में कर रहे होंगे।"

उसका उठना मेरे लिए भी उठ जाने का इशारा था। दो लड़के उसकी स्टडी के बाहर आकर खड़े हो गए थे। उन्हें शायद उससे बात करनी थी। 'यह आदमी ऐसी मन:स्थिति में भी अपनी मेज़ इतने करीने से कैसे रख लेता है?' मैंने उसके पास से चलते हुए सोचा। जो शब्द उसने कहे, वे इतने औपचारिक थे कि उन्हें बोलते हुए अपनी ज़बान मुझे सूखती महसूस हुई। लड़कों के पास से गुज़रते हुए मैं खामखाह मुसकरा दिया हालांकि उन दोनों की आंखें मेरी तरफ नहीं थीं। बरामदे से उतरकर लान में आया, तो वहां रोज़ पर नज़र पड़ गई। वह आंखों पर बांह रखे एक तरफ आरामकुर्सी पर लेटी थी। मुझे देख-कर उसकी अधखुली आंखें पूरी मुंद गईं। मैं पल-भर के लिए रुका कि जाते-जाते फिर एक बार उससे उसकी तबीयत का हाल पूछ लूं। पर उसकी बन्द आंखों से ज़रा भी प्रोत्साहन न पाकर मैं चुपचाप गेट से बाहर निकल आया।

शाम तक मैंने कुछ नहीं किया। मतलब, हुआ वह सब जो रोज़ होता था—घर जाना, चाय पीना, कमरे में टटोलना—मगर लगा यही

कि कुछ नहीं किया। जब स्कूल की चाय पार्टी के लिए तैयार होने का वक्त आया, तो एक जूते के तस्मे कसकर दूसरे के ढीले छोड़े चुपचाप बैठा रहा। मेरे सामने कोहली अपने खास ढंग से कन्धे हिलाता सड़क से निकलकर गया। उसके दो-एक मिनट बाद मैंने गिरधारीलाल को चूहे की तरह झपटकर जाते देखा। मैं अपना हाथ ढीले तस्मे तक ले भी गया, मगर उसे कसने की जगह मैंने जूता उतार दिया। 'अब मैं इन सब से बाहर हूं,' मैंने मन में सोचा। 'अब स्कूल की पार्टियों में हिस्सा लेने या न लेने के लिए मैं किसीके सामने जवाबदेह नहीं हूं।' उसके बाद भी दो-एक बार मन में आया कि कमरे में बैठकर उतरते अंधेरे की नहूसत ढोने की जगह लोगों के साथ चाय पीने में वक्त ज्यादा आसानी से कट सकता है। एक बार खिड़की के पास खड़े होकर यह अनुमान लगाने की चेष्टा भी की कि स्कूल के अहाते में चाय की लम्बी मेज़ों के आसपास इस समय किस तरह की हलचल होगी, पर फिर से जूता पहनने के लिए अपने को फिर भी तैयार नहीं कर सका। 'उन सबको इसी तरह लग सकता है कि अब मैं अपने को किसी तरह स्कूल से जुड़ा हुआ महसूस नहीं करता,' इस तर्क से अपने चुपचाप बैठे रहने का समर्थन करके मैं अपने फटे मोज़े से बाहर निकले नाखून को हाथ से मलता रहा।

घर में कोई आवाज़ नहीं थी—यहां तक कि शारदा की खड़ाऊं की खट्-खट् भी नहीं। सिर्फ बाहर से कभी हवा का धक्का बन्द खिड़कियों को थोड़ा हिला जाता था। लगता था कि हवा को अन्दर आने से रोकने के लिए चटखनियों को अपनी पूरी ताकत लगानी पड़ रही है। मुझे अपनी सांस में एक दबाव महसूस हो रहा था—जैसे अन्दर की कोई चटखनियां उस हवा के झटके के साथ भी लड़ रही थीं। उसी तरह बैठे हुए और अपनी सांस आने-जाने को महसूस करते हुए एक क्षण आया जब मैं जैसे किसी चीज़ के डरकर सहसा उठ खड़ा हुआ। वह डर किस चीज़ का था? उस खामोशी का? अपने अकेलेपन का? अपनी सांस में रुकाव आ जाने के खतरे का? या कि वहां होते हुए भी न होने, बीत चुकने के अहसास का? खड़े होकर मैंने कई लम्बी-लम्बी सांसें खींचीं। अपनी बांहों को कसरत करने की तरह दो-चार बार झटक लिया। 'जब तक मैं यहां हूं, तब तक मुझे यहां की चीज़ों से बाहर नहीं रहना चाहिए,' अपने से कहा और नाखून को फटे मोज़े के अन्दर समेटकर बिना हाथ से छुए जूता पहन लेने का संघर्ष करने लगा।

मगर ज़ीने से उतरते हुए लगा कि मैं अपने को नहीं, किसी और व्यक्ति को नीचे ले जा रहा हूं। एक ऐसे व्यक्ति को जो बहुत दिन उस

घर में रह चुकने के बाद फिर एक बार चोरी से वहां चला आया हो। सड़क पर आकर स्कूल की तरफ चलते हुए भी लगा कि मैं उस व्यक्ति की बांह थामकर उसे ज़बर्दस्ती अपने साथ घसीट रहा हूं। वह बार-बार रुक जाता है, मेरे साथ बहस करता है कि उसे नहीं जाना चाहिए और अपनी बांह छुड़ा लेने की कोशिश करता है। मेरा मन करता है कि उसके साथ और संघर्ष न करके उसे वहीं छोड़ दूं। मगर यह अहसास कि उसे छोड़ने का अर्थ है स्वयं भी रुक जाना मेरी ज़िद को बनाए रखता है। स्कूल के गेट के पास आकर वह व्यक्ति इस तरह अन्दर के लान पर नज़र डालता है जैसे कि बहुत पुराने परिचित चेहरों को वहां खोज रहा हो। जैसे कि उसे आशा हो कि उनमें से जो चेहरा नज़र आ जाएगा, वह उससे यही पूछेगा, "कैसे हो तुम? कहां थे इतने दिनों?" गेट के अन्दर पहुंचकर मुझे अपने पैर काफी हल्के पड़ते लगे, जैसे कि पूरे वज़न से उस रास्ते पर चलने का अब मुझे अधिकार न हो। लान में अंधेरा था—परले सिरे पर जल रही एक बत्ती की वजह से धुंधला-धुंधला। ऊपर हाल से कुछ आवाज़ें सुनाई दे रही थीं—आकाश में बसी किसी दूसरी दुनिया में चल रहे एक संवाद की तरह। नाटक शुरू हो चुका था। हाल की सीढ़ियों के पास रुककर मैंने ऊपर देखा। हाल के दरवाज़े से कुछ लोग चिपके खड़े थे। स्कूल के बैरे और चपरासी। मैं सीढ़ियां चढ़ने लगा, तो उस दूसरे व्यक्ति ने जैसे फिर से हठ शुरू कर दिया कि वह ऊपर नहीं जाएगा, नाटक नहीं देखेगा। मुझे झुंझलाहट हुई कि आधी सीढ़ियां चढ़कर नीचे उतरना अब कितना भद्दा लगेगा। मैंने उसे फुसलाया, पर वह फिर भी नहीं माना, तो जैसे उसे घसीटकर साथ ले चला। बैरे और चपरासी मुझे देखकर थोड़ा-थोड़ा इस-उस तरफ को सरक गए। कुछ उसी तरह जैसे कोई कुर्सी या बक्सा ढोकर अन्दर ले जाया जाना होता, तो सरक जाते। हाल में दाखिल होकर देखा कि वहां बैठने की जगह नहीं है। कितने ही लोग वहां पहले दायें-बायें दीवारों के साथ खड़े थे। अंधेरे में पहचान सकना सम्भव नहीं था, फिर भी पीठों से मुझे लगा कि वे शायद स्कूल के लोग नहीं, चोरी से घुस आए बाहर के व्यक्ति हैं। उनके खड़े होने का ढंग भी कुछ ऐसा ही था। कुछ देर रुककर इधर-देखते रहने के बाद पीछे की कुनकुनाहट से मैंने महसूस किया कि मैं बैरों और चपरासियों को नाटक देखने में बाधा डाल रहा हूं। मैं हटकर एक तरफ की दीवार के पास चला गया। मुझसे आगे खड़ी स्त्री ने एक बार घूमकर मेरी तरफ देख लिया। वह चपरासी फकीरे की बीवी

काशनी थी जो कभी-कभी हमारे घर के पास घास काटती नज़र आ जाया करती थी। अंधेरे में उसकी आंखों में मुझे एक अजीब-सी चमक दिखाई दी। जैसे कि मेरे वहां आ खड़े होने से ही वह अन्तर समाप्त हो गया जिसे उसने तब तक मन में स्वीकार कर रखा था। मुझे ठीक से देखने की सुविधा देने के लिए वह थोड़ा सिमट भी गई।

मैंने अपना ध्यान मंच पर केन्द्रित करने की चेष्टा की। नाटक का वह दृश्य चल रहा था जहां दूल्हे की मां दुलहिन के यहां आकर उससे बात करती है। दुलहिन की भूमिका में रोज़ काफी आकर्षक लग रही थी। अपनी उम्र से काफी छोटी भी। उसकी होने वाली सास उससे पूछ रही थी, "तुम जानती हो बच्ची, कि विवाह का अर्थ क्या है ?" उत्तर में "जानती हूं," कहते हुए रोज़ के चेहरे पर जो भाव आया, वह कुछ वैसा ही था जैसा दोपहर बाद अपने घर के लान में आंखों पर बांह रखे हुए उसके चेहरे पर देखा था। काशनी ने फिर एक बार पीछे देख लिया और मुझसे आंख मिलने पर हल्के से मुसकरा दी। मैंने उस मुस-कराहट से शरीर में कुछ उत्तेजना महसूस करते हुए एक बार पूरे हाल में नज़र दौड़ाई। अंधेरा। अंधेरे में हल्के-हल्के हिलती आकृतियां। इधर-उधर मुड़ते सिर। फुसफुसाहट। सामने रोशनी का चौकोर फलक। वहां से आती आवाज़ें उस फुसफुसाहट को ढांपती हुईं। एक स्त्री का शरीर, मेरे शरीर से तीन-चार इंच के फासले पर। उस शरीर की हल्की गन्ध, मैले कपड़ों की गन्ध में मिली हुई। काशनी आंखें मंच पर स्थिर किए जैसे अपना पैर खुजलाने के लिए झुक गई। अपना शरीर उसके शरीर से छू जाने से मैं थोड़ा पीछे हट गया। दूल्हा की मां दुलहिन के पिता से पूछ रही थी, "तो हम लोग हर चीज़ पर सहमत हैं ?" उस आदमी के 'हां, सहमत हैं,' कहने तक न जाने किस संकेत से दीवारों के साथ खड़े लोग पीछे दरवाज़े की तरफ सरकने लगे। एक-डेढ़ मिनट में ही मुझसे आगे खड़े सब लोग एक-एक करके मेरे पास से गुज़र गए। उनमें से कइयों को मैंने पहचाना—स्कूल का ग्वाला, नाई, अखबार वाला, जमादार, जमादार की बीवी। काशनी भी उन लोगों के साथ ही बाहर चली गई। जो लोग दरवाज़े से सटकर नाटक देख रहे थे, उनमें से भी कोई अब वहां नहीं रहा। अंक समाप्त होने को था और बत्तियां जलने पर वे लोग वहां दिखाई नहीं देना चाहते थे। अंधेरी दीवार के साथ अपने को बिलकुल अकेला खड़ा पाकर मुझे अपना-आप बहुत बेतुका लगने लगा। महसूस होने लगा कि जिस व्यक्ति को मैं ज़बर्दस्ती अपने साथ अन्दर ले आया हूं, वह अब मुझे अपने को इस स्थिति में डालने के

लिए कोस रहा है। वह चाहता है कि जैसे और लोग वक्त रहते बाहर चले गए हैं, वैसे ही वह भी चला जाए। मगर मैं नहीं चाहता था कि उन लोगों को लगे कि मैं भी उनकी तरह चोरी से नाटक देख रहा था। पर मैं यह भी नहीं चाहता था कि बत्तियां जलने पर मैं अकेला लोगों को दीवार के पास खड़ा नज़र आऊं। अपने शरीर का वज़न मुझे पैरों पर काफी भारी महसूस हो रहा था। मंच पर रोशनी मद्धिम पड़ गई थी। दुलहिन की नौकरानी उससे पूछ रही थी, "तुमने रात को घोड़े की टापें सुनी थीं ?" मैं जानता था कि अब एक-डेढ़ मिनट की बातचीत के बाद अंक समाप्त हो जाएगा। एक बार सोचा कि तब तक आगे की कुर्सियों की तरफ बढ़ जाऊं। पर इस बार जैसे साथ के व्यक्ति ने मेरी बांह थाम ली और मुझे बाहर की तरफ घसीटने लगा। जब हाल में बत्तियां जलीं और अन्दर का शोर बाहर की तरफ बढ़ा, मैं सीढ़ियों से नीचे आकर चेपल की पगडण्डी पर चल रहा था।

ठण्ड बहुत थी, फिर भी अन्दर की गर्मी काफी हद तक उस ठण्ड से बचाव कर रही थी। अपने होंठों पर जमी ताज़ा पपड़ियों पर हाथ फेरते हुए मैंने अपनी सांस पर एक गन्ध का असर महसूस किया—चेपल की दीवारों से उठती गन्ध का। वह गन्ध एक पुरानी इमारत के बुसे हुए गारे-चूने की गन्ध ही नहीं उसके अन्दर बरसों की गई प्रार्थनाओं तथा दिए गए सर्मनों की गन्ध भी थी—शायद उन सब अनुभूतियों की भी जो वहां खामोश बैठकर सर्मन सुनते लोगों के मन में रही थीं। चेपल से आगे खुली हवा में आकर मैंने नंगे आकाश को देखा। उससे अपना आप कुछ असुरक्षित भी लगा, मन को कुछ राहत भी मिली। लान पार करके मैं क्रिकेट पैविलियन की एक ठण्डी बेंच पर जा बैठा। हथेलियां बेंच पर फैलाए घाटी के बड़े-से कटोरे में भरे अंधेरे को देखता रहा। कुछ देर बाद हाल की तरफ से पहली, फिर दूसरी घण्टी की आवाज़ सुनाई दी। सोचा कि नाटक आगे देखना हो, तो अभी उठकर चल देना चाहिए जिससे इस बार दीवार के साथ न खड़े होना पड़े। लेकिन उस दूसरे ने इस बार इस तरह मुझे रोके रखा कि तीसरी घण्टी के बाद भी मैं वहीं बैठा रहा। 'मेरे वहां होने न होने से कुछ भी फर्क नहीं पड़ेगा,' मैंने सोचा। 'किसीको पता भी नहीं चलेगा कि मैं वहां नहीं था।' यह सोचते हुए एक बार काशनी का चेहरा सामने तिर आया। उसकी आंखों की चमक में वैसा ही कुछ था जैसा नंगे आकाश में या घाटी के अंधेरे में। लगा कि वह शायद एकाध बार अपने पीछे खड़े व्यक्ति को फिर से वहां देख सकने की आशा में आंखें घुमाएगी। पर उसके बाद शायद उसके लिए भी उस

व्यक्ति का अस्तित्व नहीं रह जाएगा। नाटक की चकाचौंध में, जिसका अर्थ उसकी समझ से बाहर था, वह क्षण, जब कि उसने जान-बूझकर पीछे के उस व्यक्ति से छू जाना था, उसकी चेतना से बुझ जाएगा।

कितनी बार चाहने पर भी कि डिनर शुरू होने से पहले मैं वहां से उठकर घर चला जाऊं, मैं नाटक का तीसरा अंक समाप्त होने तक पूरा समय वहीं बैठा रहा। कारण था तेज़ भूख लग आना। शाम को कुछ खाया नहीं था और पार्टी की वजह से रात का खाना घर पर नहीं पहुंचना था। उस समय घर लौट जाने का अर्थ था पूरी रात भूखे रहकर काटना—सुबह के नाश्ते से बची हुई डबलरोटी भी घर पर नहीं थी कि उसके चार स्लाइस जाकर निगल लेता। मैंने वहां बैठे-बैठे सामने अंधेरे के मंच पर वह पूरा नाटक देख डाला। दुलहिन के घर में ब्याह का आयोजन, लेकिन उस आयोजन के बीच से दुलहिन का अपने प्रेमी के साथ भाग जाना। दूल्हा और उसके साथियों द्वारा उन दोनों का पीछा, मृत्यु का जाल, दूल्हा और प्रेमी दोनों की मृत्यु और मृत्यु की रेखा के इस ओर दुलहिन। नाटक के बीच में प्रतीक्षा करता रहा समय बीतने की, डिनर की टेबल पर पहुंचकर कुछ भी खा सकने की। साथ अपने पर कुढ़ता रहा कि क्यों एक दिन की, सिर्फ एक दिन की, भूख भी मैं बरदाश्त नहीं कर सकता। क्या इस तरह की भूख के वक्त, कोई भी व्यक्ति, अपनी कोई भी शर्तें मनवाकर जीने के लिए मुझे मजबूर नहीं कर सकता था?

नाटक का दूसरा अंक समाप्त हुआ। फिर घण्टियां बजीं। तीसरा अंक समाप्त हुआ और कई आवाज़ें हाल से नीचे आईं। चेपल की पगडंडी पर पैरों की आहट सुनकर मैं उठ खड़ा हुआ। कुछ देर के लिए पैविलियन से नीचे चला गया जिससे वहां मुझे कोई देखे नहीं। कुछ वक्त ग्राउंड में टहलते हुए बिताया। फिर भी जब कामन रूम में पहुंचा, तो वहां अभी कोई नहीं आया था। साथ के कमरे में खाली प्लेटें रखी थीं जिनके आसपास छुरी-कांटे सजाए जा रहे थे।

मैं एक दरवाज़े से अन्दर जाकर दूसरे दरवाज़े से बाहर निकल आया। ऊपर राबर्टसन हाउस की डारमेटरी में थोड़ी हलचल थी, पर बरामदे में कोई नहीं था। वहां लोग घड़ी की सूइयों के हिसाब से डिनर के लिए न आएं, ऐसा कभी नहीं होता था। मैं टहलता हुआ नोटिस बोर्ड के पास चला गया। दो-एक नये नोटिस थे, पर अंधेरे में आंखें गड़ाकर भी उन्हें नहीं पढ़ सका। लगा कि ज़रूर डिनर का वक्त बदल दिया गया होता। अगर नोटिस नहीं लगा होगा, तो नाटक के बाद एनाउंसमेंट

कर दिया गया होगा। बरामदे की सीढ़ियों पर आकर मैं कुछ देर वीराने में भटक गए आदमी की तरह खड़ा रहा। डिनर के कमरे में जाकर बैरों से पूछ सकता था, पर उस तरह अपने को मैं और भी अजनबी नहीं बनाना चाहता था। सीढ़ियों पर खड़े-खड़े कई बार मन में आया कि लोगों के आने से पहले गेट से निकलकर घर की तरफ चला जाऊं, पर भूख ने उस ख्याल को हर बार मन से धकेल दिया। लेकिन लोगों का आना शुरू होने तक वहां भी खड़े नहीं रहा जा सकता था, इसलिए मैं टहलता हुआ फिर पैविलियन में चला गया। अपना होना उस समय मुझे अपने ही लिए एक बोझ लग रहा था। जैसे मैं अपने-आप से फालतू पड़ गया था और समझ नहीं पा रहा था कि इस फालतू आदमी का क्या करूं। क्या ऐसा कोई तरीका हो सकता था कि जिससे बिना वहां रुके उस आदमी की भूख मिटाकर उसे सुलाया जा सके? तरीका एक ही था कि चढ़ाई चढ़कर माल पर चला जाए और वहां किसी रेस्तरां में खाना खा लिया जाए। वहां पहुंचने तक अपने-अपने क्वार्टरों से आते लोगों से रास्ते में भेंट हो जाने की सम्भावना थी। सोचा कि अगर शोभा घर पर होती, तो अपने को इस समय के फालतूपन से तो बचाया ही जा सकता था। बाद में रात-भर नींद चाहे न आती, पर एक वक्त का खाना खा सकने के लिए वहां मंडराते रहने की जरूरत से तो निजात पाई जा सकती थी। मैंने नये सिरे से शोभा के नाम लिखे जाने वाले पत्र का मजमून मन में बनाना शुरू किया। उस रात के बाद कई और मजमून मन में बनाकर रद्द कर चुका था। हर मजमून में लगता था कि कोई न कोई पक्ष छूट गया है या अधूरा रह गया है या गलत हो गया है। त्यागपत्र का मजमून जितनी आसानी से बन गया था, उतनी आसानी से वह मजमून नहीं बन पाता था। त्यागपत्र से पहले की अपनी अपेक्षाओं में अब नई अपेक्षाएं त्यागपत्र की वजह से आ जुड़ी थीं। लिखना शुरू करने पर मजमून अब भी इतने तक ही बन पाता था, 'प्रिय शोभा…'

कुछ ही देर में कामन रूम की तरफ जाते पैरों की आहटें सुनाई देने लगीं। एल्बर्ट और मॉली क्राउन मिसेज ज्याफ्रे से बात करते हुए बरामदा पार कर रहे थे। कोहली, लैरी और गिरधारीलाल साथ-साथ चेपल की पगडण्डी से आ रहे थे। उनके पीछे कुछ फासले पर दो स्त्रियां थीं—शारदा और गिरधारीलाल की बीवी रत्ना। नीचे ग्राउंड से अपनी तरफ आती एक आहट के कारण मैं पैविलियन से बाहर निकल आया। बॉनी हाल लगभग दौड़ती हुई ऊपर को आ रही थी। मुझे देखते ही वह रुककर हांफने का अभिनय करने लगी। "हलो," वह वहीं से बोली,

"पैविलियत में छिपे क्या कर रहे थे तुम अंधेरे में ?"

"तुम्हारा इंतज़ार कर रहा था," मैंने खोखली हंसी से अपनी स्थिति को ढांपने की चेष्टा की।"

"झूठ मत बोलो," बॉनी फिर अपनी उसी रफ्तार से ऊपर तक आ गई। "मुझे तो लगता है कि तुम किसी और के साथ थे यहां, जिसे तुमने पहले ही भेज दिया है।"

"और किसके साथ हो सकता था यहां !" हम दोनों साथ-साथ चलने लगे।

"यह मैं कैसे कह सकती हूं। तुम्हारे जैसे अकेले आदमी का कुछ भरोसा थोड़े ही है !"

वह पार्टी के लिए लम्बा कसा हुआ गाउन पहनकर आई थी जिसमें उसका छरहरा शरीर और भी दुबला लग रहा था। ठोड़ी उठाकर बात करने के कारण उसकी सफेद गर्दन की नस बाहर को निकल रही थीं।

"मैं अकेला आदमी हूं, यह तुमसे किसने कह दिया ?" मैंने मुश्किल से अपनी आंखें उसकी गर्दन से हटाकर कहा।

"तुम्हारा ख्याल है मुझे पता नहीं है कि तुम्हारी पत्नी आजकल यहां नहीं है ?"

"उससे कुछ फर्क पड़ता है क्या ?"

"क्यों नहीं पड़ता ? तुम्हारी पत्नी यहां होती, तो तुम भी इस वक्त और लोगों की तरह नाप-नापकर कदम रखते अपने घर की तरफ से आ रहे होते।" फिर चुटकी लेती नज़र से एक बार मुझे देखकर वह हल्के से हंस दी।

पार्कर और मिसेज़ पार्कर को दाईं तरफ से आते देखकर मैंने बात-बीत की। "नाटक के बाद मैं घर नहीं गया। यहीं रुका रहा क्योंकि···"

"झूठ मत बोलो !" बॉनी ने झिड़कने की तरह अपना हाथ मेरे हाथ से टकरा दिया। मेरे शरीर में एक कंपकंपी दौड़ गई और मैंने फिर कुछ नहीं कहा। पार्कर और मिसेज़ पार्कर के पास आ जाने से हम चारों साथ-साथ कामन रूम की तरफ चलने लगे।

"तुम्हें नाटक कैसा लगा ?" बॉनी ने मिसेज़ पार्कर से पूछा।

मिसेज़ पार्कर ने निढाल ढंग से एक सांस ली। "मुझे इतनी समझ ही कहां है ?" वह बोली। "अच्छे और बुरे नाटक का फर्क मुझे पता ही नहीं चलता। मैं तो अब लोगों की बातचीत से जानूंगी कि नाटक कैसा हुआ है। तुम्हें कैसा लगा ?"

"बेहूदा !" बॉनी बरामदे में पैर फिसलाकर चलने लगी। फिर तीनों के चेहरों पर नज़र डालकर उसने आहिस्ता से जोड़ दिया, "हालांकि सब के बीच यह बात कहने से पहले मैं भी देख लूंगी कि और लोग क्या कह रहे हैं।"

कामन रूम तक पचास कदम फिर हममें से किसीने बात नहीं की। अन्दर जाने से पहले मिसेज़ पार्कर ने अपनी चाल काफी धीमी कर दी। सबसे पहले बॉनी अन्दर गई, फिर पार्कर, फिर मैं। मिसेज़ पार्कर सबसे अन्त में इस तरह दाखिल हुई जैसे कोई चीज़ पहले बाहर ढूंढ़ती रही हो और अब देखने आई हो कि वह चीज़ कहीं अन्दर तो नहीं है।

अन्दर काफी लोग जमा थे। इसका मतलब था कि डिनर का समय सचमुच आधा घण्टा आगे बढ़ा दिया गया था। पर मैंने पूछा किसीसे नहीं। चुपचाप जाकर एक तरफ खड़ा हो गया। जितने लोग पहले से आए थे, वे भी एक-दूसरे से अलग छितराकर बैठे थे। बातचीत का जमाव सिर्फ एक ही जगह था—मिसेज़ ज्याफ़े के आसपास। वहां लारा, रूथ मोनिका, मॉली क्राउन, डायना और मिसेज़ एटकिन्सन हल्के-फुल्के ढंग से नाटक की चर्चा कर रही थीं। बॉनी भी सीधे उसी जमघट में चली गई। "मुझे पोशाकें बहुत पसन्द आईं," मिसेज़ ज्याफ़े कह रही थी, "लगता है उन्हें तैयार कराने में काफी मेहनत की गई थी।" उसकी बात के गहरे अर्थ से अन्य स्त्रियां अपनी मुस्कराहटें दबाए एक-दूसरी की तरफ आंखों से इशारे करने लगीं। डायना और मिसेज़ एटकिन्सन नाटक में क्रमशः नौकरानी और दूल्हा की मां का अभिनय करके आई थीं, इसलिए इस इशारेबाज़ी में वे औरों से अलग पड़ गई थीं। हाउस-मास्टर ब्रैंडल जिसने नाटक में दूल्हा का अभिनय किया था, सिर पर बांहें रखे एक तरफ सोफे पर बैठा जैसे अब भी आखिरी पर्दा गिरने की राह देख रहा था। कोहली और गिरधारीलाल साथ-साथ खड़े पूरे कमरे पर नज़र दौड़ा रहे थे जैसे कि तीसरे अंक के बाद अब नाटक का चौथा अंक उनके सामने शुरू हुआ हो जिसे उसी खामोशी के साथ उन्हें पूरा देखना हो जिस खामोशी के साथ उन्होंने पहले अंक देखे थे। उन दोनों की पत्नियां भी कुछ दूर उसी तरह साथ-साथ बैठी थीं—साड़ियों में ढंकी पुतलियों की तरह होंठ बन्द किए आंखें इधर-उधर हिलाती हुई। चेरी घड़ी देखकर एक मिनट उस कमरे में जाता था जिसमें डिनर की टेबलें लगी थीं और दूसरे मिनट अपने कसे हुए कोट की सलवटें निकालता कामन रूम में चला आता था। लैरी इस कोशिश में कि वह कहीं खड़ा होकर किसीसे बात कर सके, पूरे कमरे में एक सिरे से दूसरे सिरे तक

घूम चुका था। जितने लोग अकेले खड़े थे, उन सबसे एक-एक बार आंख मिलाकर वह दो-दो, चार-चार शब्द कह चुका था। पर मेरे पास से गुज़रते हुए मुझे उसने जैसे देखा ही नहीं। कोहली और गिरधारीलाल ने भी मुझसे आंखें परे हटा लीं। चेरी ने ज़रूर एक बार मेरा कन्धा छू दिया—कुछ उसी तरह जैसे रास्ते में कोई रुकावट आ जाने पर वह हल्के से उसे हटाकर निकल जाता। तभी मिस्टर और मिसेज़ व्हिसलर के आ जाने से जो थोड़ी-बहुत बातचीत चल रही थी, वह भी रुक गई। बैठे हुए लोग खड़े हो गए। टोनी व्हिसलर ने जैसे एक ही नज़र में देख लिया कि कौन लोग तब तक आ चुके हैं और कौन नहीं आए। फिर चेरी के पास जाकर उसने पूछ लिया, "सब कुछ तैयार है ?"

"बिलकुल तैयार है सब कुछ," चेरी ने अपनी आदत के खिलाफ़ काफी अदब के साथ कहा और रास्ता छोड़ने के लिए थोड़ा पीछे हट गया।

"मेरा ख्याल है सब लोग अभी नहीं आए," टोनी ने फिर एक बार चारों तरफ़ देख लिया।

"हम लोग हीरो और हीरोइन का इंतज़ार कर रहे हैं," मिसेज़ ज्याफ़्रे मुस्कराई।

टोनी ने होंठ काटते हुए अपनी घड़ी देखी और साथ के कमरे में दाखिल हो गया, "खाने में किसीकी वजह से देर नहीं की जा सकती," उसने कहा, "खाना हम लोग शुरू कर रहे हैं।"

सब लोग एक उतावली के साथ उस कमरे में दाखिल हो गए जैसे कि जल्दी से जल्दी अन्दर पहुंचकर उन्हें अपने वहां हाज़िर होने का सबूत देना हो। चेरी अन्दर जाते हुए सबके हाथों में उनके सीट-नंबरों की चिटें देता गया। सीटों का बंटवारा हमेशा की तरह इस तरह से था कि एक-एक स्त्री के बाद एक-एक पुरुष बैठ सके। अपनी सीट ढूंढ़कर मैं उसके पास पहुंचा, तो देखा कि मुझे एक मेज़ के सिरे पर बैठना है। मेरे एक तरफ़ मिसेज़ ज्याफ़्रे थी, दूसरी तरफ़ बॉनी हाल। ग्रेस के बाद सब लोग अपनी-अपनी जगह पर बैठ गए, तो सिर्फ दो ही सीटें खाली रहीं। एक हमारी वाली मेज़ के दूसरे सिरे पर, दूसरी टोनी व्हिसलर वाली मेज़ पर उसके सामने। सूप सामने आ जाने पर मिसेज़ ज्याफ़्रे उसमें चम्मच चलाती हुई आहिस्ता से बोली, "मेरा ख्याल है उन लोगों ने आज डिनर का बायकाट कर दिया है।"

"आज के अभिनय के बाद उन्हें भूख नहीं रही होगी," बॉनी हंसी। अपना नेपकिन जांघों पर फैलाते हुए उसका घुटना मेरे घुटने से आ

छुआ।

मुझे लगा कि यह अनायास नहीं हुआ। बॉनी को अपने दुबले शरीर के लिए इतनी जगह की ज़रूरत नहीं थी कि उसका घुटना इतनी दूर तक फैल आता। मैंने अपना घुटना हटाया नहीं। सूप के हल्के-हल्के घूट भरता इन्तज़ार करता रहा कि कहां तक उस घुटने का दबाव मेरे घुटने पर बढ़ता है। थोड़ी देर में वह घुटना परे सिमट गया। मैं जैसे एक झटका खाकर फिर बातचीत में ध्यान देने लगा। मिसेज़ ज्याफ नाटक की चर्चा कर रही थी। उसका ख्याल था कि रोज़ ने आज जान-बूझकर इतना खराब अभिनय किया है क्योंकि वह जिमी पर यह साबित करना चाहती थी कि उसे स्कूल की ज़िन्दगी कितनी नागवार है। "उसे सभी कुछ नागवार है," वह कह रही थी, "यहां तक कि अपने पति के निर्देशन में अभिनय करना भी। वह अपने सामने स्कूल में किसीको कुछ समझती ही नहीं, जिमी को भी कुछ नहीं समझती। उसे लगता है, उसकी ज़िन्दगी जो लन्दन के वेस्ट एण्ड में बीतनी चाहिए थी—वहां के व्यावसायिक रंगमंच पर—वह यहां रहकर यूं ही बरबाद हो रही है। अपने मन में वह अपने को इतनी बड़ी एक्ट्रेस समझती है कि सिवाय लारेंस ओलिवियर के और किसीके साथ अभिनय करना उसे अपनी हतक जान पड़ती है। बेचारा जिमी! अगर उसे पहले से पता होता कि वह इतनी बड़ी कलाकार के साथ शादी कर रहा है, तो···।"

बॉनी का घुटना फिर मेरे घुटने से आ छुआ। मेरा नेपकिन टांगों से गिरने को हो रहा था, उसे मैंने ठीक से फैला लिया। कमरे में चल रही बातचीत के छोटे-छोटे टुकड़े कानों से टकरा रहे थे। पीछे की मेज़ पर भी नाटक की ही चर्चा हो रही थी। एल्बर्ट नाटक के एक-एक दृश्य का विश्लेषण करता बता रहा था कि उसकी दृष्टि से उसे कैसे प्रस्तुत करना चाहिए था। साथ की मेज़ पर टोनी व्हिसलर के आसपास बैठे लोग गम्भीर होकर इस बारे में अपने सुझाव दे रहे कि अगले साल किन-किन लड़कों को प्रीफेक्ट बनाया जाना चाहिए। दूसरी तरफ की मेज़ पर पिछली शाम को खेले गए मैच की चर्चा हो रही थी। आवाज़ों से हटकर कुछ देर मेरा ध्यान चेहरों पर केन्द्रित रहा। सूप की प्लेट तक झुककर चम्मच मुंह में ले जाता कोहली का चेहरा, कुर्सी की पीठ के सहारे पीछे को हटा-सा लैरी का चेहरा—चम्मच को अपनी तरफ लाते हाथ को जैसे अहसान के साथ देखता। चम्मच को हाथ में रोककर डरी हुई आंखों से इधर-उधर देखता मिसेज़ दारूवाला का चेहरा। दिनों की अनपच के कारण भूख न रहते हुए भी किसी तरह सूप को अन्दर उड़े-

लता मॉली ब्राउन का चेहरा। मेरा नेपकिन फिर नीचे को सरकने लगा, तो उसे संभालने की चेष्टा में मेरे हाथ का चम्मच हिल गया जिससे सूप की कुछ बूंदें मेरी कमीज़ पर गिर गईं। "देखो-देखो, क्या कर रहे हो तुम ?" कहते हुए बॉनी ने घुटने से मुझे ठोकर लगा दी। मैंने नेपकिन का एक सिरा पतलून की बेल्ट में खोंस लिया।

बैरा सामने से सूप की प्लेट हटा रहा था जब जिमी की आवाज़ से चौंककर मैंने पीछे देख लिया। "मुझे अफसोस है हमें आने में देर हो गई," रोज़ की बांह थामे वह उसे अन्दर ला रहा था।

"रोज़ की तबीयत अचानक खराब हो गई थी। बहुत-बहुत अफसोस है मुझे।"

कमरे की बातचीत थोड़ी देर रुकी रही। सब लोगों का ध्यान उन दोनों की तरफ चला गया था। चेरी ने जल्दी से अपनी जगह से उठकर उन्हें उनकी सीटें दिखला दीं। हेडमास्टर के सामने वाली सीट जिमी की थी। हमारी मेज़ के सिरे वाली रोज़ की।

रोज़ कुछ अस्थिर ढंग से अपनी सीट तक आई और किसी तरह अपने को संभाले उसपर बैठ गई। कपड़े उसने बदल लिए थे, पर नाटक का मेकअप उतारकर अपना स्वाभाविक मेकअप नहीं किया था। जो पोशाक उसने पहनी थी, वह भी काफी सादा थी। पहले पार्टियों में वह हर बार नई सजधज के साथ आती थी—जैसे कि एक पार्टी के बीच का पूरा समय इसकी तैयारी में ही बिताती हो। इस तरह अपने को सबसे अलग-थलग रखती हुई भी वह पार्टियों में सबके ध्यान का केन्द्र बनी रहती थी। यह उसकी आकर्षक पोशाक, चौंतीस-छब्बीस-चौंतीस के शारीरिक आंकड़ों तथा गहरी नीली आंखों के कारण ही नहीं, उस उपेक्षा-भाव के कारण भी होता था जिसके साथ वह व्हिसलर और दूसरे सब लोगों के पास से निकलकर जैसे हवा से 'गुड ईवनिंग' कहती दीवार-अंगीठी की तरफ बढ़ जाती थी। लोग एक-दूसरे से बात करने का बहाना करते भी देखते रहते थे कि वह कैसे अपने दस्ताने उतारकर बैग में रखती है और वहां से रूमाल निकालकर उससे अपनी ठोड़ी और गालों को छूती है। जितनी देर पार्टी चलती रहती थी, उसके मुंह से सिवाय अर्धाक्षरी शब्दों के अक्सर कोई बात सुनाई नहीं देती थी। येस, नो गुड, नाइस, ऑफुल। खाने की मेज़ पर जो लोग उसके दायें-बायें बैठे हों, उनके लिए ठीक से खाना खा सकना मुश्किल हो जाता था। आदमी अपनी तरफ से बात शुरू करे, तो उसकी तरफ से जवाब पाने का उसे विश्वास नहीं होता था। पर वह यह भी नहीं जानता था कि कब अचानक उसकी

तरफ देखकर वह हौले से कह देगी, "माई गॉड ! यह क्या मछली है ?" ऐसे में वह आदमी हड़बड़ाकर रह जाता था क्योंकि न तो रोज़ की कही बात होने से वह उसका खण्डन कर पाता था, न टोनी व्हिसलर के दूर से सुनते कानों की पहुंच में उसका समर्थन। नाटक के बाद की रात को तो उसका खामोशी का मुखौटा और भी सख्त होता था। कोई भी उसके सामने उसके अभिनय की प्रशंसा करने लगता, तो वह एक कटे-छंटे 'थैंक्स' के साथ चेहरा दूसरी तरफ हटा लेती थी।

पर उस समय कुर्सी पर बैठते हुए उसने एक बार भरपूर नज़र से कमरे की पांचों मेज़ों को देख लिया। कुछ इस तरह जैसे वह पार्टी का कमरा न होकर एक छोटा-सा हाल हो जहां वह भाषण देने आई हो। जहां वह बैठी थी, वहां से जिमी की पीठ उसकी तरफ पड़ती थी, टोनी की आंखें। अपना नेपकिन गिलास से निकालकर उसने इस तरह झाड़ लिया जैसे उसपर काफी गर्द जमी हो और उसे घुटनों पर फलाकर कुहनियों के बल मेज़ पर झुक गई। "हलो एवरीवन !" उसने अपनी नीली पुतलियों को इधर-उधर चलाते हुए कहना शुरू किया, "मेरे पति का कहना है कि मैंने आज नाटक में अच्छा अभिनय नहीं किया। क्या आप सबकी भी यही राय है कि मैंने अच्छा अभिनय नहीं किया ?"

उसके आने के बाद से कमरे की बातचीत वैसे ही मद्धिम पड़ गई थी। उसके इस तरह बोलना शुरू करने पर वह और भी धीमी पड़ गई। बैरों ने इस बीच तली हुई मछली की प्लेटें सबके सामने रख दी थीं। ज्यादातर लोग इस तरह छुरी-कांटे चलाने में व्यस्त हो गए जैसे मछली के टुकड़ों को काटना काफी मेहनत का काम हो। मिसेज़ ज्याफ़े ने एक बार गहरी नज़र से मुझे और बॉनी को देख लिया और हल्के-से बुदबुदाई, "मेरा ख्याल है यह पीकर आई है।"

बात बहुत आहिस्ता कही गई थी, फिर भी मेज़ के उस सिरे पर रोज़ के कानों तक वह पहुंच गई। रोज़ ने अपनी प्लेट से मछली का एक टुकड़ा काटकर कांटे पर लगा लिया और उसे हिलाती हुई मिसेज़ ज्याफ़े की तरफ देखकर बोली, "क्या कहा तुमने मिसेज़ ज्याफ़े ? मैं पीकर आई हूं इस वक्त ? तुम ठीक कह रही हो। मेरे पति ने मुझसे अनुरोध किया था कि मुझे इस वक्त थोड़ी-सी पी लेनी चाहिए। बल्कि उसने मुझ ज़बरदस्ती पीने के लिए मजबूर किया है। वैसे पार्टी में आने से पहले थोड़ी-सी पी लेना बुरी बात है क्या ? तुम्हें पीने से इतना परहेज है, यह मैं नहीं जानती थी। बल्कि मेरा तो ख्याल था कि तुम्हें खुद इसका काफी शौक है। तुमने तो अपनी काफी ज़िन्दगी राजा-महाराजाओं

के साथ काटी है। क्या वहां भी लोग यहां की तरह परहेज़ बरतते थे? खैर, मैं इस बारे में कुछ नहीं कह सकती। मैंने आज तक किसी राजा-महाराजा को देखा तक नहीं है। अब शायद देख भी नहीं सकती क्योंकि राजा-महाराजा अब समाप्त हो गए हैं। फिर भी मैं मानती हूं कि मुझे यहां पीकर नहीं आना चाहिए था। हम-लोगों ने आज एक ट्रेजिक नाटक खेला है। उस ट्रेजेडी की भी मांग थी कि यहां पीकर न आया जाए। खैर, नाटक हमने कोई भी खेला होता, यहां की मांग यही होती। यह स्कूल एक धार्मिक संस्था है। धार्मिक संस्थाओं में इन चीज़ों की मनाही होनी ही चाहिए, पर खैर, जितनी भी चीज़ों की हो सके, उतना ही अच्छा है। आदमी काम करे बस···सुबह से शाम, शाम से सुबह···और भुना हुआ गोश्त और तली हुई मछली खाकर सो रहे। हो सके, तो बगैर उसके सो रहे। मैं अपनी तरफ से चाहती भी यही थी। मगर अपने पति का मैं क्या करूं जिसे यह बात समझ ही नहीं आई? बोला कि जिस तरह तुमने मंच पर दो घण्टे निकाले हैं, उसी तरह एक घण्टा पार्टी में भी निकाल दो। अभिनय करते हुए मैंने उससे कहा भी कि मैं इतना थकी हुई हूं कि और अभिनय नहीं कर सकती। अगर तुम चाहते ही हो, तो कल नाटक का एक और शो रख लो। वहां मैं फिर अभिनय कर सकती हूं। यह क्या कि दो महीने की तैयारी के बाद सिर्फ दो घण्टे के अभिनय से बात समाप्त हो जाए। आदमी को इतना मौका तो मिलना चाहिए कि जो बात वह आज के अभिनय में नहीं कर सका, वह कल के अभिनय में कर सके। पर वह मेरी पीठ थपथपाता रहा और कहता रहा कि सिर्फ एक घण्टे की बात और है, सिर्फ एक घण्टे की। मैंने उससे कहा भी कि आज मेरे लिए असम्भव है। वे दो घण्टे ही इतने मुश्किल थे, एक घण्टा और बिलकुल असम्भव है। पर जिमी का यह स्वभाव है कि वह बहुत-सी बातें एकसाथ सोचता है। अपना सम्मान, स्कूल का सम्मान, रुपया-पैसा, योजनाएं, सही कदम और इन सबके बीच अभिनय। बल्कि इन सबको लेकर अभिनय। यदि किसीको जीवन में बहुत अच्छा अभिनय देखना हो, निर्दोष अभिनय, तो उसे जिमी को देखना चाहिए। ज़िन्दगी का हर कदम सही वक्त पर और सही जगह पर। कभी अपना पार्ट भूलना नहीं, कभी गलत एंट्री नहीं लेना, और विंग में खड़े होकर हर दूसरे की क्यू का पूरा ध्यान रखना। हर चीज़ एकदम दुरुस्त, ठीक वैसे जैसे कि होनी चाहिए। मैं इसके लिए उसकी बहुत प्रशंसा करती हूं। अपने पर लगाम रखने की उसमें अद्भुत शक्ति है। पर मेरे अन्दर वह शक्ति नहीं है। मैं दो घण्टे के बाद एक घण्टा भी उस तरह और

नहीं चल सकती।" फिर अपने कांटे पर लगा टुकड़ा मुंह में भरकर उसे चबाती हुई बोली, "यह मछली काफी अच्छी बनी है। मेरा ख्याल है हमें सिर्फ इस मछली की ही बात करनी चाहिए।"

उसकी बात रुकने के साथ ही कमरे में हल्की बुदबुदाहट शुरू हो गई। लोग इस तरह आपस में बात करने लगे जैसे रोज़ की बात किसीने सुनी ही न हो। फिर भी बात करते हुए लोग एक-दूसरे से आंखें बचा रहे थे। जैसे हरएक को डर हो कि दूसरा उस विषय में बात न करने लगे। जिमी का चेहरा हमारी तरफ नहीं था, इसलिए उसे मैं नहीं देख सका। पर जो चेहरे सामने थे, उनमें टोनी व्हिसलर का चेहरा सबसे ज्यादा फीका पड़ गया था। रोज़ अभी बोल ही रही थी जब उसने चेरी को अपने पास बुलाकर उसके कान में कुछ कहा था जिसके बाद चेरी जल्दी से पीछे पैंट्री की तरफ निकल गया था। उसके लौटकर आने के साथ ही तीसरे कोर्स की प्लेटें आ गईं जिससे लोगों ने जल्दी-जल्दी सामने की प्लेटें खाली करना शुरू कर दिया। पुलाव और मटन के तीसरे कोर्स के साथ ही फ्रूटक्रीम और कॉफी की भरी हुई प्यालियां भी रखी जाने लगीं। टोनी की मेज़ पर बातचीत फिर उसी विषय पर लौट आई थी कि अगले साल प्रीफेक्ट कौन-कौन लड़के हो सकते हैं। जिन लड़कों के नाम सुझाए गए थे, उनके बारे में टोनी अपने विचार प्रकट कर रहा था। "तुम्हारा क्या ख्याल है जिमी ?" उसके पूछने पर जिमी ने भी कम से कम शब्दों में अपनी राय बता देने की चेष्टा की। बहुत हल्के स्वर में बोलने पर भी जिमी की आवाज़ उस समय मुझे हमेशा से भारी लगी। जैसे कि गले की जगह उसे छाती के अन्दर से बोलना पड़ रहा हो। टोनी ने माथे पर बल डाले हुए उसकी बात सुनी और एल्बर्ट से पूछने लगा। पर उसकी आंखों से लग रहा था कि उसका ध्यान अपनी या उनमें से किसीकी बात में नहीं है। उसकी आंखें सामने के चेहरों पर फिसलती हुई बार-बार हमारी मेज़ की तरफ मुड़ आती थीं। पूरे कमरे में हमारी मेज़ पर सबसे ज्यादा खामोशी छाई थी। मिसेज़ ज्याफ्र कांपते हाथों से खाना खा रही थी। रोज़ के जवाब में उसे जो कहना था, वह जैसे उसे खाने के साथ निगलना पड़ रहा था। बॉनी हाल की आंखें उसी तरह आसपास भटक रही थीं जैसे हमेशा भटकती रहती थीं। उसके शब्द अनकहे रहकर होंठों को तरह-तरह की गोलाइयां दे रहे थे। जब रोज़ बात कर रही थी, तो उसके और मेरे बीच का खेल कुछ देर रुका रहा था। पर उसके बाद से हमारे घुटने इस तरह सट गए थे जैसे कि मुंह से कुछ बात न कह सकने के कारण ही हम आपसी दबाव से उस

वातावरण पर टिप्पणी कर रहे हों। कुछ देर चुपचाप खाना खाते रहने के बाद रोज़ ने हल्की आवाज़ के साथ अपना छुरी-कांटा प्लेट में रख दिया और पीछे टेक लगाती बोली, "कितने चुप हैं यहां पर सब लोग! मेरा ख्याल है मेरे बात करने की वजह से सब लोग इतने चुप हो गए हैं। पर चुप होने की क्या बात है? हम लोग किसी भी विषय पर बात कर सकते हैं। चेपल की बात कर सकते हैं। आनेवाली छुट्टियों की बात कर सकते हैं। एक-दूसरे को बता सकते हैं कि किस-किस पार्टी में कौन-कौन-सी चीज़ अच्छी बनी थी और कौन-कौन-सी खराब। तीन दिन पहले बरफ गिरी थी। और कुछ नहीं, तो उसीकी बात की जा सकती है। या मिसेज़ ज्याफ्रे हमें बता सकती है कि कुछ साल पहले के हिन्दुस्तान और आज के हिन्दुस्तान में क्या फर्क है। कौन-कौन-सी चीज़ें ऐसी है जो उन दिनों यहां थीं और आज नहीं रहीं। या···"

अपनी जांघ पर ज़ोर से चिकोटी काट लिए जाने से मेरा ध्यान उसकी बात से हट गया। चिकोटी काटने वाले हाथ तक अपना हाथ ले जाने तक वह हाथ परे हट गया। बॉनी ने नेपकिन हटाते हुए अपने घुटने भी समेट लिए थे। उसका निचला होंठ पहले से ज्यादा गोल हो गया था और आंखें स्थिर भाव से टोनी व्हिसलर की मेज़ की तरफ देख रही थीं। मिसेज़ ज्याफ्रे एक चम्मच फ्रूटक्रीम खाकर जल्दी से कॉफी का घूंट भर रही थी। रोज़ की चल रही बात के बीच आसपास हल्की हलचल का आभास पाकर मैंने भी टोनी की मेज़ की तरफ देख लिया। टोनी अपनी कुर्सी पीछे हटाकर खड़ा हो गया था। उसके चेहरे पर अब फीकेपन की जगह सुर्खी छाई थी, "फार वाट वी हैव रिसीव्ड···" उसने पथराई नज़र से सामने देखते हुए ग्रेस के शब्द कहे और कोट की जेबों में हाथ डाले कमरे से निकल गया। बहुत-से लोग तब तक पुलाव और मटन का कोर्स ही पूरा नहीं खा पाए थे। फ्रूटक्रीम और कॉफी की प्यालियां उनके सामने ज्यों की त्यों रखी थीं। डिनर बहुत जल्दी समाप्त हो जाएगा, यह तो सब सोच रहे थे। पर खाना इस तरह बीच में ही रह जाएगा, यह शायद किसीने नहीं सोचा था।

एक-दूसरे से आंखें चुराते, फिर भी एक-दूसरे के चेहरे को देखने की कोशिश करते सब लोग कामन रूम में निकल आए। टोनी तब तक वहां से भी जा चुका था। जेन दरवाज़े के पास खड़ी थी। पूरी भीड़ की तरफ देखकर मुसकराती आंखों से उसने 'गुडनाइट' कहा और इस भाव से कि 'मुझे जाना पड़ रहा है, क्या कर सकती हूं?' बरामदे में निकल गई। जिमी रोज़ की बांह थामे निकलकर कामन रूम में आया,

तो उन्हें रास्ता देने के लिए लोग इधर-उधर हट गए। जिमी का चेहरा बहुत कसा हुआ था और आंखें जैसे सामने से रास्ता तराशती चल रही थीं। रोज़ उसके साथ कदम मिलाकर चलती हुई भी जैसे अपने को घिसटने दे रही थी। पास से गुज़रते हुए मुझे उसका चेहरा जो वैसे बहुत सुन्दर लगा करता था, काफी विकृत-सा लगा। गाढ़े मेकअप के नीचे से उभरती चेहरे की रेखाएं ज्यादा गहरी जान पड़ीं। ख्याल था कि वे लोग भी बिना किसीसे बात किए चुपचाप वहां से चले जाएंगे। पर दरवाज़े तक पहुंचने से पहले ही रोज़ ने जिमी के हाथ से बांह छुड़ाकर पीछे खड़े लोगों की तरफ मुंह कर लिया, "मुझे अफसोस है," वह बोली, "कि मेरी वजह से आप सब लोग आज भूखे रह गए हैं। पर यह दोष मेरा नहीं, मेरे पति का है। मैंने इससे कहा था कि मुझे घर पर अकेली छोड़ दो। पर इसका ख्याल था कि मैं पार्टी में शामिल न हुई, तो लोग जाने क्या सोचेंगे। जिमी का सबसे बड़ा दोष यही है कि यह बहुत भला आदमी है। लोगों की बहुत चिन्ता करता है। मेरी भी बहुत चिन्ता करता है। कोई चाहे कितनी कोशिश कर ले, इसका चिन्ता करना नहीं छुड़ा सकता। यही वजह है जो आप सब लोगों को आज आधा खाना खाकर उठ जाना पड़ा है। पर मैं समझती हूं इसके बाद कभी आपको ऐसी स्थिति का सामना नहीं करना पड़ेगा। क्योंकि आज के बाद कम से कम आज के बाद ··मेरा ख्याल है जिमी चिन्ता करना छोड़ देगा।" और वह जिमी की तरफ मुड़ गई, "क्यों डियर, मैं ठीक कह रही हूं न ? अब तो तुम्हारा भी यही ख्याल है न कि हर समय हर चीज़ की चिन्ता करते रहने से कुछ भी नहीं होता ? तुम देख ही रहे हो न कि मैं···"

"हम लोग घर चल रहे हैं," जिमी ने फिर से उसकी बांह पकड़ते हुए कहा और उसे अपने साथ बाहर ले चला। चलते-चलते हम सबकी तरफ देखकर वह बोला, "शुक्रिया ! आज का इतना लम्बा नाटक देखने के लिए। शुक्रिया और गुड नाइट।"

"गुड नाइट !" रोज़ ने भी अपना दूसरा हाथ हिला दिया। "मेरी तरफ से भी शुक्रिया।"

उनके चले जाने के बाद कुछ क्षण लोग इस तरह खड़े रहे जैसे कि हरएक के अन्दर का कोई तार फ्यूज़ हो गया हो जिसे जोड़ने के बाद ही वह वहां से जा सकता हो। सबसे पहले मिसेज़ ज्याफ़े ने अपना तार जोड़ा और अपने स्कार्फ को कन्धे पर संभालती बोली, "काफी दिलचस्प रही आज की शाम···कुल मिलाकर नहीं रही काफी दिलचस्प ?" मॉली

उसकी बात में हिस्सेदार न होने के लिए उससे परे हट गई। एल्बर्ट ने एक चुभती नज़र उसपर डालकर सिगरेट सुलगा लिया। "रात काफी ठण्डी थी," डायना अपने खुश्क चेहरे पर ऊपर से मुसकराहट चिपकाए बोली, "इससे कुछ तो गर्मी इसमें आ ही गई है। नहीं?" कहकर उसने कई लोगों की तरफ देखा। पर न तो कोई मुसकराया, न ही किसीने हामी भरी। इससे अव्यवस्थित होकर वह जैसे अपने को छिपाने के लिए भीड़ के दूसरे हिस्से में चली गई। कुछ लोग जो दरवाज़े के पास पहुंच गए थे, हल्की आवाज़ में 'गुड नाइट, गुड नाइट' कहकर बाहर निकलते जा रहे थे। पीछे के लोग जैसे क्यू में थे कि कब वहां तक पहुंचें और कब वे शब्द कहकर वहां से निकलें। एल्बर्ट और मॉली के वहां रहते मिसेज़ ज्याफ़े फिर कुछ नहीं बोली। लेकिन उन लोगों के जाते ही उसने अपनी तेज़ आंखों से बाकी लोगों को भांपते हुए कहा, "मेरा ख्याल है नाटक के इस हिस्से की वह काफी अच्छी तरह रिहर्सल करके आई थी। हेड-मास्टर के मुंह पर जो कुछ वैसे नहीं कहा जा सकता था, उसे कहने का इससे अच्छा और क्या तरीका हो सकता था? और जिमी का पोज़ नहीं देखा आप लोगों ने? पर एक ही गलती रह गई इसमें। नाटक का स्क्रिप्ट उतना अच्छा तैयार नहीं कर पाए ये लोग। पर उसके लिए शायद काफी समय नहीं था।"

मिसेज़ ज्याफ़े की बात का भी किसीने समर्थन नहीं किया। मुंह में कुछ बुदबुदाकर लोग उसके पास से इधर-उधर को छितरा गए। मैं सबसे अलग मैगज़ीनों वाली मेज़ के पास खड़ा था। बॉनी कमरे के दूसरे सिरे से तीन-चार बार मेरी तरफ देख चुकी थी। जब मिसेज़ ज्याफ़े अपनी बात में अकेली पड़कर स्कार्फ समेटती बाहर को चली, तो वह जैसे एक मैगज़ीन चुनने के लिए मेरी तरफ बढ़ आई। कुछ देर मैगज़ीनों को उठाती-रखती रही। फिर आहिस्ता से बोली, "मैं किसी दिन तुमसे कुछ समय लेना चाहती हूं। एक-डेढ़ घण्टा। मैं इस साल हिन्दी के स्पेशल पर्चे में बैठ रही हूं। उसके लिए तुमसे कुछ सहायता लेनी है। तुम कल या परसों कोई समय दे सकते हो मुझे?"

मैंने उसे जल्दी से बता दिया कि कल से मेरी दिन-भर स्कूल में ड्यूटी है। वह किसी भी समय मुझसे बात करके तय कर ले। मेरे पास से हटते हुए बॉनी ने जिस नज़र से मुझे देखा, उसकी कचोट जांघ पर काटी गई चिकोटी से कम नहीं थी। एक बड़ा ग्रुप उस समय बाहर जा रहा था। वह पांव फिसलाती जाकर उसमें शामिल हो गई। कुछ ही देर में सिर्फ हम पांच-सात आदमी कमरे में रह गए—ज्वार उतर जाने

पर यहां-वहां उभर आई चट्टानों जैसे। कोहली जो बगलों में हाथ दबाए लैरी की ओट में खड़ा था, दूर से मेरी तरफ आंखें हिलाकर मुसकराया, "चलना नहीं है ?" उसने पूछा।

"चलो," मैंने कहा और उसकी तरफ बढ़ गया। लैरी और दो-एक और लोगों को कमरे में छोड़कर हम लोग निकल आए। लैरी ने अब भी मुझसे आंखें नहीं मिलाईं। व्यस्त भाव से दूसरे आदमी से बात पर आ करता रहा।

"क्या बात कर रही थी वह ?" हम लोग गेट से निकलकर सड़क पर आ गए, तो कोहली ने मुझसे पूछा।

"कौन ?" मैंने उसका मतलब समझकर भी अनजान बने रहना चाहा।

"वही···मिस हाल ?"

"वह हिन्दी के पर्चे में बैठ रही है। उसीके बारे में बात कर रही थी।

कोहली हंस दिया। वही सतही हंसी जिससे वह अपने भोंडेपन को ढांपने का प्रयत्न करता था। "ज़रा बचकर रहना उससे," वह बोला। "यह न हो कि तुमसे सबक लेने-लेने में ही···"

"मिसेज़ कोहली तुमसे पहले ही चली गई ?" मैंने बात बदलने की कोशिश की।

"उसे मैंने गिरधारी और उसकी बीवी के साथ भेज दिया था। कहा था कि घर जाकर कुछ थोड़ा-बहुत खाने के लिए बना ले। नहीं तो भूख के मारे रात-भर नींद नहीं आएगी।"

उसके मुंह से भूख की बात मुझे हास्यास्पद लगी। उसी तरह जैसे उसके मुंह से सुनी कोई भी बात लगा करती थी। भूख मेरी भी बाकी थी, पर मैं उसकी बात भुलाए रहना चाहता था। पर कोहली की बात से अपनी अंतड़ियों में फिर उसी तरह उसका एहसास हो आया जैसे पार्टी से पहले हो रहा था। जो थोड़ा-बहुत खाया था, उससे जैसे उतनी देर के लिए ही भूख को बहलाया जा सका था। कुछ कदम हम चुप रहकर चलते रहे। फिर वह बोला, "तुम्हें प्रीफेक्ट जसवन्त के किस्से का पता है ?"

मैंने सोचा, अच्छा हुआ उसने उन चीज़ों का ज़िक्र नहीं छेड़ दिया जिन्हें हम बिना खाए मेज़ पर छोड़ आए थे। साधारणतया उससे आशा यही की जा सकती थी। जो कुछ ज़बान से छूने से बच गया था, उसका ज़िक्र ज़बान पर लाकर ही वह कुछ सन्तोष प्राप्त कर सकता था। पर

उस समय शायद वह खाने से ज्यादा महत्त्वपूर्ण किसी बात के विषय में सोच रहा था।

"किस किस्से का ?" मैंने पूछा और खाने की मेज को दिमाग से निकाल देने की कोशिश की।

"तुम्हें पता नहीं वह स्कूल से निकाला जाने को था ?" वह बोला। "प्रीफेक्ट होने की वजह से किसी तरह मुश्किल से बच पाया है ?"

"पर बात क्या थी ?"

"बात यही थी···तुम्हारी मिस हाल। इसने अपने पीछे लगा लिया था उसे।"

"सच ?"

"और नहीं तो झूठ ? बाद में एक रात उसे इसके क्वार्टर का दरवाज़ा खटखटाते देख लिया गया, तो खुद ही इसने उसकी शिकायत भी कर दी।"

मेरा हाथ जो जांघ पर चिकोटी के दर्द को सहला रहा था, अब शराफत से पीछे हट गया। कोहली की जगह और कोई होता तो मैं इस बारे में ज्यादा जानने की कोशिश करता। पर उस आदमी के सामने इस चीज़ में दिलचस्पी ज़ाहिर करना उसे घण्टे-भर की बातचीत के लिए उकसाना था। "मुझे पता नहीं था," मैंने कहा और विषय बदलने के लिए बात को स्वयं ही खाने पर ले आया। "आज तो मेरा ख्याल है, सभी लोग आधी भूख लिए हुए उठे हैं। तुमने अच्छा किया जो खाना घर पर बनवा लिया। मैं भी सोच रहा हूं ऊपर माल पर जाकर कुछ खा लूं।"

मैं जानता था इससे वह खामोश हो रहेगा। किसीसे अपने यहां खाने के लिए कहना उसके जीवन-दर्शन में शामिल नहीं था। उसने फ़-फ़ करते हुए अपने कोट के कालर समेट लिए। "इस स्कूल में पता नहीं क्या-क्या होने को है," कुछ वकफ़े के बाद उसने कहा।

"क्यों ?"

"ऐसे ही। लगता है यहां पर सब कुछ उलट-पलट होने वाला है। उस उलट-पलट में किसकी नौकरी रहेगी, किसकी नहीं, पता नहीं।"

"पर यह तुम किस वजह से कह रहे हो ?"

"वजह का तुम्हें पता नहीं है ?" उसने शिकायत की नज़र से मुझे देख लिया। "लोग तो कहते हैं कि तुम्हें सब पता है, इसीलिए तुमने पहले से ही अपना दूसरा इंतज़ाम कर लिया है।"

मैं रूखे ढंग से हंस दिया। उसने अपने कोट के कालर और भी मिला लिए। जैसे कि मेरी हंसी से उसपर किसी तरह का वार हो सकता हो। "तुम हंस किसलिए रहे हो ?" उसने पूछा।

मैं और भी हंस दिया। "हंसी आ रही है, इसलिए हंस रहा हूं।"

"पर हंसी आने की वजह ?"

"वजह कुछ भी नहीं। ऐसे ही आ रही है।"

उसने एक उसांस भरी और तेज़ चलने लगा। हम लोग उस दोराहे पर पहुंच गए जहां से एक रास्ता ऊपर माल को जाता था। वहां उससे अलग होने के लिए मैंने उसका हाथ दबाया, तो वह बोला, "ठीक है। तुम्हें यहां रहना नहीं है, इसलिए तुम्हें यहां की किसी चीज़ से मतलब भी क्या है ? जिन्हें रहना है, वे अपने-आप भुगतेंगे जो कुछ भुगतना होगा।"

उसने इंतज़ार किया कि शायद मैं जवाब में कुछ कहने के लिए रुकूं। पर मुझे उसके साथ वहां तक आने में ही इतनी चिढ़ हो रही थी कि उसका हाथ एक बार छोड़ने के बाद मैंने उसकी तरफ़ देखा तक नहीं। इस तरह ऊपर की सड़क पर चल दिया जैसे उसकी कही बात मेरे कानों में पड़ी ही न हो। ऊपर पहले मोड़ पर आकर मैंने नीचे घर की तरफ देखा। एक छोटा-सा आदमी अंधेरे में रास्ता टटोलता घर की पगडंडी से नीचे उतर रहा था। उससे हटकर मेरा ध्यान ऊपर चिमनी की तरफ चला गया जहां से उठता धुआं उस आदमी की भूख का उपचार कर रहा था। थप्-थप्-थप्—पगडण्डी से उतरकर उस आदमी का ज़ीने की तरफ बढ़ना भी मुझे हास्यास्पद लगा। फिर और आगे की चढ़ाई चढ़ते हुए मेरी नज़र माल की मुंडेर पर चली गई। वहां कोई नहीं था। फिर भी जैसे वहां खड़े किसी आदमी की नज़र से मैंने अपने को देखा। एक वैसा ही छोटा-सा आदमी, उतना ही बेबस, तीखी चढ़ाई पर पैर घसीटता हुआ। उस आदमी की नज़र से अपने को देखते हुए मुझे इतनी उलझन होने लगी कि कुछ रास्ता मैं आंखें मूंदकर चलता रहा। पर आंखें खोलने पर अपने को फिर उसी उपहासास्पद स्थिति में पाया, तो उस दर्शक को वहां से हटाने के लिए हांफता हुआ मुंडेर की तरफ बढ़ने लगा।

सड़क

शनिवार था। मेरी ड्यूटी का आखिरी दिन। सुबह से मैं अपने को विश्वास दिला रहा था कि दिन पूरा होने के साथ मैं उस ज़िन्दगी से लगभग कट चुका हूंगा। छुट्टियां शुरू होने तक सिर्फ एक ही काम रहेगा···एक फालतू आदमी की तरह दिन-भर कामन रूम में बैठे रहना और रिपोर्टें भरना। उस काम में रिपोर्टों का उतना महत्त्व नहीं था जितना अलग-अलग तरह के वाक्य बना सकने का। जिससे लगे कि हर लड़के की रिपोर्ट बिलकुल उसीकी है—हर दूसरे से अलग तरह की। उस काम में सिर्फ पहले साल मुझे दिक्कत पड़ी थी। उसके बाद बहुत आसान हो गया था क्योंकि एक साल के लिए सोचे गए वाक्य ज़रा-सी हेर-फेर के साथ हर अगले साल इस्तेमाल किए जा सकते थे। 'लड़का काफी समझदार है, लेकिन मेहनत नहीं करता'···'काम सन्तोषजनक है हालांकि योग्यता इसमें और ज्यादा कर सकने की है।'···'जानकारी ठीक है, पर भाषा पर इसे मेहनत करनी चाहिए।' इत्यादि। पहली कुछ रिपोर्टों में तो यह ध्यान भी रहता था कि वे किन लड़कों के बारे में लिखी जा रही हैं, पर बाद में बिना कुछ भी सोचे ऐसे-ऐसे वाक्य जल्दी घसीटे जाने लगते थे। छह-आठ रिपोर्टों के बाद सिर्फ इतना देख लिया जाता था कि जल्दी में कोई दो रिपोर्टें एक-सी तो नहीं हो गईं। आखिरी कुछ रिपोर्टों तक पहुंचकर जब हाथ बिलकुल सुन्न होने लगते थे, तब एक-एक शब्द से काम चलाया जाने लगता था। 'अच्छा'···'सन्तोषजनक'···'होनहार'।

मैंने सोच रखा था कि इस बार सब रिपोर्टें एक-एक शब्द की ही लिखूंगा जिससे एकाध दिन में वह पूरा काम निपट जाए। अपने को वहां से स्वतन्त्र महसूस करने के रास्ते में यही एक रुकावट बाकी थी जिसे कम से कम समय देकर मैं छुट्टियां शुरू होने से पहले ही अपने को उस ज़िन्दगी से बाहर कर लेना चाहता था।

ड्यूटी शाम के आठ बजे तक थी। लड़कों का डिनर पूरा होने तक। साढ़े आठ बजे अपर रिज पर सेवाय में बॉनी से मिलने की बात थी। बात उसीने तय की थी। उस रात के बाद अगले दिन लान में भेंट होने पर। एकदम चलते-चलते। "शनिवार की शाम को खाली हो तुम?"

उसने सीधे पूछ लिया था। "आठ बजे के बाद," मैंने कहा था, "आठ बजे तक मेरी ड्यूटी है।" उसने पल-भर सोचकर अपने दिमाग में हिसाब लगाया था। "मैं शनिवार को पूरा दिन खाली हूं। दोपहर को लंच के वक्त से ही बाहर निकल जाऊंगी।···खैर, तुम ड्यूटी के बाद मुझे मिल सकते हो···साढ़े आठ बजे···सेवाय में। वक्त से पहुंच जाना, मैं इंतज़ार नहीं करूंगी।"

उसके बाद भी दो-एक बार हम आमने-सामने पड़े थे, पर दोनों में से किसीने कोई बात नहीं की थी। इस तरह पास से निकल गए थे जैसे आपस में बातचीत का कोई सिलसिला ही न हो। इसपर जेम्स ने एक बार फब्ती भी कस दी थी, "तुमसे आजकल आंख नहीं मिलाती, क्या बात है?" "और जो इतने लोग हैं आंख मिलाने को," मैं खोखले स्वर में हंस दिया था। इसपर जेम्स मुस्कराता हुआ सिर हिलाने लगा था। "यह तुम ठीक कहते हो। इस औरत के पूरे शरीर में आंखें लग जाएं, तो भी इसे पूरी नहीं पड़ेंगी।" पर उसके स्वर में कुछ तसल्ली आ गई थी कि उसकी तरह मैं भी उन लोगों में से हूं जिनसे वह आंखें नहीं मिलाती।

दिन-भर स्कूल में चक्कर काटते हुए मैं शाम को सेवाय में पहुंचने की बात सोच रहा था। इसलिए भी कि एक और बात जो अन्दर से छील रही थी, उसे मैं भुलाए रखना चाहता था। पिछली शाम को शोभा का दूसरा पत्र आया था। लिखा था, मेरा पत्र न आने से उसे बहुत परेशानी का सामना करना पड़ रहा है। उससे रोज़ पूछा जाता है कि पत्र आने में इतनी देर क्यों हुई है। "बाऊजी दिन में तीन-तीन बार खुद नीचे लैटर-बाक्स देखने जाते हैं। वापस आकर मुझसे कुछ कहते तो नहीं, पर उनकी आंखों से लगता है, वे इस बात को लेकर जाने क्या सोचते रहते हैं। मेरे मन में कई बार आता है कि उन्हें सब कुछ बता दूं। पर अपने को इसलिए रोक जाती हूं कि उसके बाद इस घर में भी और रह सकना शायद मेरे लिए असम्भव हो जाएगा। पिछली कुछ रातों से मुझे बिलकुल नींद नहीं आई। सोचती रहती हूं कि अपनी ज़िन्दगी का मैंने क्या कर लिया है। अपने को कोसती हूं कि क्यों मैं पहले से ही यहां नहीं रही···क्यों उन दिनों इस घर को छोड़कर पिताजी के पास जा रहने की बात मैंने तय की? मैं यहां से न गई होती, तुमसे न मिली होती, तो जिस दुख में ज़िन्दगी कट रही थी, उस दुख का ही मान मन में बना रहता। पर अब तो जीने के लिए मेरे पास कुछ भी नहीं है—न साधन, न सम्बन्ध, न मान। तुम्हारे साथ अपने को छोड़कर मैंने हर चीज़ से अपने को वंचित कर लिया है। कभी मैं अपने को दोष नहीं देती हूं कि शायद मैं इस

लायक रही ही नहीं थी कि किसी और से कुछ पा सकूं, या उसे कुछ दे सकूं। पर जितना अपने को जानती हूं, उससे इसपर विश्वास नहीं होता। इसके बाद कहने को इतना ही रह जाता है कि एक ऐसे आदमी के साथ मैंने अपनी ज़िन्दगी को उलझ जाने दिया है जिसके पास मुझे दे सकने के लिए कुछ नहीं था, किसीको भी दे सकने के लिए कुछ नहीं था। कभी तुमने सोचा है कि तुम अपनी जगह कितने स्वार्थी, कितने दम्भी और कितने हठी आदमी हो? क्या तुम्हारे जैसे आदमी को कभी किसी भी लड़की की ज़िन्दगी को अपने साथ उलझाना चाहिए था? क्या इतने साल अकेले रहकर तुम्हें यह पता नहीं चला था कि अकेलेपन की ज़िन्दगी ही तुम्हारे लिए एकमात्र ज़िन्दगी हो सकती है? मैं पहले एक घर जला चुकी थी, इसलिए यह नहीं मानती कि दूसरा घर मैं नहीं जला सकती थी। मुझे घर की ज़िन्दगी के बग़ैर अपना-आप बहुत अधूरा लगता था, इसीलिए मैंने निश्चय के साथ यह कदम उठाया था। मगर तुम्हारे पास मुझे देने के लिए घर नहीं था। था सिर्फ अपना-आप, बिना घर-बार के, बिना घर-बार की कल्पना के, जिसे एक चुनौती की तरह मेरे सामने रखकर तुम एक हठ के साथ अपनी जगह पैर जमाए खड़े हो गए थे। क्या तुम्हें नहीं लगता कि तुम्हारा यह रवैया कितना तर्कहीन, न्यायहीन और दुराग्रहपूर्ण रहा है? मैं तुम्हारे साथ बिताए दिनों की बात सोचती हूं, तो मन एकदम बौखला जाता है। लगता है कि उस ज़िन्दगी से बाहर यहां रहकर खाली वक्त बिताने में भी अपने से उबकाई आती है। क्या तुम्हीं वह आदमी नहीं हो जिसने मेरे लिए जीने का कोई मतलब नहीं रहने दिया? कितना बड़ा व्यंग्य है कि ऐसे आदमी से अपने को अलगाकर सुखी होने की जगह मैं रात-दिन एक छटपटाहट अन्दर महसूस करती रहती हूं? उसका पत्र न आने से निश्चिन्त न होकर खुद उसे फिर से पत्र लिखने के लिए मजबूर पाती हूं?···तुम मुझे स्पष्ट लिखो। छुट्टियां होने पर तुम एक दिन के लिए भी यहां नहीं आना चाहते, तो यह बात इन लोगों को अभी से जान लेनी चाहिए। इससे शायद मेरे लिए भी आसान हो जाएगा कि मैं इनके बीच या इनसे बाहर अपने आगे के कार्यक्रम की रूपरेखा बना सकूं। इन लोगों के कई बार कहने पर भी मैंने आज तक जालन्धर पत्र नहीं लिखा। और चाहे मैं जो भी करूं, लौटकर पिताजी के पास नहीं जाऊंगी। यह बात बिलकुल निश्चित है।···तुम्हारी ओर से एक ही पंक्ति काफी होगी। तुम्हारा विचार छुट्टियों में भी वहीं रहने का है, कहीं और जाने का है या···?"

एक इनलैंड में ऊपर-नीचे के सब कोने भरकर उसने पत्र लिखा था।

पहले मैं उसे बिना खोले जेब में डाले रहा था। फिर खोलकर और यहां-वहां से दो-चार पंक्तियां पढ़कर उसे रख लिया था। पूरा पत्र रात को सोने से पहले पढ़ा था। पढ़कर महसूस किया था जैसे शोभा वहां से जाकर भी गई न हो। उन दिनों की तरह की सोफ़ा-चेयर पर बैठकर खिड़की के शीशे को ताक रही हो। मैं कुछ देर वही बेबसी मन में लिए कमरे में टहलता रहा था। जैसे कि एक दीवार से दूसरी दीवार तक जाने और लौटने के बीच शोभा की आंखों का भाव कुछ बदल सकता हो, तनाव कुछ कम हो सकता हो। सोफा-चेयर के सामने खड़े होकर मैंने जैसे शोभा को उसकी लिखी एक-एक बात का उत्तर भी दिया था। क्या यह वह निश्चित रूप से कह सकती थी कि अपने पहले पति की मृत्यु को उसने मृत्यु के रूप में सहा था? उससे अपने अन्दर की किसी मानसिक स्थिति के लिए निस्तार का अनुभव नहीं किया था? उसे यह नहीं लगा था कि उस आदमी में जो कुछ उसे स्वीकार नहीं था, उससे इस बहाने उसे छुटकारा मिल गया है? मुझमें सबसे गलत क्या यही नहीं था कि उस आदमी को काफी सही कर दिया था? क्या दूसरी बार दूसरे आदमी के साथ उसके ज़िन्दगी शुरू करने के पीछे यही भावना नहीं थी कि शायद इस बार पहले से ज्यादा 'अपनी-सी' ज़िन्दगी जी पाएगी? मुझे मेरे इस रूप में स्वीकार न कर पाना क्या मेरे पैर जमाकर खड़े रहने के कारण ही था या इस कारण भी कि वह जिस ढंग से अपना पैर जमाकर रहना चाहती थी, उसके लिए उसे जगह नहीं मिल पाई थी—न मेरी ज़िन्दगी में आने से पहले, न उसके बाद? अब भी क्या वह अपने पहले पति के घर में रहकर वहां के लोगों से, अपने पिता से और मुझसे सिर्फ अपना पैर जमाकर अपने ढंग से जी सकने का तीन तरफा संघर्ष नहीं कर रही थी? अपने-आपके जिस हठ के साथ वह मेरे यहां रही थी और एक दिन मेरे पास से चली गई थी, उसके पीछे क्या कुछ भी तर्कहीन, न्यायहीन और दुराग्रहपूर्ण नहीं था? और अब भी क्या सचमुच वह इस दुख में जी रही थी कि मैंने उसके लिए अपनी ज़िन्दगी को सह सकना असम्भव बना दिया है या कि सिर्फ इस कोशिश में कि जिस घर में इस समय रह रही है, वहां अपने होने के लिए अपना और इन लोगों का समर्थन प्राप्त कर सके? मेरे यहां आकर उसने मेरे साथ दोनों का एक घर बनाने की कोशिश की थी, या अपने लिए अपनी तरह का घर बनाने के लिए मुझे एक साधन बनाने की?

शोभा उत्तर देने के लिए वहां नहीं थी, इसलिए मैं हर तरह से अपनी भड़ास उसपर निकाल सका था। वह भी शायद मुझसे दूर होने कारण ही इतना सब लिख पाई थी। एक-दूसरे के सामने होने पर हम

लोग इतनी बात कभी न कर पाते। चुपचाप एक-दूसरे की तरफ देखते रहते या उपेक्षा से आंखें फेरकर सो जाने की कोशिश करते। मैंने इनलैंड सामने रखे हुए फिर एक बार कोशिश की थी कि जो कुछ मन में है, उसे पत्र में लिख दूं। कम से कम इतना पता तो उसे दे दूं कि छुट्टियां शुरू होने के बाद से मैं नौकरी में नहीं हूं और नहीं जानता कि उसके बाद मेरा अपना कार्यक्रम क्या होगा। पर हुआ वही था जो हर बार होता था। खाली कागज़ पर कुछ लकीरें और बस। जिन दो समस्याओं का हल मैंने एकसाथ ढूंढ़ना चाहा था, उन्हें एक क्रम दे लेने से ही जैसे सब गड़बड़ हो गया था। मुझे त्यागपत्र लिखने के साथ ही शोभा के नाम पत्र भी लिखना चाहिए था। दोनों चीज़ों को आगे-पीछे रखने से पहली चीज़ दूसरी के लिए परिस्थिति बन गई थी। मैं सारी रात बार-बार उठकर गुसलखाने में जाता रहा; नींद न आने के कारण। तब मुझे शारदा से सहानुभूति भी हुई। उसकी रात भी शायद ऐसी ही मानसिक स्थिति में बीतती थी। उधर कोहली खर्राटे भर रहा था और हम दोनों बारी-बारी से अपने-अपने गुसलखाने की बत्ती जला-बुझा रहे थे।

सुबह सोचा था कि एक बार स्कूल के काम से फारिग हो जाऊं, फिर इत्मीनान से सोचूंगा कि शोभा को क्या लिखना चाहिए। उसकी चिट्ठी की बात दिमाग में उभरने लगी थी, तो मैं शाम को सेवाय में बॉनी से मिलने की बात सोचने लगता था। बाद दोपहर एक बार मन में आया कि बॉनी के क्वार्टर का एक चक्कर लगा आऊं। शाम की बात पक्की करने के लिए नहीं, फकत इसलिए कि कोई मुझे वहां जाते देख ले। अगर टोनी व्हिसलर तक वह बात पहुंच जाती तो वहां रहने के बाकी दिन उसकी कुलबुलाहट देखने में मज़ा आता। क्योंकि वह कुछ भी कर सकने की स्थिति में न होता। न मुझे बुलाकर चेतावनी देने की, न स्कूल छोड़ने का नोटिस देने की और न ही स्टाफ की मीटिंग बुलाकर उसमें भाषण देने की। जब प्रीफेक्ट जसवन्त को बेंत पड़ रहे थे, तब मुझे उसके कारण का पता होता, तो ज़रूर एक बार उसकी तरफ आंख दबाकर उसका हौसला बढ़ाने की कोशिश करता। बॉनी के क्वार्टर में जाने की बात जसवन्त की वजह से ही मेरे दिमाग में आई थी। मगर पैवीलियन तक जाते-जाते याद हो आया कि आज उसका पूरा दिन खाली है और उसे लंच से पहले ही बाहर निकल जाना था। इससे मुझे निराशा हुई, पर शाम को बॉनी से मिलने की उत्सुकता इससे और बढ़ गई। सुबह से शाम के साढ़े आठ बजे तक उसने जाने किससे कहां-कहां मिलने की बात तय कर रखी थी। ड्यूटी के राउंड लगाता हुआ मैं यह भी देखने की कोशिश करता रहा कि प्रीफेक्ट जसवन्त स्कूल में है या नहीं।

तीन बजे तक उसे न देखकर मुझे विश्वास होने लगा कि वह नहीं है। खुशी भी हुई। पर चाय के बाद उसे टेनिस कोर्ट में खेलते देखकर खुशी जाती रही। यह जानने का कोई उपाय नहीं था कि वह सुबह से ही स्कूल में था या कुछ देर पहले बाहर से लौटकर आया था।

शाम तक काफी थकान महसूस होने लगी। शायद इसलिए कि आखिरी ड्यूटी की ऊब और दिनों की ऊब से कहीं ज़्यादा थी। मैं अपने को मुश्किल से उस वक्त की तरफ धकेल रहा था जब घण्टी की आवाज़ के साथ मुझे हमेशा के लिए बरामदों में चक्कर काटने की मजबूरी से छुट्टी पा जानी थी। उस बीच मॉली क्राउन मुझसे एक सूची पर हस्ताक्षर कराने आई, तो मैंने बिना ठीक से पढ़े चुपचाप हस्ताक्षर कर दिए। सूची उस सामान की थी जो स्कूल की तरफ से मेरे क्वार्टर के लिए दिया गया था। सोफ़ा-चेयर्ज़, पर्दे, कुर्सियां, पलंग और न जाने क्या-क्या। वह इतने बढ़िया कागज़ पर और इतने अच्छे ढंग से टाइप की गई थी कि उससे उन चीज़ों की असलियत का कुछ भी अन्दाज़ा नहीं हो सकता था। हस्ताक्षर करते हुए मैंने सोचा कि उन सब चीज़ों के फोटो भी यहां साथ लगाए जाने चाहिए थे। पर उनसे भी बहुत कम अन्दाज़ा हो सकता था। उन कुर्सियों-पर्दों की सही तसदीक उन्हींपर हस्ताक्षर करके की जा सकती थी, पर उस सूची पर हस्ताक्षर करना उसी तरह की भरती थी जैसे बिना क्लास लिए स्कूल में हाज़िर रहकर रजिस्टर में हाज़िरी लगाना। मैंने चुपचाप हस्ताक्षर कर दिए। कागज़ मॉली क्राउन को लौटाते हुए मुस्करा दिया। 'यह इस तरह मुस्कराने की आखिरी बार है,' मन में सोचा, 'इसके बाद फिर कभी इसे कागज़ लौटाते हुए इस तरह मुस्कराना नहीं होगा।'

"लिस्ट तुमने देख ली है?" मॉली ने अपनी तरफ से पक्की कार्यवाही करने के लिए पूछ लिया।

मैंने सिर हिला दिया।

"इसलिए कह रही हूं कि तुम्हारे जाने से पहले एक दिन इन सब चीज़ों की चेकिंग करनी होगी।"

"किसी भी दिन जब तुम्हें फ़ुरसत हो, मुझे बता देना," मैंने कहा।

"दो-एक घण्टे का काम होगा," मॉली के झाइयों-लदे चेहरे पर ज़िम्मेदारी की कालिख उभर आई।

"किसी भी शाम को जब तुम्हें फ़ुरसत हो," मैंने फिर दोहरा दिया।

"मैं तुमसे तय कर लूंगी," वह बोली, "कुल इकासी आइटम हैं।"

"कितने?" मुझे आश्चर्य हुआ। स्कूल की तरफ से मेरे क्वार्टर में

दी गई गली-सड़ी चीज़ों की संख्या इतनी बड़ी है, मुझे मालूम नहीं था।

"इकासी।" वह पढ़कर गिनाने लगी कि नग कितने हैं, लैम्पमेड कितने और पायदान कितने।

"ठीक है।" मैंने उसे बीच में टोक दिया, "उस दिन वहीं गिन लेंगे।"

"तुम एक कापी अपने पास रख लो ताकि मेरे आने से पहले···"

"नहीं-नहीं।" मैंने जल्दी से कहा, "उसी दिन सब देख लेंगे। कापी मुझसे खो जाएगी।"

मॉली ने कागज़ समेट लिए। कुछ इस तरह होंठ हिलाकर कि मैं अपना भला नहीं चाहता, तो उसे क्या पड़ी है जो खामखाह मुझे मजबूर करे, "मैं इसलिए कह रही थी कि सब चीज़ों की कीमतें भी लिस्ट में दी हुई हैं।" उसने फिर भी आखिरी कोशिश कर देखने की तरह कहा, "अगर कोई चीज़ गुम हो गई, तो···"

"वह भी उसी दिन देख लेंगे," मैंने उसी तरह कहा, "जिन चीज़ों के पैसे कटने होंगे, उनके बारे में पहले से जान रखने से क्या फायदा है?"

मॉली क्राउन के पीले दांत उघड़ आए। टूटे-टूटे घुन-खाए-से। निचले जबड़े के आधे हिस्से समेत। मुझे एल्बर्ट पर तरस आया कि उसे हफ्ते-पखवारे में एक बार उन दांतों को होंठों से छूना पड़ता होगा। माली शायद इसी वजह से बहुत कम खुलकर मुस्कराती थी। कहीं पढ़ा था कि मोनालीज़ा की दबी-दबी मुस्कराहट का वास्तविक रहस्य था उसके मैले दांत। मॉली के साथ भी शायद ऐसा ही था। वह अपने चेहरे की झाइयों को भी किसी तरह ढक सकती, तो शायद सुन्दर नज़र आती। कागज़ों को अच्छी तरह तहाए हुए वह मेरे पास से चल दी, तो मैं कुछ दूर तक उसके नाटे शरीर की तेज़ चाल को देखता रहा। वह उन स्त्रियों में थी जो ज़िन्दगी-भर किसी चीज़ के पीछे लगी रहकर कुछ न कुछ हासिल कर ही लेती हैं। पर वह कुछ क्या था जो इस स्त्री को हासिल करना था? एल्बर्ट और मिसेज़ ज्याफे से अलग उसे शायद किसी और ही चीज़ की खोज थी। पर किस चीज़ की?

साढ़े सात बजे जब लड़के खाना खा रहे थे और मैं डाइनिंग हाल में चक्कर काटता हुआ सिर्फ आधा घण्टा और उस तरह बिताने की मजबूरी से लड़ रहा था, तब दो-एक बैरों ने मुझे इशारे से पैंट्री के अन्दर बुला लिया। "साहब, एक बात पूछें?" कुछ क्षण एक-दूसरे की तरफ देखने के बाद उनमें से एक ने कहा, "क्या यह सच है कि हेडमास्टर की यहां से बदली हो रही है?"

"बदली नहीं," दूसरे ने उसकी बात में संशोधन किया, "सुना है इसे हटाकर इसकी जगह दूसरा हेडमास्टर लाया जा रहा है। क्या यह बात सच है?"

वे सब इस तरह मुझे देख रहे थे जैसे मेरे हां या न कहने पर कुछ निर्भर करता हो—जैसे इससे उनमें से हरएक को अपनी ज़िन्दगी का रास्ता खुल जाने का उपाय नज़र आ रहा हो।

"मुझे पता नहीं," मैंने सिर हिलाया जैसे उन्हें यह सूचना देते मुझे खेद हो रहा हो। "मैंने ऐसा कुछ नहीं सुना।"

"तो इसका मतलब है कि···?"

मैं आगे बात सुनने की प्रतीक्षा करता रहा।

"···कि आपके केस का अभी फैसला नहीं हुआ।"

मैं मुस्करा दिया। "मेरे केस का फैसला हो गया है," मैंने कहा, "मैं यहां से जा रहा हूं।"

उन सबके चेहरों पर सहानुभूति की छाया आ गई। साथ एक उदासी जैसे कि जिस बाज़ी पर उन्होंने दांव लगा रखा था, वह हार गई हो। "आखिरी फैसला हो गया है?" उनमें से एक ने अपनी निराशा से लड़ते हुए पूछ लिया।

"हां, बिल्कुल आखिरी फैसला," कहकर कुछ देर फालतू पड़ा-सा मैं उनके बीच खड़ा रहा, फिर वापस डाइनिंग हाल में निकल आया। सर्विस रुकी रहने से डाइनिंग हाल में काफी शोर हो रहा था। ड्यूटी मास्टर के रहने से लड़के अपनी जगहों से उठकर इधर-उधर जा रहे थे। मुझे देखते ही वे दौड़कर अपनी जगहों पर पहुंच गए। "खामोश!" मैंने चिल्लाकर कहा और पास की मेज़ पर तीन-चार बार हाथ मार दिया। हाल में बिलकुल खामोशी छा गई। मैंने घड़ी में वक्त देखा। पन्द्रह मिनट और मेरी आवाज़ का उस तरह असर हो सकता था। ज़्यादातर लड़के यह जानते थे। शायद इसीलिए वे एक-दूसरे की तरफ देखते हुए मुस्करा रहे थे। मेरे मन में आया कि एक बार उसी तरह ज़ोर से चिल्लाऊं, "मुस्कराओ नहीं।" पर इस ख्याल से कि आदेश का पालन न हुआ, तो खामखाह मन छोटा होगा, मैंने आंखें बाहर की तरफ घुमा लीं। सर्विस फिर से शुरू हो गई थी। एक-डेढ़ मिनट के अन्दर खाना पहले की तरह खाया जाने लगा। अपनी-अपनी प्लेट में पुडिंग लेने की कोशिश में लड़के यह भूल गए कि अभी-अभी जो ड्यूटी-मास्टर इतने ज़ोर से चिल्लाया था, आज के बाद उसके चिल्लाने की आवाज़ वहां कभी सुनाई नहीं देगी।

आठ बजने में पांच मिनट थे। कुछ मेज़ों पर खाना खाया चुका था, कुछ पर अभी खाया जा रहा था। मेरे मन में आया कि मैं चाहूं, तो इन आखिरी पांच मिनटों के अपने अधिकार का उपयोग कर सकता हूं—जिन लोगों ने अभी पूरा नहीं खाया, उन्हें और खाने से रोक सकता हूं। सिर्फ पांच मिनट पहले ग्रेस कहकर मैं उन्हें और अपने को उस समय अपने वहां होने का पूरा एहसास करा सकता हूं। सोचकर तय करने का समय नहीं था, इसलिए मैंने तुरन्त निश्चय कर डाला। मेरे मुंह से ग्रेस के शब्द निकलते ही सब खाना खाते हाथ रुक गए। कुछ एक ने आश्चर्य के साथ मेरी तरफ देख लिया। हाउस-प्रीफेक्ट अपने-अपने हाउस के लड़कों के साथ बाहर निकलने लगे। निकलते हुए कुछ लड़कों की आंखों में शिकायत थी, कुछ की आंखों में गुस्सा। मगर मैं बांहें गाउन में समेटे उदासीन भाव से खड़ा हाल को खाली होते देखता रहा। मन में कहीं मुझे यह भी लग रहा था कि इस तरह दूसरों का खाना छुड़वाकर मैंने उन सब दिनों का बदला ले लिया है जब मुझे वहां खाने की मेज़ से भूखे उठ जाना पड़ा था। थोड़ी देर में सब लड़कों के चले जाने पर मैंने आस-पास देखा : इस ख्याल से कि शायद बैरों में से कोई मेरे इस कारनामे पर चुस्की लेने के लिए मेरे पास आए। पर पूरे हाल में कोई भी नहीं था। बैरों को खाना समाप्त होते ही प्लेटें उठानी चाहिए थीं, पर वे सब पैंट्री के अन्दर चले गए थे। वहां से सुनाई देती आवाज़ों का मतलब लगा सकना मुश्किल था। पर मुझे लगा कि मेरी हिमाकत में साझीदार न होने के लिए ही शायद वे सब अलग जा खड़े हुए हैं। मैं कुछ देर जूठी प्लेटों के बीच अपने अकेलेपन में कुण्ठित-सा खड़ा रहा। फिर जैसे यह ज़ाहिर न होने देने के लिए कि मैं उस स्थिति से कुण्ठित हूं, धीरे-धीरे जमाकर पांव रखता बरामदे में निकला आया।

बरामदे में अपने जूते की आवाज़। ठक् ठक् ठक्, जैसे कि जिस आदमी से आंखें बचाकर मैं हाल से बाहर आया था, उसने मेरा पीछा नहीं छोड़ा था। उससे बचने के लिए बरामदा पार करके किसी और जगह पहुंच जाना ज़रूरी था। एक बस्ती और दूसरी बस्ती के बीच का अंधेरा रास्ता लांघने की तरह चमकते बरामदे का वह टुकड़ा लांघकर मैं कामन रूम में आ गया। वहां मिसेज़ दारूवाला अकेली एक कोने में बैठी कुछ सोच रही थी। मुझे देखते ही उसने अपना सोचने वाला चेहरा उतारकर अच्छा-सा चुस्त-दुरुस्त चेहरा लगा लिया। "हलो !" उसने चहकने की तरह कहा, "क्या हाल हैं तुम्हारे आज शाम ?"

मुझे ध्यान था कि साढ़े आठ बजे अपर रिज पर पहुंचने के लिए

मुझे वहां रुकना नहीं चाहिए। पर अपनी टांगों में जो कंपकंपी महसूस हो रही थी, उसकी वजह से मैंने दो-चार मिनट बैठ जाना ठीक समझा। "ठीक हैं," मैंने अपने गाउन के दोनों सिरे गीध के पंखों की तरह सोफे पर फैलाकर बैठते हुए कहा, "बल्कि कहना चाहिए बहुत अच्छे हैं क्योंकि यहां ड्यूटी देने की यह मेरी आखिरी शाम थी।"

"तो इसका मतलब है, आज से तुम बिलकुल आज़ाद हो। सच, कितने खुशनसीब हो तुम!"

"हां...एक तरह से हूं ही।" मैंने बांहें समेटकर अपने अन्दर वह खुशी महसूस करने की कोशिश की जो उस समय मुझे महसूस होनी चाहिए थी। पर उसकी जगह जो चीज़ महसूस हुई, वह थी एक तरह की नमी जो सारे शरीर को लिज़लिज़ा रही थी। टांगों की कंपकंपी पर काबू पाने के लिए मैंने दोनों घुटने साथ मिला लिए।

"फिर तुम्हारा चेहरा ऐसे उतरा-सा क्यों हो रहा है? इससे तो लगता है कि..."

"क्या लगता है?"

"लगता है कि...बुरा तो नहीं मानोगे?"

"नहीं।"

"लगता है...कि या तो तुम किसी चीज़ से परेशान हो, या तुम्हें किसी चीज़ को लेकर अफसोस हो रहा है।"

"ऐसा बिलकुल नहीं है," मैंने जल्दी से अपने चेहरे की नसों को ढीला करके अपना भाव बदलने की चेष्टा की। यह पाकर कि होंठ काफी सूख रहे हैं, उन्हें भी थोड़ा गीला कर लिया। "सिर्फ थकान है दिन-भर की। ज़रूरत महसूस हो रही है कि कुछ देर घर जाकर आराम कर लूं, पर साढ़े आठ बजे पहुंचना है एक जगह।"

पर वह बिना विश्वास किए मुझे देखती रही। उसका पूरा शरीर कुर्सी पर आगे को बढ़ आया था। शायद हमदर्दी की वजह से। अपने मोटे-मोटे कोट में वह रोज़ से ज़्यादा ठिगनी लग रही थी। "तुमसे एक बात पूछूं?" उसके हाथों की उंगलियां उलझ गईं और चेहरा थोड़ा सुर्ख हो गया।

मैंने 'हां, पूछो' के ढंग से आंखें हिला दीं।

"तुम्हारी पत्नी आजकल कहां है?"

मेरे चेहरे की नसें फिर कस गईं, 'खुर्जा।" मैंने कड़वी चीज़ निगलने की तरह कहा।

"खुर्जा में उसकी पहली ससुराल है न?"

मैंने सिर हिला दिया।

"वह वहां क्यों गई हुई है इतने दिनों से ?"

"उन लोगों ने बुला भेजा था।" मैं गाउन समेटकर उठने के लिए तैयार हो गया।

"तो तुम यहां से पहले उसीके पास जाओगे या···?"

"मैं उसके पत्र का इन्तज़ार कर रहा हूं। उसके बाद ही अपना कार्य-क्रम बना सकूंगा।" मेरे उठने के साथ ही वह भी उठ खड़ी हुई। कोट की जेबों में हाथ डाले। "मुझे कहना नहीं चाहिए," टोहती आंखों से मुझे देखती वह पास आ गई। "पर मुझे लगता है कि तुमने नौकरी छोड़कर अच्छा नहीं किया।"

"क्यों ?"

"मुझे लगता है ऐसा। मन हममें से हरएक का करता है नौकरी छोड़ देने का, पर सचमुच नौकरी छोड़ देने से···"

"क्या होता है ?"

उसने एक उसांस भर ली, "यह तुम्हें भी पता है। हरएक को पता है। इसीलिए···"

मैंने गाउन उतारकर गोल कर लिया। "साढ़े आठ बजे पहुंचना है।" मैंने कहा, "आठ दस यहीं हो रहे हैं। सोचता हूं अपना गाउन यहीं छोड़ जाऊं। सुबह ले लूंगा।" और मैंने हाथ का गोला पास की कुर्सी पर सरका दिया।

"अच्छा, एक बात बताओ," वह सोचती आंखों से सामने देखती फिर भी रुकी रही, "तुम्हारा ख्याल है आदमी लिखकर जी सकता है ?"

"पता नहीं। क्यों ?"

"मैं कुछ थोड़ा-बहुत लिखती रहती हूं कभी-कभी। मन में आता है कि अगर उसीसे कुछ आमदनी हो सके···डेढ़-दो सौ तक भी···तो···तुम जानते हो मैं बिलकुल अकेली हूं अब। इतने में मैं अपना गुज़ारा चला सकती हूं।"

वह मुझसे इतनी छोटी थी कि उसके बिखरे बालों का मेरी ठोड़ी से भी सीधा कोण नहीं बनता था। बात करने के लिए उसे गरदन उठाकर मेरी तरफ देखना पड़ रहा था। जिन दिनों मैं स्कूल में आया ही था, उन दिनों वह मुझे खासी सुन्दर लगा करती थी। तब तक उसका सम्बन्ध-विच्छेद नहीं हुआ था। सम्बन्ध-विच्छेद के बाद से मुझे उसके चेहरे की सभी लकीरें साफ नज़र आने लगी थीं क्योंकि मैं बिना उसकी उम्र के साल गिने उसकी तरफ देख ही नहीं पाता था। मुझे उसके शरीर

का इर ढका-अनढका हिस्सा सैंतीस साल का लगता था हालांकि उदार नजर से देखने पर अब भी वह काफी आकर्षक कही जा सकती थी। उसके गालों के ऊपरी हिस्से काफी चिकने थे—पारसी पीलेपन की जगह देसी गोरापन लिए। अगर वह नीचे से अपना चेहरा ढककर सिर्फ आंखें और ऊपर का हिस्सा बाहर निकाले रहती, तो अपनी उम्र से कई साल छोटी नजर आती।

पर वह मुझे पूरे सैंतीस की लग रही थी, इसलिए कि उसकी बातें भी खासी बेतुकी जान पड़ रही थीं। मैं खुशनसीब हूं जो मैंने नौकरी छोड़ दी, मैंने नौकरी छोड़कर अच्छा नहीं किया, मैं सीधा अपनी पत्नी के पास जाऊंगा या कहां जाऊंगा, वह लिखकर जी सके, तो खुद भी नौकरी छोड़ दे—उसे शायद पता नहीं था कि वह एक के बाद एक क्या बात किए जा रही है। "मुझे इस बारे में बिलकुल पता नहीं है।" मैंने अपने को उससे झाड़ लेने की तरह कहा, "तुम्हें किसी ऐसे आदमी से बात करनी चाहिए जो इस विषय में जानकारी रखता हो।"

उसकी आंखें और भी उदास हो गईं। "मैंने पहले भी पूछा है कई लोगों से। पर यहां ऐसा कोई ऐसा आदमी है ही नहीं।"

यह उसने ऐसे कहा जैसे मैं ही आखिरी आदमी था जिससे वह पूछ सकती थी और मेरे एक या दूसरी तरह का उत्तर दे देने के बाद उसे फिर किसीसे नहीं पूछना था। इससे मुझे अपना कद कुछ और भी ऊंचा लगा और मैंने जिम्मेदार आदमी की तरह कहा, "मैं जानता नहीं, फिर भी मेरा ख्याल है लिखने से इतना कमा लेना बहुत मुश्किल है यहां।" साथ कहना चाहा, 'खास तौर से तुम्हारे लिए,' पर उतना अंश मन में ही काट दिया।

हम लोग बरामदे में निकल आए थे। वह कोशिश करके मेरे साथ क़दम मिलाती चल रही थी। "तुम ठीक कहते हो," वह सिर हिलाकर बोली, "मेरा खुद भी यही ख्याल है। मैंने अब तक जो तीन-चार चीजें छपने के लिए भेजी हैं, वे किसीने छापी ही नहीं। इसके लिए कोई खास गुर होता है शायद जो मुझे नहीं आता।" और हम लोग कुछ कदम चुपचाप चलते रहे। जिस निष्कर्ष पर वह पहुंचना चाहती थी और पहले कई बार पहुंच चुकी थी, उसपर फिर से पहुंचकर यह काफी सन्तुष्ट हो गई थी। बरामदे से नीचे आकर मैं रुक गया ताकि वहां से उससे अलहदा हुआ जा सके।

"अच्छा, देखो,...," वह फिर भी उस अध्याय को मन में खुला रखती बोली, "मैं और सोचूंगी अभी। अब नहीं, तो हो सकता है दो-

एक साल बाद तय कर सकूं कुछ।"

मैंने जबड़े कसे हुए सिर हिला दिया।

"तुम माल पर जा रहे हो?"

मैंने फिर उसी तरह सिर हिला दिया।

"जाना तो मुझे भी था माल पर, लेकिन…"

"मुझे जल्दी जाना है," मैंने कहा, "इसलिए…"

"तुम्हारी डेट है किसीके साथ?"

मैं टालने की हंसी हंस दिया। "हो सकता है। कम से कम अपने साथ तो है ही।"

उसकी आंखों में हल्की चमक आ गई, जैसे कि मन में उस सम्बन्ध में अनुमान लगाते हुए वह किसी चीज़ का आभास पा गई हो। "आज शनिवार की रात है। बहुत-से लोग बाहर गए होंगे।" उसके स्वर में स्पर्धा भी थी, चेतावनी भी।

"ठीक है," मैंने कहा। "उन बहुत-से लोगों में एक मैं भी रहूंगा।" वह और बात न करने लगे, इसलिए मैं विदा लेने का गम्भीर भाव चेहरे पर ले आया। वह फिर भी रुकी रही, तो एक कसी हुई 'गुड नाइट' उसकी तरफ उछालकर गेट की तरफ चल दिया। गेट पार करते हुए देखा कि वह लौटकर बरामदे से होती हुई फिर कामन रूम की तरफ जा रही है। अपने क्वार्टर में लौटने से पहले शायद एकाध बार और उसे किसीसे पुष्टि लेनी थी कि लिखकर जी सकना मुश्किल है, इसलिए…

जिस वक्त मैं माल पर पहुंचा, आठ पचीस हो चुके थे। तेज़-तेज़ चढ़ाई चढ़ने से दम फूल रहा था। वहां से अपर रिज तक कम से कम पन्द्रह मिनट का रास्ता तो था ही। मन में सड़क की नीचाइयों, ऊंचाइयों और रास्ते की इमारतों की गिनती करता मैं उसी रफ्तार से आगे चलता गया। सेंट कोलंबस तक पहुंचते-पहुंचते यह हालत हो गई कि घुटने आगे चलने से जवाब देने लगे। उससे कुछ आगे फ्रूट मार्केट के पास आकर मैंने बहुत आहिस्ता चलना शुरू कर दिया और नावल्टी के मोड़ से जो सीढ़ियां अपर रिज को जाती थीं, उनके नीचे पहुंचकर बिलकुल रुक गया। ऊपर सेवाय में बजते बैंड की आवाज़ सुनाई दे रही थी। उस आवाज़ की ताल-लय मेरे शरीर की ताल-लय से बिलकुल अलग थी। मैंने मन ही मन सीढ़ियों की गिनती की। सौ-सवा सौ से कम सीढ़ियां नहीं थीं। वक्त साढ़े आठ से पांच-छह मिनट ऊपर हो चुका था। मैं घूमकर सड़क के रास्ते ऊपर तक जा सकता था, पर उसमें कम से कम दस मिनट और लगने की सम्भावना थी। बॉनी ने कहा था कि वह इंत-

ज़ार नहीं करेगी। हो सकता था कि वह अब तक उठकर चल दी हो। मैंने फिर सीढ़ियों को देखा। पर चढ़ने की हिम्मत नहीं हुई। आखिर मैंने यह ख्याल ही छोड़ दिया कि मुझे ऊपर जाना या किसी से मिलना है। कुछ देर सुस्ताने के बाद आहिस्ता-आहिस्ता टहलता हुआ सड़क पर ही आगे को चल दिया। 'मुझे जल्दी किस चीज़ की है?' अपने से कहा। 'घण्टा-भर एक लड़की के साथ बैठकर चाय या कॉफी पी लेने से क्या किसी चीज़ में फर्क पड़ सकता है?'

पैरों में पसीना आ रहा था; बाहर से बरफानी सर्दी के बावजूद। मोज़े इस तरह पैरों से चिपक गए थे कि मन हो रहा था कहीं बैठकर जूते-मोज़े कहीं उतार दूं। सड़क पर घिसटता अपने-आप काफी बेहूदा लग रहा था। अगर किसीने कुछ देर पहले मुझे सड़क पर लगभग दौड़ते देखा होता और अब इस तरह घिसटते देखता, तो उसे हंसी आए बिना न रहती पर मुझे हंसी की जगह गुस्सा आ रहा था। उस दिन एक लड़की ने जांघ पर चिकोटी काट दी, इसलिए आज उससे मिलने के लिए इतनी भाग-दौड़ करना क्यों ज़रूरी हो गया था? क्यों मैं पहले से ही आराम से चलकर आने की बात नहीं सोच सका था? पर गुस्सा इतने तक ही था। वह इस बात को लेकर भी नहीं था कि मैं डिनर के बाद इधर के दरवाज़े से सीधा बाहर आने की जगह कामन रूम की तरफ क्यों चला गया? वहां दो मिनट सोफे पर पसर रहने की बात मैंने क्यों सोची? मिसेज़ दारूवाला जब बात करने लगी थी, तो उसके लिए लिए वहां रुके रहना भी मैंने क्यों ज़रूरी समझा?

सुबह से सोच रहा था कि शाम को आठ बजे के बाद से अपने को बिलकुल स्वतन्त्र महसूस कर सकूंगा। सुबह से ही नहीं कई दिनों से सोच रहा था। लेकिन यह क्या बन्दिश थी कि तब से अब तक भी लगातार मैं बाहर की लगामों और चाबुकों से ही चल रहा था? डाइनिंग हाल छोड़ने से पहले तक स्वतन्त्रता का वह क्षण बहुत पास नज़र आ रहा था। पर बरामदे में निकलने के बाद से ही जैसे वह कहीं खो गया था और अब अपनी पिंडलियों की अकड़न ठीक करते हुए चलने में मुझे अपने अन्दर उसका कहीं आभास ही नहीं हो रहा था। मैंने घाटी में उगे पेड़ों, आस-पास चलते लोगों और सामने नज़र आते साइन-बोर्डों पर नज़र डालते हुए जैसे ज़बर्दस्ती अपने को विश्वास दिलाने की चेष्टा की कि मैं अब सचमुच स्वतन्त्र हूं—यह निश्चय कर लेने के बाद कि वक्त पर सेवाय में पहुंचना मेरे लिए बिलकुल ज़रूरी नहीं है, मैंने उस खोए हुए क्षण को हवा के अन्दर दबोच लिया है। पर राधूमल साधूमल के बाहर स्कूल के कुछ लोगों

को खड़े देखकर उनसे बेचने की कोशिश में वह विश्वास फिर शिथिल पड़ने लगा। शोभा का दूसरा पत्र जिसे मोड़कर जेब में रखा था, अब भी जेब में ही था। 'इस पत्र का उत्तर कब दूंगा ?' इस ख्याल ने अन्दर से कोंचकर उस विश्वास को और भी बिखरा दिया। अपर रिज के मोड़ पर आकर मैं इस तरह खड़ा हो गया जैसे कि अपने को बहुत बड़ा धोखा दे लेने के बाद अब मेरी समझ में न आ रहा हो कि अपने को उसकी ज़िम्मेदारी से कैसे बचाऊं।

स्कूल के जो लोग राघूमल साघूमल के बाहर खड़े थे—पादरी बेन्सन, डायना और रूथ एटकिन्सन—वे भी अब उसी मोड़ की तरफ आ रहे थे। उन्होंने शायद अपने पास से गुज़रते हुए भी मुझे देखा था, अब भी देख लिया था। मैं कुछ इस भाव से जैसे कि वे मेरे किसी पुरानी नौकरी के सहयोगी हों, जिन्हें मैं अब ठीक से पहचानता भी नहीं, पतलून की जेबों में हाथ डाले सेवाय की तरफ चल दिया। शोभा की चिट्ठी पतलून में खटक रही थी। उसे निकालकर कोट की जेब में रख लिया—सेवाय के पास पहुंचकर उड़ती नज़र से नीचे देखा—जैसे सिर्फ माल से गुज़रती भीड़ का जायज़ा लेने के लिए। वे लोग अखबार एजेंसी के बाहर रुक गए थे। शायद वे भी मुझसे उतना ही बचना चाह रहे थे जितना मैं उनसे। पादरी बेन्सन का दुबला चेहरा क्षमा-याचना के भाव से सबकी तरफ देख रहा था—अखबार वाले की तरफ भी। गिरजे में हर रोज़ ईश्वर से क्षमा मांगते-मांगते उसका हमेशा का हुलिया ही ऐसा हो गया था। शायद आईने के सामने खड़े होने पर वह अपने अक्स को भी उसी नज़र से देखता था। अपनी ऊंचाई से उसे देखते हुए मुझे उससे सहानुभूति हुई। उन महिलाओं की वजह से भी जो उसके साथ थीं। 'ईश्वर इसे क्षमा करो,...' मेरे मन में प्रार्थना के शब्द उभर आए। सेवाय में बैंड उसी तरह बज रहा था। दूर सेंट कोलंबस की घड़ी में आठ पचास हो चुके थे। 'बॉनी अब तक ज़रूर चली गई होगी,' मैंने सेवाय के पूरे शीशे के दरवाजों की तरफ देखते हुए सोचा और जैसे यही मेरे अन्दर जाकर देख लेने की वजह हो, एक व्यस्त आदमी की तरह गरदन उठाए रेस्तरां के हाल में पहुंच गया।

लेकिन बॉनी वहीं थी। हाल के एक कोने में घाटी की तरफ खुलती खिड़की के पास अलग-अलग बैठी। पीठ मेरी तरफ थी, इसलिए मुझे अन्दर आते उसने नहीं देखा। मैं चाहता, तो बिना उसे पता चलने दिए वापस बाहर निकल आ सकता था। पर मैं सीधा उसकी तरफ बढ़ गया। शनिवार की शाम होने के कारण। मुझे बैंड वालों पर तरस

आया जो खाली सीटों के सामने खामखाह अपनी सांस फुला रहे थे। मैंने बॉनी के पास पहुंचकर इस तरह 'हलो' कहा जैसे अचानक वहां आकर उसे बैठे देख लिया हो। वह काफी नाराज़ लग रही थी। मुझे देखकर उसने हल्के-से आंखें झपक लीं और अपने बियर के गिलास को हाथों में घुमाती रही।

"अफसोस है मुझे देर हो गई," मैंने बैठते हुए कहा, "तुम वक्त पर आ गई थीं?"

उसने फिर आंखें झपक लीं।

"आज मेरी ड्यूटी का आखिरी दिन था," मुझे लगा कि इस बहाने मैं अपने देर से आने की व्याख्या कर सकता हूं।

"मुझे पता है," वह जल्दी से बात काटने के ढंग से बोली।

"इसीलिए..."

उसकी आंखों का भाव सहसा बदल गया। मैं बात करते-करते रुक गया क्योंकि मुझे लगा कि वह मेरी बात के बीच में ही हंसने जा रही है।

वह कुछ देर प्रतीक्षा करती रही, फिर मुसकरा दी।

"तुम मुसकरा किस बात पर रही हो?" मैंने अपने को छोटा महसूस करते हुए पूछा।

"बस ऐसे ही।"

"फिर भी...?"

वह और खुलकर मुसकरा दी। साथ उसने खिड़की से नीचे की तरफ इशारा कर दिया।

"वहां क्या है?" मैंने पूछा।

"सड़क," वह बोली "नज़र आ रही है न?"

"हां...लेकिन..."

"मुझे यहां से नज़र आ रही थी। मैंने काफी देर पहले तुम्हें आते देख लिया था। जब तुम सीढ़ियों से ऊपर देख रहे थे तो मैं यहां खिड़की के पास खड़ी थी।

वह हंस दी। मेरे कान सुर्ख हो रहे थे, फिर भी मैंने उसकी हंसी में साथ दे दिया।

"स्कूल में मुझे देर हो गई थी," मैंने दोनों बातों को जोड़ने की कोशिश की। "इसलिए दौड़ते हुए इतना रास्ता आने में सांस फूल गई थी।"

"तुम्हें पता नहीं है तुम कैसे लग रहे थे," वह बोली। "पहले मैंने सोचा था तुम्हें बताऊंगी नहीं। पर अब सोचा कि क्यों तुम्हें झूठ बोल-

कर और भद्दा पड़ने दूं।"

वह अपनी मुसकराहट को ढंकने के लिए घूंट भरने लगी। मैंने जैसे ज्यादा आराम से बैठने के लिए कुर्सी का रुख थोड़ा बदल लिया।

"मेरा ख्याल था तुम अब तक चली गई होगी," कुछ देर अपनी सकपकाहट से लड़ते रहने के बाद मैंने कहा।

"तुम्हें देख न लिया होता, तो जरूर चली जाती," वह बोली। "मैं कभी किसीके इंतजार में इतनी देर नहीं बैठती।"

बैंड रुक गया था। बीच के सोफे से उठकर कुछ लोग बाहर जा रहे थे। हमसे दो मेज़ें छोड़कर बैठा एक अकेला युवक एकटक हमारी तरफ देख रहा था। शायद बॉनी को अकेली बैठी देखकर वह वहां आ बैठा था और अब यह भांपने की कोशिश कर रहा था कि वहां मेरा इन्तज़ार कर रही थी या मैं ऐसे ही उसके पास आ बैठा हूं।

"अब क्या प्रोग्राम है?" मैंने बॉनी से पूछा। "यहीं बैठना है या...?"

"बाहर चलेंगे," वह बैरे को बिल लाने का इशारा करती बोली। "इतनी देर से यहां बैठे-बैठे मुझे उलझन हो रही है।"

"बाहर कहां?"

"कहीं भी। इतनी लम्बी सड़क है। उसीपर चलते रह सकते हैं।"

"सिर्फ चलते रहने का ही मन है या कहीं चलकर बैठना भी है?"

"पता नहीं," वह गिलास खाली करके अस्थिर भाव से इधर-उधर देखने लगी। "पहले यहां से तो बाहर निकला जाए।"

मैंने बिल अदा कर दिया। बैरे के प्लेट हटाने के साथ ही वह उठ खड़ी हुई। "आओ, चलें।" और वह दरवाज़े की तरफ बढ़ गई। बैरे को जो पैसे लौटाकर लाने थे, वे सब मुझे जबर्दस्ती टिप के लिए छोड़ देने पड़े। मैं बाहर निकलने तक देखता रहा कि बैरे की नजर मेरी तरफ मुड़े तो सवा दो रुपये टिप देने के बदले मैं उससे सलाम तो ले लूं। लेकिन वह जैसे जान-बूझकर काउंटर पर ही रुका रहा। उस युवक की आंखें अलबत्ता दरवाज़े तक हमारा पीछा करती रहीं।

"अब?" बाहर आकर मैंने पूछा।

वह कुछ देर बिना कुछ कहे इधर-उधर आंखें दौड़ाती रही। शायद मन में वह भी यही बात सोच रही थी।

"किस तरफ को चलें?" मैंने फिर पूछ लिया।

"स्कूल की सड़क छोड़कर और किसी भी तरफ को।"

"त्रिशूली की तरफ?"

"चलो।"

"लेकिन उस रास्ते में बैठने की कोई जगह नहीं मिलेगी—सिवाय एक हवाघर के।"

"न सही। बैठकर करना भी क्या है?"

"तुम्हें भूख नहीं लगी है?"

"नहीं। तुम्हें लगी है?"

भूख मुझे लगी थी। पर मैं यह भी सोच रहा था कि कहीं और बैठकर बीस-तीस रुपये खर्च करने से बचा जा सके, तो अच्छा ही है। "कुछ खास नहीं," मैंने कहा। "एक वक्त बिना खाए भी चल सकता है।" कहते हुए उस रात की याद हो आई जब भूख की वजह से ही पार्टी के लिए रुका रहा था। उस रात भी अगर उसने मुझे किसी खिड़की से उस हाल में देख लिया होता...!

"तो ठीक है," उसने कहा। "त्रिशूली की तरफ ही चलते हैं।"

'सवा नौ!' मैंने सेंट कोलंबस की घड़ी में देखकर सोचा। 'अगर हम लोग दो घण्टे भी घूमते रहें, तो सवा ग्यारह तक घर पहुंचकर मैं स्कूल से आया खाना खा सकता हूं।'

हम लोग अपर रिज पार करके लोअर माल की तरफ उतरने लगे।

बॉनी सधी चाल से चल रही थी। जैसे मुझे सड़क पर खस्ता हालत में देख लेने के बाद उसे तनकर चलने का अधिकार हासिल हो गया हो। मैं फिर मन में रास्ते की मंज़िलें गिन रहा था। चल इस तरह से रहा था जैसे मेरे शरीर को एक फीते से बांधकर खींचा जा रहा हो। लोअर माल तक हम लोगों की चाल काफी तेज़ रही। ढलान की वजह से। वहां पहुंचकर धीमी पड़ गई। सड़क बिलकुल सुनसान नहीं थी। चौथाई किलोमीटर तक दोनों तरफ घर होने से इक्का-दुक्का लोग आ-जा रहे थे। फिर भी इतनी तसल्ली थी कि हम लोग एक ऐसे इलाके में हैं जहां किसी परिचित के मिलने की सम्भावना नहीं है।

"कुछ बात करो," बानी कुछ उकताए-से स्वर में बोली। "तुम इस तरह गुमसुम क्यों चल रहे हो?"

मुझे काफी देर से लग रहा था कि मुझे कोई बात करनी चाहिए। जब हम लोग लोअर माल के रास्ते में थे, तभी से। पर तब मैं लोअर माल पर पहुंचने की राह देख रहा था, अब आबाद हिस्से के गुज़र जाने की। "तुम भी तो गुमसुम चल रही हो," मैंने कहा। "मैंने सोचा तुम्हारा मन शायद सिर्फ टहलने को ही है, बात करने को नहीं।"

वह कुछ क्षण चुप रहकर चलती रही, बीच-बीच में रास्ते के काल्प-

निक रोड़े-पत्थरों को ठोकरें लगाती। फिर बोली, "मुझे लग रहा है मैंने तुम्हें खामखाह बाहर बुला लिया है। मुझे बुलाना नहीं चाहिए था।"

"तो इसमें क्या है ?" मैंने उसकी बात से छिलकर कहा। "थोड़ी दूर से एक पगडण्डी ऊपर को जाती है। उस रास्ते वापस चला जा सकता है।"

"मेरा मतलब यह नहीं था," वह आग्रह के साथ मेरी बात को काटती बोली। "मेरा मतलब था कि···"

"क्या मतलब था ?"

"पता नहीं। तुम कोई बात क्यों नहीं करते ? कोई भी बात करो।"

उसके स्वर में एक अस्थिरता थी जिसने मेरे मन की बन्दिश को थोड़ा खोल दिया। "तुम एकाएक काफी बेचैन नज़र आने लगी हो," मैंने कहा।

"मैं आज सुबह से ही काफी बेचैनी महसूस कर रही थी," वह बोली। "मैं चाहती थी कोई मुझसे देर तक बात करे—लम्बी बात। पर सारा दिन ऐसी ही छुटपुट बातों में बीत गया है। जैसे और हर दिन बीतता है।"

"तुम समझती हो किसीके साथ लम्बी बात करने से कुछ फर्क पड़ सकता था ?"

"पता नहीं," उसने चलते-चलते घूमकर आसपास और पीछे देख लिया। "यह भी पता नहीं कि मैं बात ही करना चाहती थी या और कुछ चाहती थी।"

"और कुछ यानी ?" मेरा ध्यान उसकी गरदन की तरफ चला गया। उसकी गरदन इतनी पतली थी कि उसे दो उंगलियों से अपनी तरफ मोड़ा जा सकता था।

"मुझे कुछ भी पता नहीं," वह उतावली के साथ पहले से तेज़ चलने लगी। "सच, मुझे लग रहा है कि मैंने खामखाह ही तुम्हें बाहर बुला लिया है।"

"मैंने तुमसे पहले ही कहा है कि···" पर इस बार मैं उसकी बात से छिला नहीं।

"नहीं, नहीं," वह उसी तरह ज़ोर देकर बोली। "वापस मैं नहीं चलना चाहती। वह हवाघर कितनी दूर है जिसकी तुम बात कर रहे थे ?"

"ज्यादा दूर नहीं है। आधा मील···ज्यादा से ज्यादा एक किलोमीटर। तुम पहले इधर कभी नहीं आईं ?"

"नहीं। इसीलिए सोचा कि यह रास्ता भी देख लिया जाए।"

तीन-चार लड़कियां चहकती हुई सामने से आ रही थीं। उनके पास से गुजरने तक हम लोग चुप रहे। बॉनी ने एक बार घूमकर उन्हें पीठ की तरफ से भी देख लिया। फिर जैसे अपने दिमाग से किसी चीज़ को झाड़ते हंस दी।

"हंस किस बात पर रही हो?" मैं थोड़ा अचकचा गया।

"किसी बात पर नहीं। या समझ लो बहुत-सी बातों पर। मैं इन लड़कियों को देखकर सोच रही थी कि···"

"क्या?"

"कि कितना फर्क होता है आदमी की एक जगह की ज़िन्दगी और दूसरी जगह की ज़िन्दगी में। ये लड़कियां जैसी सड़क पर हैं, वैसी घर में जाकर नहीं रहेंगी। जैसी घर में होंगी, वैसी किसी अकेले कोने में जा खड़ी होने पर नहीं रहेंगी। इनमें से हरएक के मन में न जाने कितना कुछ है जिसे वह अकेली ही जानती है। अगर मैं सिर्फ अपने को ही ले लूं, तो न जाने कितना कुछ है मेरे अन्दर जिसे मेरे सिवा कभी कोई नहीं जानेगा।"

"जैसे?"

वह फिर हंस दी। "तुम्हारा ख्याल है, तुम्हें मैं बता दूंगी?"

आगे सड़क का कुछ हिस्सा भीगा हुआ था। शायद धूप न पड़ने से पिघलने वाली बरफ के कारण। चप्-चप् करते उस हिस्से को पार करते हुए मैंने उसका हाथ थामने के लिए अपना हाथ बढ़ा दिया। पर उसने अपना हाथ मेरे हाथ में देने की जगह जेब में डाल लिया।

"अपना हाथ मुझे दे दो," मैंने हठ के साथ कहा।

"चलते चलो," वह बोली। "अभी काफी वक्त है इसके लिए।"

"पर अगर मैं कहूं कि···"

"बिना हाथ पकड़े चलोगे ही नहीं? तो लो पकड़ लो हाथ," कहते हुए उसने अपना हाथ मेरे हाथ में दे दिया। मैंने अपनी बात रखने के लिए उसका हाथ पकड़ तो लिया, पर अपने को उससे बड़ा महसूस नहीं कर सका। ऐसे लगने लगा जैसे किसीका निर्जीव-सा एहसान अपने हाथ में लिए चल रहा हूं।

वह कुछ गुनगुनाने लगी। पर अचानक चुप हो गई।

"हमने इस सड़क पर आकर अच्छा नहीं किया," मैंने कहा।

"क्यों?"

"किसी ऐसी जगह चलते जहां खूब रोशनी होती। या ऐसी जगह···।"

"जहां बिलकुल अंधेरा होता ?"

"मैंने नहीं सोचा था कि तुम मुझे ऐसी मन:स्थिति में मिलोगी।"

"तो क्या सोचा था ?"

मैंने उसकी तरफ देखा। उसकी आंखें उपहास कर रही थीं। मैंने उसका हाथ छोड़ दिया।

"हाथ छोड़ क्यों दिया ?" वह बोली।

"ऐसे ही।"

"तुम लौट चलना चाहते हो ?"

"नहीं।"

"तो इस तरह मुंह लटकाकर मत चलो," कहते हुए उसने फिर अपना हाथ मेरे हाथ में दे दिया। इस बार काफी देर हमारे हाथ आपस में कसे रहे।

"कभी-कभी मुझे लगता है कि मैं बहुत खतरनाक लड़की हूं," वह मेरे हाथ से खेलती बोली।

"क्यों ?"

"तुम्हें नहीं लगता ? उस रात पार्टी में मैंने तुम्हारे साथ जो शरारत की थी, उसके बाद भी ?"

"उस रात तो नहीं लगा था, पर···"

"आज लग रहा है ?"

"हां, आज सचमुच लग रहा है," कहते हुए मेरी आवाज़ कुछ बदल गई। हम लोग सड़क का मोड़ मुड़ रहे थे। आबादी वाला हिस्सा पीछे छूट गया था। मैंने उसका हाथ छोड़कर उसे बांहों में ले लेने की कोशिश की। पर वह मेरी एक बांह हाथ में लेकर अपने को पीछे को कसे रही।

"क्या बात है ?" मैं फिर ओछा पड़ गया।

"अभी चलते चलो !" उसका कसाव कम नहीं हुआ।

"तुम नहीं चाहतीं ?"

"मैं पहले तुमसे बात करना चाहती हूं," उसने मेरी दोनों बांहें हटा दीं।

मैं पल-भर उसकी आंखों में देखता रहा। अब उनमें उपहास नहीं था। "बात तो कभी भी की जा सकती है, कहीं भी।" मैंने अपने चोट खाए अहं को सहलाते हुए कहा।

"यह गलत है," वह बोली, "बात तो शायद ही कभी की जा सकती है। हां, यह खेल कभी भी खेला जा सकता है। कहीं भी। किसीके साथ भी।"

"तुम सचमुच ऐसा समझती हो ?"

"तुम नहीं समझते ?"

पल-भर पहले जब वह बांहों में थी, तो वह मेरे लिए सिर्फ एक शरीर रह गई थी। उस शरीर की उठान को अपने साथ भींच लेने की आकांक्षा के सिवा कोई भाव मन में नहीं रहा था। पर अब उस शरीर की जगह दिख रहा था एक लम्बा कोट, कोट पर रखा एक चेहरा और चेहरे में जड़ी दो आंखें जो एक चुनौती लिए मुझे देख रही थीं।

हम लोग चुपचाप आगे चलने लगे। एक-दूसरे से थोड़ा फासला बनाए रहकर। उसी तरह हम उस पगडण्डी से आगे निकल आए जहां से ऊपर अपर माल पर जाया जा सकता था। वह बिलकुल घाटी की मुंडेर के साथ-साथ चल रही थी। सिर तिरछा किए उधर के किसी गांव की हल्की रोशनियों को देखती। मैं सर्द हवा की चुभन चेहरे पर महसूस करता पहाड़ी की तरफ चल रहा था। सड़क को बीच से काटते जिस्त के निशानों की लकीरें ताकता।

"तुम्हें अफसोस हो रहा है मेरे साथ आने के लिए ?" एक मोड़ के पास रुककर मुंडेर पर कुहनी रखे वह मेरी तरफ मुड़ गई। उसके रुकने से मुझे भी रुक जाना पड़ा। लेकिन मैं अपनी तरफ ही रहा। उसके पास नहीं गया। "मेरा ख्याल है हमें चलते रहना चाहिए," मैंने कहा।

"बताओ, तुम्हें अफसोस हो रहा है ?"

"इसमें अफसोस की क्या बात है ?" मैंने नाराज़ आदमी की तरह कहा, "काफी अच्छा लग रहा है टहलना। मुझे तो शौक भी है इसका। शाम को खाना खाने के बाद अक्सर टहलने निकल जाता हूं।" कहते हुए मुझे अपने टिफिन कैरियर का ध्यान हो आया। सोचा उसे खोलने पर जाने क्या-क्या उसमें से निकलेगा। और जो निकलेगा वह निगलने लायक होगा भी या नहीं।

"तुम क्या सोचकर आए होगे, मैं जानती हूं," वह बोली, "इसलिए तुम्हें इस तरह निराशा हो रही है। मेरा तौर-तरीका ही ऐसा है कि हर आदमी उस तरह की बात सोचने लगता है। लेकिन मैं अपने को दोष नहीं देती। मुझे अच्छा लगता है इस तरह की होना।"

उसने बांहें मुंडेर पर फैला ली थीं। मुझे लगा कि लकड़ी ज़रा भी कच्ची हुई, तो बोझ पड़ने से टूट जाएगी। वह जिस तरह खड़ी थी, उससे लग रहा था जैसे उसे अब आगे चलना ही न हो। 'बनने की कोशिश कर रही है लड़की,' मैंने सोचा और जैसे मजबूरी में जिस्त की लकीर लांघकर उसके पास चला गया, "इस तरह मत खड़ी होओ," मैंने कहा।

"कहीं ऐसा न हो कि···"

"नीचे खड्ड में जा गिरूं?" उसने हंसते हुए अपना बोझ संभाल लिया। "नहीं, गिरूंगी नहीं। मौत से मुझे बहुत डर लगता है। लेकिन बिना चोट खाए अगर गिरने के सुख का अनुभव किया जा सके, तो मुझे बहुत अच्छा लगेगा।"

उसकी आंखें ऐसे हो गई थीं जैसे उसने कोई बहुत बड़ी बात कह दी हो। मुझसे वह इसके उत्तर में कुछ सुनने की आशा भी कर रही थी। शब्दों के बदले में शब्द। यही शायद उसकी नज़र में 'बात' करना था। मैंने अपने दिमाग के डब्बे को हिलाया कि कोई तो बात उससे कहनी ही चाहिए। लेकिन डब्बा बिलकुल जाम हो रहा था।

मेरी चुप्पी से थोड़ा और ऊंचे उठकर उसने मेरी बांह हाथ में ले ली और आगे चलने लगी। थोड़ी देर के लिए उसे फिर से काल्पनिक रोड़े-पत्थरों को ठोकरें लगाने का शौक चर्रा आया। हवा में एक लम्बी ठोकर लगा लेने के बाद वह बोली, "तुमसे तुम्हारे बारे में कुछ पूछूं?"

मैंने उदासीन भाव से हामी भर दी।

"तुम्हारी पत्नी तुम्हारे साथ क्यों नहीं रहती?"

मुझे लग गया था कि वह कोई ऐसा ही सवाल पूछेगी। जैसे मुझमें सब लोगों की दिलचस्पी सिर्फ दो ही कारणों से थी—मेरी पत्नी के मुझसे अलग रहने के कारण और मेरे स्कूल से त्यागपत्र दे देने के कारण। मिसेज दारूवाला ने भी कुछ देर पहले यही दो बातें की थीं। और लोग भी इसी दायरे में रहकर बात करते थे। सबको टाल-मटोल के उत्तर देते हुए मैं अन्दर से बहुत उलझ जाता था। उस तरह के उत्तरों से मैं इतना तंग पड़ चुका था कि उस समय फिर वैसा ही कुछ कहने की बात ने मुझे अन्दर से मितला दिया। अकेली सड़क, खुली घाटी और पत्ता चलने की तरह बात करती वह लड़की—इस सबसे मुझे उकसाहट हुई कि आडम्बर का वह लबादा कम से कम उस समय के लिए तो उतार ही दूं। यह भी लगा कि शायद यही एक तरीका है जिससे मैं उसकी ऊंचे से ऊंचे उठते जाने की कोशिश को कुछ हद तक बेकार कर सकता हूं। ड्यूटी समाप्त होने से अब तक अपने अन्दर जिस स्वतन्त्रता का अनुभव नहीं कर पाया था, उसका कुछ विश्वास भी इस तरह अपने को दिला सकता था। "इसलिए कि वह रहना नहीं चाहती," मैंने उसके चेहरे पर अपने शब्दों का प्रभाव देखते हुए कहा, "और इसलिए भी कि मैं भी उसके साथ नहीं रहना चाहता।"

उसके चेहरे के भाव में अन्तर नहीं आया। उसके लिए जैसे यह

उतनी ही स्वाभाविक बात थी जितना किसीका यह कहना कि फलां चीज़ इसलिए नहीं खाता कि उसका स्वाद उसे अच्छा नहीं लगता। "तुम्हें हैरानी हुई है ?" फिर भी मैंने पूछ लिया।

"नहीं," वह बोली, "हैरानी मुझे बहुत कम बातों से होती है। फिर इसमें तो हैरानी की ऐसी कोई बात नहीं है।"

"नहीं है ?"

"नहीं। मुझे हैरानी होती अगर तुम इसकी बजाय कोई और वजह बताते।···लेकिन नहीं। हैरानी मुझे फिर भी न होती। क्योंकि मैं उस-पर विश्वास न करती," कहते हुए वह गर्दन उठाकर हंस दी।

"तुम कहना चाहती हो कि तुम पहले से ही ऐसा सोचती थीं ?"

"मैं ही क्या, मेरा ख्याल है सभी लोग ऐसा सोचते होंगे। यह इस-लिए नहीं कि तुम लोगों के अलग रहने से ऐसा अनुमान किया जा सकता है। बल्कि इसलिए कि जो लोग स्वयं अलग रहने का साहस नहीं कर पाते, वे इसका बहुत अच्छी तरह अनुमान लगा सकते हैं। स्कूल में ज़्यादातर लोग ऐसे ही हैं। बल्कि सच कहा जाए, तो सभी ऐसे हैं।"

"तुम सबके बारे में कैसे कह सकती हो ?" मैंने इस तरह उसकी तरफ देख लिया जैसे कि एक हल्की-सी दरार खुल जाने से अब मुझे उसके अन्दर झांककर देख लेने का मौका मिल गया हो, और इससे पहले कि दरार फिर बन्द हो जाए, मुझे उसका लाभ उठा लेना हो।

"मैं कह सकती हूं क्योंकि मैं प्रायः सभीको जानती हूं," वह मेरी नज़र को भांपती बोली। फिर पल-भर चुप रहने के बाद उसने कहा, "तुम्हें ईर्ष्या तो नहीं हो रही ?"

"किस बात से ?"

"इसी बात से कि मैं सब लोगों के बारे में इतने अधिकार के साथ बात कर सकती हूं ?"

"नहीं, ईर्ष्या मुझे नहीं हो रही। उलटे···"

"···तसल्ली मिल रही है कि और सब लोग भी तुम्हारी जैसी ही स्थिति में हैं ?···बल्कि उससे भी बदतर स्थिति में क्योंकि उनमें तुम्हारी तरह स्थिति को स्वीकार करके चलने का साहस नहीं है ?"

"मेरे लिए न इसमें ईर्ष्या की कोई बात है, न तसल्ली की। मुझे दूसरे लोगों में कोई दिलचस्पी ही नहीं है।"

"सचमुच नहीं है ?" उसका निचला होंठ थोड़ा सिकुड़ गया।

"आदमी को अपने से फ़ुरसत मिले, तो वह दूसरों में दिलचस्पी ले। मुझे लगता है कि मुझे कभी अपने से फ़ुरसत ही नहीं मिल पाती।"

"तो इसका मतलब यह लिया जाए कि इस समय भी तुम···"

मैंने उसकी तरफ देखा। सोचा कि इस तरह तो न जाने कब तक बात करते रहा जा सकता है। बिना मतलब एक वाक्य से दूसरे वाक्य तक सफर करते हुए। यह केवल समय बिताना था—उस चीज़ को जो मिलने की बात तय करते समय शायद दोनों के मन में थी, लगातार स्थगित करते जाना। वह ऐसा शायद जान-बूझकर ही कर रही थी। मेरे अन्दर उतावली बढ़ाने के लिए। मैं इस बीच कई बार मन में खीझ चुका था। कई बार उससे उबरकर अपने में अकेला पड़ चुका था। कई बार सोच चुका था कि उससे साफ-साफ पूछ लूं कि वह कब तक इस तरह मछली और कांटे की स्थिति बनाए रखना चाहती है। कितनी ही बार उसके दुबले शरीर का आकर्षण मेरे मन से मिट गया था। परन्तु अकेली सड़क और पेड़ों की सरसराहट के बीच मैं बार-बार उस मुकाम पर लौट आया था जहां आगे के कुछ क्षणों को और देख लेने की बात मन के दूसरे हर भाव पर छा जाती थी। आगे का रास्ता ज्यादा दूर तक नज़र नहीं आ रहा था। पहाड़ी की करवट और पेड़ों के झुरमुटों के बीच सड़क की मुंडेर बीस-तीस कदम के बाद अंधेरे में खो गई-सी लग रही थी। 'अब काफी हो चुका यह सब,' यह सोचने के साथ मैं जैसे एक निर्णायक स्थिति पर पहुंचने के लिए रुक गया। वह मुझसे दो-तीन कदम आगे जाकर रुकी।

"मैं जानती हूं, तुमने मेरे सवाल का जवाब क्यों नहीं दिया।" वह बोली। "पर तुम रुक क्यों गए?"

"तुम एक बात जानती हो, तो दूसरी भी जानती ही होगी।" मैंने कुछ रूखे स्वर में कहा।

वह पल-भर स्थिर आंखों से मुझे देखती रही। जो मैं कहना चाहता था, वह बिना कहे उसने जान लिया है, यह उसकी आंखों में स्पष्ट था। पर इस बार वह हंसी या मुस्कराई नहीं। लौटकर मेरे पास आ गई और मेरी बांह हाथ में लेकर चलती हुई बोली, "तुम्हें लग रहा है कि मैं तुम्हारे धीरज की परीक्षा ले रही हूं? लेकिन ऐसा नहीं है।"

"जो भी है।" मैंने कहा, "मुझे मान लेना चाहिए कि मेरे अन्दर इस तरह बात करते रहने की और हिम्मत नहीं है। मुझे थकान महसूस हो रही है।"

"थकान या ऊब?"

"कुछ भी समझ लो?"

"तुम चाहते हो कि···"

"मैं कुछ भी नहीं चाहता।···या सिर्फ इतना ही चाहता हूं कि···"

"हम लोग चुपचाप लौट चलें ?"

मैंने नीम-रज़ामन्दी से सिर हिला दिया। वह हल्के से आंखें मूंदे पल-भर कुछ सोचती रही। "कुछ देर चलकर हवाघर में बैठने का तुम्हारा मन नहीं है ?"

"नहीं।"

"यहां पास से कोई शार्ट-कट है स्कूल के लिए ?"

"थोड़ा आगे से है। हवाघर के सामने से।"

"तो चलो, उसी रास्ते से चलते हैं। तुम्हें भूख भी लग आई होगी।"

"तुम्हें नहीं लगी ?"

"कह नहीं सकती। कई बार मुझे पता नहीं चलता। जब तक खाना सामने नहीं आता, तब तक लगता रहता है कि बिल्कुल भूख नहीं है। पर सामने आते ही ज़ोर की भूख लग आती है।"

"मेरे साथ बिल्कुल इससे उलटा होता है। जब तक खाना नज़र नहीं आता, अंतड़ियां भूख से कुलबुलाती रहती हैं। पर खाने पर नज़र पड़ते ही उससे मन हट जाता है। स्कूल के खाने के साथ तो खास तौर से ऐसा होता है।"

"तो कहीं इसी वजह से तो तुम नौकरी छोड़कर नहीं जा रहे ?" उसकी स्वाभाविक हंसी फिर लौट आई। हंसने पर उसका चेहरा फिर मुझे काफी सुन्दर लगा।

"इस वजह से नहीं, तो समझ लो इसीसे मिलती-जुलती किसी वजह से।" हम लोगों की आंखें कुछ देर मिली रहीं। मेरी बांह पर उसके हाथ की पकड़ कस गई। "चलो, मैं तुम्हारे यहां चलकर तुम्हें खाने के लिए कुछ बना दूंगी।"

"तुम चलोगी ?···मेरे क्वार्टर में ?···इस वक्त ?" मेरी आवाज़ ज़रा कांप गई।

"क्यों, तुम्हें अच्छा नहीं लगेगा ?"

"मुझे अच्छा लगने की बात नहीं। लेकिन तुम जानती हो कि मेरा क्वार्टर बिलकुल अकेला नहीं है। कोहली और गिरधारीलाल उसी घर में साथ रहते हैं।"

"वे लोग अब तक सो गए होंगे।" वह बोली, "और जागते भी हों, तो मैं परवाह नहीं करती। उनमें से किसीका हौसला नहीं होगा कि मेरे खिलाफ जाकर शिकायत कर सके।···तुम परवाह करते हो ?"

"मैं स्कूल छोड़कर जा रहा हूं, इसलिए मुझे तो कोई फर्क ही नहीं पड़ता।"

"पर तुम्हारी आवाज़ से लगता है कि तुम्हें फर्क पड़ता है।"

"यह तुम शायद अपनी बात से बचने के लिए कह रही हो।"

"तुम मुझे नहीं जानते, जानते होते, तो ऐसा न कहते। अगर तुम्हारे मन में सचमुच कोई रुकावट नहीं है, तो हम सीधे यहां से चल सकते हैं। स्कूल से जो खाना आया होगा, उसीको मैं तुम्हें ठीक से पका दूंगी। जैसे रोज़ अपने लिए पकाती हूं। उसके बाद कहोगे, तो तुम्हारे सुबह के कपड़े भी निकालकर रख दूंगी। तुम्हारे बटन-अटन भी लगा दूंगी। जैसा कि तुम्हारी पत्नी यहां होती, तो तुम्हारे लिए करती।···तुम्हें अच्छा लगेगा अगर एक रात मैं तुम्हारे लिए यह सब कर दूं?"

"हां। पता नहीं। कह नहीं सकता।"

"क्यों?"

"यह भी नहीं कह सकता।"

"तो इसका मतलब क्या यही नहीं कि तुम अब भी लोगों की परवाह करते हो! नौकरी छोड़कर भी इस चीज़ से उबर नहीं पाए!"

"हो सकता है। पर मुझे ऐसा नहीं लगता।"

"तो फिर संकोच क्यों है तुम्हें?"

"मैं शायद ठीक से समझा नहीं सकूंगा। यूं बेकार भी है कोशिश करना। जहां तक उस घर का सवाल है···वहां की हर चीज़ का··· उसके साथ बहुत कुछ जुड़ा है बीते दिनों का···इसलिए उस सबके बीच जाकर···।"

वह रुक गई। मुझे भी रुक जाना पड़ा। "तो क्या···?" वह मेरी आंखों में कुछ पढ़ने की कोशिश करती सीधी नज़र से मुझे देखती रही।

"मेरा ख्याल है वहां चलकर मुझे काफी अस्थिरता महसूस होगी। यहां खुली हवा में चलते जैसा महसूस हो रहा है, वैसा वहां महसूस नहीं होगा।"

"मैं तुमसे कुछ और पूछ रही थी," वह पल-भर का अन्तर देकर बोली, "तुम्हारे नौकरी छोड़ने की असल वजह कहीं···"

हमारे हाथ आपस में कस गए। मैंने उसकी बात का उत्तर नहीं दिया। एक खड़खड़ाती जीप ढलान का मोड़ मुड़कर हमारी तरफ आ रही थी। उसकी रोशनियों से आंखें चुंधिया रही थीं, इसलिए मैंने कोशिश की कि हम लोग जल्दी से सड़क के एक तरफ हो जाएं। पर हमने जितना ही बचने की कोशिश की, जीप उतना ही हमारे ऊपर को

आकर पास से निकली। एक क्षण के लिए तो लगा कि ड्राइवर जान बूझकर हमें नीचे कुचलने जा रहा है। जीप निकल गई, तो हम अचकचाए-से पीछे से उसे देखते रहे।

"कोई हम लोगों का परिचित था क्या ?" बॉनी ने पूछा।

"पता नहीं।"

"तुम्हें नहीं लगा कि उसने जान-बूझकर हमें डराने की कोशिश की है ?"

"हां, लगा तो कुछ ऐसा ही है। हो सकता है पिए हुए हो वह।"

"या इस वक्त अकेले ड्राइव करने से चिढ़ा हुआ हो। हम दो को साथ-साथ सड़क पर देखकर खार खा गया हो। या वैसे ही मूड में आ गया हो। एक पल के लिए तो मुझे लगा था कि बस···"

"इस बात को दिमाग से निकाल दें हम लोग क्या बात कर रहे थे ?"

"हां, क्या बात कर रहे थे हम लोग ?" वह अपने को सहेजने की कोशिश करती बोली, "तुम कुछ कह रहे थे शायद।"

"मैं ? नहीं तो।"

"तो मैं कुछ कह रही थी क्या ? क्या कह रही थी ?"

मैंने सोचने की कोशिश की। पर तुरन्त बात के उस फीते को जोड़ नहीं पाया जिसे जीप के पहिये काट गए थे। मेरी टांगें कांप रही थीं। बॉनी भी मुश्किल से अपनी कंपकंपी को संभाले थी।

"छोड़ो उस बात को," मैंने कहा, "जो भी कह रही थीं, वह उतना महत्त्वपूर्ण नहीं था।"

"मेरे ईश्वर !" बॉनी ने उंगलियां माथे पर रख लीं।

"क्यों, क्या हुआ ?"

"कुछ नहीं, मैं उस क्षण की ही बात सोच रही हूं। अगर कुछ इंचों का फर्क न रहता।"

"आगे चलें क्या ?"

"अभी नहीं।"

मैंने उसके हाथ अपने हाथों में लेने चाहे, तो उसकी बांहें उठकर मेरे कन्धों पर आ गईं। बांहों में भींच लेने पर उसके शरीर का दुबलापन मुझे और ज्यादा महसूस हुआ। पर वह दुबलापन चुभने वाला दुबलापन नहीं, मांस की नरमाई लिए दुबलापन था। दो नन्हे-नन्हे चूज़े मेरी छाती से गरदन सटाए जल्दी-जल्दी सांस ले रहे थे। उनके रेशों का लचीलापन मेरी सख्त हड्डियों से दबकर भी कम नहीं हुआ था। मेरे

होंठ बॉनी के होंठों पर दबकर जैसे एक ग़ार में अपने लिए पनाह ढूंढ़ रहे थे। मेरा एक हाथ उसके कन्धे पर कसा था और दूसरा उसके शरीर की उभरी रेखाओं को नाप रहा था।

"फ़र्ज़ करो हम लोग कुचल गए होते," सांस लेने का मौका मिलने पर उसने और भी साथ सटते हुए फुसफुसाकर कहा।

"तो भी कुछ इसी तरह सड़क पर पड़े होते···।"

उसने कुछ और कहना चाहा, पर कहने के लिए उसके होंठ खाली नहीं रहे। उसकी पीठ से सरकता मेरा हाथ उसकी गरदन पर आ गया। "ओह !" मेरे दांतों से चिहुंककर उसने चेहरा पीछे हटा लिया।

"तो तुम चलना चाहोगी इस वक्त मेरे साथ मेरे यहां ?" मैंने उसका चेहरा फिर अपने पास करना चाहा। पर वह अपने को पीछे कसे रही। "अब नहीं," उसने जैसे एक निश्चय के साथ कहा और कोशिश करके अपने को मुझसे अलग कर लिया।

"क्यों ?"

वह चुपचाप चलने लगी। अपनी बात का उत्तर न मिलने से खिसी-याना पड़कर मैं भी कुछ देर के लिए चुप हो रहा। दूर से एक और जीप की खड़खड़ाहट सुनकर हम दोनों सड़क पर अलग-अलग तरफ़ को हट गए। उस जीप में कई लोग थे। तीन या चार जोड़ी युवक और युव-तियां ठसाठस भरे हुए। उन लोगों की मिली-जुली हंसी की आवाज़ एक झपाटे के साथ हमारे बीच से निकल गई।

हम लोग तिरछे कोणों से चलते हुए फिर पास आ गए। "तुमने मेरी बात का उत्तर नहीं दिया," मैंने कहा।

"तुम्हारे वाला हवाघर वह सामने नहीं है ?" उसने जैसे मेरी बात न सुनकर कुछ दूर आगे इशारा करते हुए पूछ लिया।

"हां, वही है वह हवाघर।"

"कुछ देर वहां बैठ लें ? बस ज़रा-सी देर ?"

"जैसा तुम चाहो।"

हवाघर सड़क के मोड़ पर था। घाटी की तरफ़ न होकर पहाड़ी की तरफ़। कुछ ऊंचाई पर। वहां पहुंचकर वह मेरे साथ एक ही बेंच पर नहीं बैठी। साथ ही आड़ी बेंच पर बैठ गई। "तुमने जो बात कही थी, वह ठीक थी।" बेंच की पीठ पर बांहें फैलाते हुए उसने कहा। "मुझे अचानक फिर उसका ख्याल हो आया है।"

"किस बात का ?"

"उसी बात का जो कुछ देर पहले तुमने कही थी। अपने क्वार्टर में

न चलने की।"

"पर वह बात तो मैंने…"

उसने मेरा हाथ दबाकर मुझे चुप कर दिया। "देखो मनोज," वह गहराई से कुछ सोचने की तरह आंखें झपकती बोली, "कुछ बातें होती हैं, बहुत छोटी-छोटी, जिन्हें आदमी समझने की कभी कोशिश भी नहीं करता। पर वे छोटी-छोटी बातें ही ज़िन्दगी में ज्यादा माने रखती हैं। बहुत-सी बड़ी लगने वाली बातों से ज्यादा महत्त्वपूर्ण होती हैं।"

उसकी उंगलियां बहुत ही पतली थीं। मैंने कई बार उसकी पांचों उंगलियों को एक-एक करके मसला। फिर उसका हाथ छूट जाने दिया।

"जो बात तुमने कही थी, उसका शायद उतना ही अर्थ नहीं है जितना तुम मुझे समझाना चाहते थे।" वह कहती रही। "उससे कहीं ज्यादा अर्थ मेरी समझ में आ रहा है। मैं एक बात अपने बारे में तुमसे स्पष्ट कह देना चाहूंगी। तुम जानते ही हो कि स्कूल में मेरा नाम खासा बदनाम है। पर मैं कभी उसकी परवाह नहीं करती। यह इसलिए नहीं कि उसमें कुछ सचाई नहीं है, बल्कि सच कहूं, तो इसलिए कि उसमें काफी कुछ सचाई है। मुझे इस बात का खब्त रहा है कि हर आदमी को थोड़ा खरोंचकर देखूं कि उसकी अन्दरूनी सूरत बाहर की सूरत से कहां तक मेल खाती है। तुम मुझसे स्टाफ के किसी भी आदमी के बारे में पूछ लो। मैं तुम्हें बता सकती हूं कि अपने अन्दर से वह आदमी उस आदमी से कितना अलग है जिसे तुम रोज़ कामन रूम में मिलते हो। टोनी व्हिसलर से लेकर डायना तक कोई भी व्यक्ति ऐसा नहीं है—बुधवानी, कोहली, गिरधारीलाल और ऐसे हो दो-तीन लोगों को छोड़कर—जिनके साथ मैंने घण्टों अकेले में बातें नहीं कीं या जिसे मैंने उसके अन्दर की सीवनों की तरफ से नहीं देखा। हर आदमी ने अपने-आप मुझे देख लेने दिया हो, ऐसा नहीं। आदमी जब अकेला होता है, तो वह भी एक वैसा ही चेहरा चढ़ाए रखने की कोशिश करता है जैसा लोगों के बीच चढ़ाए रखता है। सिर्फ वह चेहरे से काफी अलग होता है। उस आदमी की असलियत का अंदाज़ा उस दूसरे चेहरे से नहीं, पहले का चेहरा हटाकर यह नया चेहरा लगाने की प्रक्रिया से लगाया जा सकता है। जब कोई मुझसे कहता है कि वह मुझसे कुछ भी छिपाना नहीं चाहता, तो शायद वह सबसे ज्यादा छिपाने की कोशिश कर रहा होता है। पर एक कोशिश और दूसरी कोशिश के बीच वह सीवन कहीं सामने पड़ जाती है जिसे वह दोनों तरह से ढके रहना चाहता है।"

वह काफी गम्भीर हो गई थी, हालांकि उसके नुकीले चेहरे के साथ

उस तरह की गम्भीरता का सम्बन्ध जोड़ना मुश्किल था। वह अपने जिस खब्त की बात कर रही थी, मुझे उसमें ज्यादा दिलचस्पी नहीं थी। वह कितने लोगों के साथ कितना-कितना समय बिता चुकी है और इससे उसने क्या-क्या निष्कर्ष निकाले हैं,इस सबकी जानकारी से ज्यादा दिलचस्प मुझे उसकी जानकारी देने की कोशिश लग रही थी। बात उसने जहां से शुरू की थी, उसके साथ आगे की बात का कोई सीधा सम्बन्ध मुझे नज़र नहीं आ रहा था।

"तुम खुद ही कह रही थीं न कि सब लोगों की ज़िन्दगियां अन्दर से एक-सी हैं," मैंने कहा। "हां, तो थोड़ी-बहुत हेर-फेर हो सकती है। मैं नहीं समझता कि बार-बार एक ही बात को जानने के लिए तुम्हें इतना तरद्दुद उठाने की ज़रूरत थी?"

"एक-सी होने पर भी कितनी अलग-अलग तरह से एक-सी होती हैं, यह जान सकना अपने में उतनी छोटी बात नहीं है," वह थोड़ा चमककर बोली। "जिन लोगों के साथ तुम दिन-रात काम करते हो, उनमें से हर-एक के बारे में कुछ ऐसा भी है, अनजाना, जिसे जानकर तुम्हें सचमुच आश्चर्य हो सकता है। उदाहरण के लिए टोनी व्हिसलर को ले सकते हो। जानते हो क्या चीज़ है जो उस आदमी को ऐसा बनाए रखती है जैसा कि वह है? उसकी नपुंसकता। वह जेन से छुटकारा चाहता हुआ भी उसकी नकेल में रहता है, क्योंकि उसे डर लगता है कि कहीं यह बात बाहर लोगों पर प्रकट न हो जाए। इसी तरह रोज़ ब्राइट है। उसे कम उम्र के लड़कों के साथ वक्त बिताने का शौक है। यही बात है जो उसके पति को एक मशीन के पुर्ज़े की तरह हर वक्त काम करते रहने के लिए मजबूर करती है। यह जानकारी मुझे उन दोनों में से किसीसे नहीं, उन के हाउस के एक प्रीफेक्ट जसवन्त से मिली है। चेरी और लारा ने वैसे तो प्रेम-विवाह किया है, पर उसकी असल वजह मिसेज़ दारूवाला है जो उन दिनों चेरी के साथ अपने सम्बन्ध को लेकर बड़ी-बड़ी घोषणाएं करने लगी थी। मॉली क्राउन मिसेज़ ज्याफ्रे की अपनी बेटी न होकर बनाई हुई वेटी है—जिस महाराजा के यहां यह गवर्नेस थी, उससे रुपया वसूल करने के लिए यह गर्भवती होने का स्वांग भरकर विदेश चली गई थी और वहां से लौटकर यहीं किसीसे इसने इस लड़की को हथिया लिया था। इसी तरह पादरी बैटलिंग के कंवारे रहने का असली कारण यह है कि…"

यह बात करते-करते रुक गई। मेरे होंठों पर उभरती मुस्कराहट को उसने देख लिया था। पल-भर ठेस-खाई नज़र से मुझे देखती रहकर बोली,

"तुम्हें शायद सचमुच दिलचस्पी नहीं है। अच्छा हटाओ। उन लोगों की मैं और बात नहीं करूंगी। मैं जो कहना चाहती थी, वह यह है कि किसी भी आदमी को उसके घर की दीवारों के अन्दर देखो—वह किसी-न-किसी रूप में ज़रूर उन दीवारों की अपेक्षाओं से बंधा होगा। वह अगर अपने से बाहर उमड़ता या हाथ-पैर पटकता है, तो भी उन सीमाओं से जकड़ी रहकर। दीवारों की अपनी ही एक नैतिकता होती है। उनके बीच रह-कर आदमी या तो चुपचाप उस नैतिकता का पालन करता है, या उसके प्रति एक खामोश विद्रोह—और विद्रोह की खामोशी भी उस नैतिकता के दबाव की स्वीकृति ही है। उस दबाव से आदमी अपने को मुक्त अनु-भव कर सकता है केवल वहां जहां किसी भी तरह की दीवारें न हों—एक ऐसी ही अकेली खुली सड़क पर, हवा और आकाश के घेरे में। अगर इस समय यहां की जगह हम लोग तुम्हारे कमरे में होते, तो क्या मैं इतने खुलेपन से तुमसे बात कर सकती? वहां या तो दबे स्वर में हम तुम्हारी पत्नी के विषय में बात कर रहे होते, या पड़ोसियों के अस्तित्व को नकारने के लिए गुपचुप प्यार। मेरी दिलचस्पी एक और आदमी के अन्दरूनी व्यवहार को देखने में होती और तुम्हारी···शायद एक और लड़की के साथ रात गुज़ार लेने-भर में। पर तुम्हें शायद मुझसे निराशा ही होती क्योंकि मेरे अन्दर तुम्हें वह प्रतिक्रिया न मिलती जिसकी तुम मुझसे अपेक्षा रखते।"

वह फिर कुछ देर के लिए खामोश हो रही। अपनी बांहें समेटकर उसने गोदी में रख ली थीं। लकड़ी की बेंच पर उसका पूरा शरीर बहुत सिमटा-सिमटा-सा लग रहा था। जैसे कि अपनी सब गोलाइयां खोकर वह काफी सपाट हो गया हो। उसे देखते हुए, और दिमाग में उसकी कही बात की झनझनाहट महसूस करते हुए, मैं उस स्थिति से अपने को काफी दूर निकल आया महसूस कर रहा था जिसमें कुछ देर पहले उसके साथ चला था। क्या यही सब मुझसे कहने के लिए उसने आज की शाम साथ बिताने का प्रस्ताव किया था? या कि मैं ही अपने व्यवहार और बातचीत से उसे उस मन:स्थिति में ले आया था?

"तुम्हें शायद बुरा लग रहा है कि मैं एकाएक इस तरह बात क्यों करने लगी," वह अपने उड़ते बालों पर हाथ फेरती बोली। "पर शायद यह सब मैं तुमसे उतना नहीं जितना अपने से कहना चाह रही हूं। मैं अपने लिए भी बहुत बार महसूस करती हूं कि मैं हमेशा उस तरह खुल-कर अपने को स्वीकार नहीं कर पाती जिस तरह कि करना चाहती हूं। जहां तक शरीर की नैतिकता का सम्बन्ध है, उसे लेकर मेरे मन में कभी

कोई कुण्ठा नहीं रही। जब सत्रह साल की थी, तभी से। मैं तुम्हारे सामने यह भी स्वीकार कर सकती हूं कि कई-एक लोगों के साथ मेरा शारीरिक सम्बन्ध रहा ही है, हालांकि हरएक के साथ एक-सा नहीं। इन दिनों तुममें कुछ ज्यादा दिलचस्पी लेने का कारण तुम्हारा यहां अकेले होना भी था और यह भी कि तुम अब स्कूल छोड़कर जा रहे हो। दिन में सोचा था कि कुछ देर टहलने के बाद तुम मुझे अपने साथ घर चलने के लिए कहोगे और मैं चलकर तुमसे प्यार करती हुई तुम्हारी पत्नी का ज़िक्र छेड़-छेड़कर तुम्हें थोड़ा खिझाऊंगी। मुझे अच्छा लगता है प्यार करते समय साथ के आदमी का खिझाना। इससे उस आदमी को कैसा लग रहा है, यह मैं नहीं सोचती। पर हर आदमी के साथ अन्त में मेरी अन-बन हो जाती है। ऐसा शायद मेरी ही वजह से होता है या मैं जान-बूझकर होने देती हूं क्योंकि मैं किसीके साथ भावनात्मक उलझन में नहीं पड़ना चाहती। दो-एक बार अगर वैसी उलझन महसूस हुई है, तो मैंने कोशिश से अपने को उससे मुक्त कर लिया है। मैं इसे एक विशेष परि-स्थिति में रो पड़ने जैसी ही कमज़ोरी समझती हूं जो कि मेरी सम्मान-भावना को ठेस पहुंचाती है। ऐसी कमज़ोरी अपने में देखकर मैं अपने को बहुत छोटी महसूस करती हूं। मैं नहीं चाहती कि किसी भी आदमी का मुझपर इतना अधिकार हो कि मैं उसके बिना जी ही न सकूं। गलत-फहमी में मत पड़ना···तुम्हें लेकर इस तरह की किसी कमज़ोरी का तो सवाल ही नहीं है क्योंकि तुमसे मेरा परिचय ही कितना है ? दूसरे मैं नहीं समझती कि तुम्हारे जैसा आदमी किसी भी लड़की के मन में वैसी उलझन पैदा कर सकता है। इसका भी मतलब गलत मत लेना, पर मैं अपने इन दो घण्टों के अनुभव से कह सकती हूं कि तुम बने ही कुछ दूसरी तरह के हो। अपनी पत्नी से तुम्हारी क्यों नहीं पट सकी, इसका भी कुछ-कुछ अनुमान मैं लगा सकती हूं। फिर भी न जाने क्यों कुछ देर से मेरा मन कुछ और-सा हो रहा है। मैं कई बार खुद नहीं समझ पाती कि मैं दरअसल चाहती क्या हूं। किसी एक आदमी के साथ घर बसाकर रहने की बात से मुझे शुरू से ही चिढ़ रही है। इन कुछ सालों में जो कुछ देखा है, उससे वह चिढ़ और बढ़ गई है। पर कई बार यह भी लगता है कि मेरा मन जो इतना भटकता है, उसका वास्तविक कारण मेरा अकेलापन ही है। नहीं तो क्यों मैं एक तरफ दूसरों में इतनी दिलचस्पी लेती और दूसरी तरफ उनका उपहास उड़ाती रहती हूं ? क्या मेरी वास्तविकता यही नहीं है कि मैं अपनी छटपटाहट को कुरेदने में ढूंढ़ती हूं ?" और कुछ देर वह गरदन उठाए हवाघर की छत को देखती रही। फिर आंखें

नीचे लाकर बोली, "मैं यह भी नहीं समझ पा रही कि तुमसे यह सब मैं क्यों कर रही हूं? क्या इसलिए कि तुम मेरे लिए और लोगों से थोड़े ज्यादा अजनबी हो···और क्योंकि अब तुम यहां से जा रहे हो, इसलिए मेरी कही बातें भी तुम्हारे साथ ही चली जाएंगी? हर समय आसपास दिखाई देकर तुम मुझे उनकी याद नहीं दिला सकोगे?···पर मुझे अफसोस है," उसका भाव सहसा बदल गया और उसका हाथ फिर मेरे हाथ की तरफ बढ़ आया! "तुम ऐसी बातें सुनने के लिए मेरे साथ नहीं आए थे। तुम चाहो, तो हम लोग अब भी तुम्हारे यहां चल सकते हैं। घर के अन्दर पहुंचकर हो सकता है हम दोनों बिलकुल दूसरी तरह महसूस करें।"

उसने मेरा हाथ अच्छी तरह दबा दिया। कुछ पल प्रतीक्षा करने के बाद कि शायद वह कुछ और कहे, मैंने उठने की तैयारी करते हुए आहिस्ता से कहा, "मेरा ख्याल है यहां से तो चला ही जाए अब।"

वह एक झटके के साथ उठ खड़ी हुई। जैसे उसे पहले से ही इस बात के कहे जाने की आशा रही हो। "किधर से चलोगे?" सीढ़ियों की तरफ बढ़ते हुए उसने पूछा। "सड़क से या बीच के छोटे रास्ते से?"

"बीच के रास्ते से चलते हैं," मैंने कहा। "सड़क का रास्ता काफी लम्बा पड़ेगा।"

"ठीक है," वह संभाल-संभालकर सीढ़ियों पर पैर रखती बोली। "लम्बे रास्ते से गए, तो न जाने और क्या-क्या कहकर तुम्हें परेशान करती रहूं!"

पगडण्डी पर आकर हम लोग घिरे हुए देवदारों के नीचे चलने लगे। सारी पगडण्डी पर भीगे हुए सड़े पत्ते और टूटे हुए बीज बिखरे थे। आसपास झाड़ियों के झुरमुट थे, ऊपर छितराई डालें। बीच-बीच में पांव बरफ के चूते-पिघलते लोंदों पर पड़ जाते। अपने पैरों की आवाज़ के सिवा कहीं कोई आहट नहीं थी। हवा के अतिरिक्त दबाव महसूस हो रहा था केवल अपनी सांसों का। एक मिली-जुली गन्ध थी—ज़मीन की, पेड़ों की, अपने आपकी। कुछ रास्ता चल आने के बाद उसने अपनी बांह मेरी बांह में उलझा ली। "तुम्हें मुझसे काफी निराशा हुई है आज। नहीं?"

उसे जाने क्या लग रहा था कि मैं क्या सोच रहा हूं। पर मेरे दिमाग में सिवाय उस रास्ते को नापकर सड़क तक पहुंचने के और कोई विचार नहीं था। या कई-एक विचार थे, आपस में गुंथे हुए, जिनमें कोई एक विचार स्पष्ट नहीं था। मुझे अच्छा लगता अगर वह और बात न करती

और बाकी का रास्ता हम लोग चुपचाप तय कर लेते।

"मैं कुछ दूसरी ही बात सोच रहा था," मैंने बात को उस प्रकरण से हटा लेने के लिए कहा।

"क्या बात?"

"जितना कुछ इतने दिनों में अपने आसपास बिखेरा है, उस सबको समेटने की। पता नहीं कितनी चीज़ें हैं जो इस बीच जमा हो गई हैं। समझ नहीं पा रहा कि उन सबका क्या करना चाहिए। दो-तीन सौ किताबें, कितनी ही क्राकरी है, और भी जाने क्या-क्या सामान है ज़िन्दगी ढोने का।"

वह कुछ देर चुप रही; अपनी बांह में उलझी मेरी बांह की प्रतिक्रियाओं से मेरे भाव का अनुमान लगाती। फिर बोली, "क्यों नहीं अपनी पत्नी को तार देकर बुला लेते? वह आकर सब समेट देगी।"

"इस समय उसका ज़िक्र करना बहुत ज़रूरी था क्या?" मैंने हल्की झुंझलाहट से अपने अन्दर के रुकाव को थोड़ा बह जाने दिया। बरफ का एक लोंदा रास्ता रोके था, उसे मैंने जूते की नोक से छितरा दिया।

"मैं तुम्हें छेड़ने के लिए नहीं कह रही," वह बोली। "मेरा मतलब था कि···तुम उसके साथ रहो या उसके बगैर, स्थितियों में क्या ज्यादा अन्तर आ सकता है?"

मैंने कुछ उत्तर नहीं दिया। चुपचाप चलता रहा।

"क्या तुम नहीं मानते कि कुछ चीज़ों का कोई हल नहीं होता?" वह फिर बोली। "इसलिए कुछ स्थितियों को ज्यों का त्यों रहने देना भी उतना ही बुरा या अच्छा है जितना उनसे छुटकारा पा लेना?"

मैं फिर भी होंठ सिकोड़कर चुप रहा, तो उसने मेरा आशय भांपकर उस बात को वहीं छोड़ दिया। कुछ देर अपनी उंगलियों से मेरी बांह को हल्के सहलाते रहने के बाद कहा, "अकेले सारा सामान समेट लोगे अपना?"

"देखूंगा एकाध दिन में कि क्या कर पाता हूं। बहुत-सी चीज़ें हैं जिन्हें अपने साथ नहीं ले जा सकता। उन्हें यहीं किसीको दे दूंगा। या ऐसे ही फेंक दूंगा।"

"पर यहां से जा कहां रहे हो? तुम्हारे रंग-ढंग से इतना तो झलकता ही है कि सीधे अपनी पत्नी के पास तुम नहीं जाओगे।"

"कह नहीं सकता। यह सोचना मैंने आखिरी दिन पर टाल रखा है। हो सकता है एक बार चला ही जाऊं उससे मिलने। यह भी हो सकता है कि कुछ दिन दिल्ली एक दोस्त के पास रह जाऊं। उसने बहुत

दिनों से कह रखा है। एक ख्याल कलकत्ता-शिलांग जाने का भी है। उस तरफ कभी गया नहीं, इसलिए सोचता हूं कि क्यों न पहले कुछ दिन उस इलाके में जाकर घूम लिया जाए!"

आगे पगडण्डी काफी ऊबड़-खाबड़ थी। कई जगह इतनी खस्ता कि लगता था पैर रखते ही नीचे धंस जाएगी। मैं पहले एक ही बार उस रास्ते से गुज़रा था। पर तब मई का महीना था और समय दिन का था इसलिए दिक्कत नहीं हुई थी। उस समय अंधेरे में अपने अलावा उसे भी संभालकर ले चलना अपने में ही एक काम था। कई जगह लगा कि उतने खराब रास्ते से हमें नहीं आना चाहिए था। पर उसने शिकायत नहीं की। चुपचाप मेरी बांह पर अपनी बांह का भार दिए चलती रही। बातचीत का विषय भी इससे बदल गया। वह ऐसे बीहड़ रास्तों से कब-कब गुज़री है। मैं कौन-कौन से पहाड़ों पर गया हूं। किस जगह के लोग किस तरह से रहते हैं। कौन-से ऐसे स्थान हैं जहां एक बार आदमी को ज़रूर जाना चाहिए। हम दोनों जानते थे कि वह सारी बातचीत उस रास्ते को लांघ जाने का बहाना-मात्र है। पर ज्यों-ज्यों रास्ता कट रहा था, हम दोनों साथ होते और आपस में बात करते हुए भी धीरे-धीरे एक-दूसरे से अलग होते जा रहे थे—अन्दर से केवल अपने-अपने में व्यस्त।

जहां पगडण्डी सड़क से मिलती थी, वहां पहुंचने से थोड़ा पहले उसने मेरी बांह दबाकर मुझे रोक लिया। पल-भर सीधी नज़र से मुझे देखती रही, फिर बोली, "तुम अब भी चाहोगे मैं तुम्हारे साथ तुम्हारे क्वार्टर में चलूं, कुछ देर के लिए?"

"तुम्हारा मन हो तो चलो," मैंने कहा। "मुझे अपनी तरफ से कुछ नहीं कहना है।"

"मैं जानती हूं तुम्हें कैसा लग रहा है," उसके हाथ मेरे कन्धों पर आ गए। "मैंने वहां बैठकर तुमसे जो बातें की हैं, उसके बाद मुझे शायद तुमसे पूछना भी नहीं चाहिए। पर कहीं तुम यह तो नहीं सोचोगे कि···"

"क्या?"

"कि मैंने जान-बूझकर···"

"कम से कम यह बात नहीं सोचूंगा।"

मेरी बांहें अपने गिर्द न कसने से उसने मेरे कन्धों को एक बार हाथों में भींचकर छोड़ दिया। "घर जाकर खाने का क्या करोगे?" सड़क की तरफ चलते हुए उसने पूछा।

"वही जो रोज़ करता हूं। थोड़ा गरम करके खा लूंगा।"

मेरे स्वर की उदासीनता से वह कुछ मुरझा गई। "मुझे पता नहीं क्या हो गया था आज," उसने आंखें झपकते हुए कहा। "ऐसा हमेशा नहीं होता; मैं बल्कि अपने पर मान किया करती हूं कि मैं हमेशा खुश रह सकती हूं और दूसरों को खुश रख सकती हूं।"

"उस बात को जाने दो अब। कल सुबह स्कूल में मुलाकात होगी।"

सड़क पर आकर उसने फिर मेरा हाथ अपने हाथ में ले लिया। "देखो मुझे सचमुच अफसोस है आज के लिए।"

"कुछ समय साथ बीत गया, यही क्या काफी नहीं है ?" पर अपना स्वर मुझे स्वयं बेढंगा लगा।

"मुझे फिर भी अफसोस है···"

"किस बात का ?"

"वह तुम भी जानते हो। मैं नहीं सोचती थी कि मेरे वह सब कहने से तुम इतने गुमसुम हो जाओगे।"

"तुम्हारी किसी बात से मैं गुगसुम नहीं हुआ। मुझे ऐसे ही कभी-कभी दौरा पड़ जाता है इस तरह का।"

"मैं जानती हूं कि मैं वह सब न कहती, तो तुम्हें कम से कम आज की शाम इस तरह का दौरा हरगिज़ न पड़ता।"

मैंने जैसे आश्वासन देने के लिए उसकी बांह को थपथपा दिया। "तुम खामखाह परेशान हो रही हो। उस तरह की सचमुच कोई बात नहीं है।"

एक हल्का अन्तराल खामोशी का। फिर उसका हाथ मेरी गरदन पर आ गया। "अच्छा, गुड नाइट।"

उसका शरीर काफी साथ सट आने से मैंने उसे हल्के से चूम लिया। "गुड नाइट।"

वह चल दी, तो कुछ देर वहीं रुका मैं उसके कोट की हिलती सलवटों को दूर जाते देखता रहा। फिर अपने घर की तरफ चल दिया। पक्की सड़क के बाद कच्ची सड़क, फिर घर की पगडण्डी। उस पगडण्डी की तरफ बढ़ते हुए तीन बातें दिमाग में उभर रही थीं—डब्बे में बन्द बदज़ायका खाना, शाम को उसी रास्ते घिसटकर ऊपर को जाता अपना-आप और अपने में स्वतंत्र महसूस कर सकने का वह दूर झिलमिलाता क्षण जो आकर भी अब तक नहीं आया था। मेरा माथा जकड़ गया था, सिर दर्द कर रहा था और लग रहा था कि जिस्म की हरारत भी कुछ-कुछ बढ़ गई है।

दरवाज़े

रात से पहले की खामोशी शाम गहराने के बाद की। झुटपुटे में रचा-बसा एक डर—न जाने किस चीज़ का। काफी देर खिड़की के पास खड़ा रहने के बाद मैं कमरे में हट आया। बाहर सब कुछ अंधेरे से पहले के सुरमईपन में डूब गया था। जो धुंधला आभास बाकी था, उसे बिलकुल मिटते देखने का मन नहीं हुआ। वह मेरी आखिरी रात थी वहां। एक सुबह और दोपहर और बीतनी थी, और मुझे उस घर को खाली करके चले जाना था।

अपना सामान मैंने आधा छांट लिया था, काफी देर पहले। जो कुछ छांटने को बाकी था, उसपर लाचारी की नज़र डालकर हर बार उसे और बाद के लिए टाल दिया था। कितना कुछ था जो शोभा के आने से पहले का छंटना रहता था—जिसे अपने कंवारेपन के दिनों से कभी बाद के लिए टालता रहा था। वे ढेरों पत्र जिन्हें कभी छांटकर फाइलों में लगाने की बात सोचता था। तसवीरें जिनका कभी कोई एल-बम नहीं बना सका था। कितनी ही चीज़ें थीं जो 'घर की सम्पत्ति थीं' —अर्थात् उस घर की जिससे मेरा सम्बन्ध वहां पैदा होने के नाते था। मां और पिता के गुज़रने के बाद वह सब कुछ मौसी के यहां धरोहर के रूप में रखा रहा था। वे उस बार आई थीं, तो एक-एक चीज़ गिनकर सब कुछ मुझे सौंप गई थीं। एक बड़ा ट्रंक जिसमें पुराने ज़माने के बर-तनों से लेकर आधे कढ़े मेज़पोशों तक दसियों तरह का सामान भरा था। मौसी जब सब चीज़ें मुझे गिना रही थीं, तो मैं उन्हें गिनने की जगह उनके वापस ट्रंक में बन्द होने की राह देख रहा था। वे बार-बार कहती थीं कि वे दोनों लड़कियों को साथ लेकर मेरे पास पहाड़ की सैर के लिए नहीं आईं, मेरी अमानत सुरक्षित रूप से मेरे पास पहुंचाने के लिए ही आई हैं। मुझे कुछ हद तक इसपर विश्वास भी था क्योंकि अपना पुराना मकान बेच देने के बाद उनके पास फालतू चीज़ें रखने के लिए जगह नहीं रही थी। बेचारी राजो मौसी! वह सामान जिसकी कीमत कुल मिलाकर दो सौ रुपया भी नहीं थी, वह चौदह साल मेरे पैर जमने के इन्तज़ार में भरत की तरह अपनी रखवाली में रखे रही थीं। उसके बाद तीन आदमियों के आने-जाने का डेढ़ सौ रुपया भाड़ा भरके

उसे मेरे पास पहुंचाने आई थीं। मुझे उनमें से किसी चीज़ की ज़रूरत नहीं है, मेरे यह लिखने का उनपर कुछ असर नहीं हुआ था। वे सब चीज़ें उनकी बहन जिस तरह सौंप गई थी, उसी तरह, ज्यों का त्यों, उन्हें मेरे सुपुर्द कर देना उनका नैतिक कर्तव्य था। अपने लिए वह उनमें से एक कपड़े का टुकड़ा भी नहीं रख सकती थीं। बाद में एक बार और शोभा ने उस ट्रंक को खोलकर उसमें झांका-भर था। शोभा ने तो पुराने सामान की गन्ध से ही नाक-भौं सिकोड़ ली थी। मैं कोशिश करके आंखों में थोड़ी भावना ले आया था जो ज़्यादा शोभा को चिढ़ाने के लिए ही थी। उसके बाद फिर कभी उसे खोलने की नौबत नहीं आई थी। वह ट्रंक अछूत की तरह गुसलखाने में एक तरफ पड़ा मैले कपड़े जमा करने की मेज़ का काम देता रहा था। सुबह उसे खोलकर मैंने उसका सब सामान बाहर फैला दिया था। एक चाय-सेट को छोड़कर और कुछ भी नहीं था जिसे काम में लाया जा सकता—पर वह जापानी चाय-सेट भी, जिसकी दूधदानी का हत्था टूट गया था, मेरे लिए एक समस्या बन रहा था। उस सेट के अलावा शोभा के दिनों की भी बहुत-सी प्लेटें-प्यालियां थीं जिनपर इस बीच धूल की परतें जम गई थीं। छः नये गिलास जो शोभा किन्हीं खास-खास अवसरों पर इस्तेमाल करने के लिए लाई थी, बिना एक बार भी इस्तेमाल हुए फूस की कतरनों समेत एक गत्ते के डब्बे में बन्द थे। शोभा जिस दिन ज़रा खुश होती थी, या ज़्यादा परेशान होती थी, उस दिन कुछ न कुछ नया खरीद लाती थी। इसी तरह का उसका खरीदा एक आबनूस का टेबल-लैम्प था जिसमें एक बार भी बल्ब नहीं लगा था। एक पूरा सेट डाइनिंग टेबल पर बिछाने की चटाइयों का था जिनके लिए डाइनिंग टेबल खरीदने की योजना बनने के दूसरे ही दिन रद्द हो गई थी क्योंकि बीच की रात को मुझे 'चपर्-चपर्' की आवाज़ के साथ खाना खाते देखकर उसे उस विचार से ही वितृष्णा हो गई थी। कुछ चीज़ें थीं जो शोभा के जाने बाद मैं अकेले जी सकने के गुमान में खरीद लाया था। बिजली की केतली, इस्तरी, स्टोव, टोस्टर और फ्राइंग पैन। उनमें से स्टोव को छोड़कर और किसी चीज़ का प्लग लगाने तक का मुझे उत्साह नहीं हुआ था।

जो आधा काम तब तक किया था वह था कपड़े-किताबें छांट लेने का। बहुत-से कपड़े ऐसे थे जो या तो छोटे हो गए थे या कहीं न कहीं से फट रहे थे। उन्हें अलग करके काम-लायक कपड़ों को एक बक्से में बन्द कर लिया था। जूता एक भी काम का नहीं था। पर जिस एक के तस्मे ठीक थे, उसे पहनकर बाकी को गुसलखाने के पीछे की गैलरी में डाल

आया था जिससे जमादार को उन्हें ले जाने के लिए मुझसे पूछना न पड़े। किताबों में से जो फट गई थीं, उन्हें छोड़कर बाकी को एक बण्डल में बांध लिया था हालांकि जो छोड़ दी थीं, उनमें से भी कुछेक तब तक पढ़ी नहीं जा सकी थीं।

खट् खटर् खटर् खट्...शारदा अपने कमरे में टहल रही थी। जान-बूझकर पांव घसीटती हुई। या शायद सचमुच उससे ठीक से चला नहीं जा रहा था। मुझे लग रहा था जैसे वह आवाज़ ज़्यादा मुझे सुनाने के लिए ही हो। थोड़ी देर पहले जो उधर से उसकी 'उंह-उंह, ओह-ओह' सुनाई दे रही थी, उसका भी मुझे कुछ वैसा ही मतलब लग रहा था। अपने आसपास के सामान को लेकर मैं जिस हताश स्थिति में था, उसमें कोई मुझे देखे नहीं, इसलिए मैंने अपनी चटखनी अन्दर से लगा रखी थी। फिर भी चीज़ों के उठाने, रखने, घसीटने-पटकने की आवाज़ें इधर से उधर जा रही थीं। जब भी मेरे कमरे में कुछ ज़्यादा ऊंची आवाज़ होती, उधर की 'उंह-उंह, ओह-ओह' पहले से बढ़ जाती। पहले कुछ देर जैसे वह आवाज़ कंबल से ढंकी रही थी, फिर कम्बल से बाहर आ गई थी। जब मैं खिड़की के पास चला गया, तो वह आवाज़ मद्धिम पड़ते-पड़ते बिलकुल रुक गई। कुछ देर बाद दबे-दबे रोने की आवाज़ आने लगी जिससे मुझे लगा जैसे स्याही में डूबता बाहर का पूरा दृश्यपट ही हल्के-हल्के कराह रहा हो। मेरे खिड़की से हटने तक उस आवाज़ की जगह इस 'खट् खटर् खटर् खट्' ने ले ली थी।

शारदा अपने कमरे में अकेली थी। उसके अकेली होने पर इस तरह की आवाज़ें उस कमरे से बहुत कम सुनाई देती थीं। पर दोपहर को उसमें और कोहली में जो झगड़ा हुआ था, यह उसकी शिकायत थी जिसे कोहली के वापस घर आने तक चलते रहना था। बात मामूली-सी थी। पर शायद उतनी मामूली नहीं भी थी। कोहली के स्कूल में पूरे दिन की ड्यूटी थी—आखिरी ड्यूटी—जिसके कारण रात के साढ़े आठ, नौ तक उसके घर लौटने की सम्भावना नहीं थी। पर एक बजे लड़कों को दोपहर का खाना खिलाकर वह न जाने किस वजह से थोड़ी देर के लिए घर चला आया था। मैंने अपने कपड़ों को कीलों से उतारना शुरू ही किया था जब उधर ताबड़तोड़ शारदा की पिटाई होने लगी थी। पिटाई उसकी कोहली पहले भी करता था, पर वक्त देखकर। रात को सबके सो जाने के बाद। मेरी तरफ से भी निश्चिन्त होकर कि या तो मैं घर पर नहीं हूं, या उस वक्त तक मेरे जगे होने की सम्भावना नहीं है। हाथ भी इतने ज़ोर से नहीं लगाता था कि वह चीखकर अड़ोस-पड़ोस को जगा दे। फिर भी

गिरधारीलाल की बीवी को इसका पता चल ही जाता था और वह हैरानी से मुझसे पूछती थी, "आप साथ के कमरे में सोते हैं, आपको पता नहीं चलता ?" मुझे अगर पता चलता भी था, तो मैं यह जानकारी अपने तक पहुंचाने का श्रेय उसीको दे देता था। इससे अपनी नज़र में उसका महत्त्व काफी बढ़ जाता था जिससे वह मेरी ज़्यादा कद्र करती थी। पर कोहली से हममें से कोई भी इस विषय में बात नहीं करता था। हमें पता था कि शारदा के आने के बाद से उसकी ज़िन्दगी का हिसाब कई तरह से गड़बड़ाया रहता है। और तो और बेचारे की उम्र तक का हिसाब और कुछ ठीक नहीं रहा था। मैट्रिक्युलेशन सर्टिफिकेट के हिसाब से उसकी उम्र तैंतालीस साल की थी, पर अब वह शारदा की उम्र उन्नीस साल बताकर उसका और अपना फर्क चौदह साल का बताता था। बीच के दस साल क्या हुए, यह पूछकर उसका मन खराब करना ठीक नहीं लगता था। यू शारदा की शक्ल भी ऐसी ही थी कि उसकी उम्र का सही अंदाज़ा नहीं होता था। वह उन्नीस की भी हो सकती थी और उनतीस की भी। बहरहाल उन्नीस और तैंतालीस के बीच कहीं दस साल का घपला था। इसके अलावा भी कई तरह का घपला था। कोहली के पुराने सूट नये सिरे से कटने और रंगने के बाद बहुत जल्दी यहां-वहां से चिन्दी होने लगे थे। फिर भी शुरू के दिनों में कोहली ने शारदा को बहुत संभाला था। खाना बनाने के लिए घर में नौकर रख लिया था और शारदा को नई साड़ी पहनाकर रोज़ शाम को साथ घुमाने ले जाता था हालांकि शारदा सड़क पर उससे हटकर चलना ही पसन्द करती थी। रात को भी कोहली देर-देर तक उसकी वजह से जगा रहता था क्योंकि शारदा को बत्ती बुझी रहने पर अंधेरे से डर लगता था और जली रहने पर नींद नहीं आती थी। वह रात को कितनी-कितनी बार उठकर गुसलखाने में जाती थी जिसके लिए हर बार कोहली को खुद उठकर बत्ती जलानी पड़ती थी। अंधेरे में शारदा पलंग से नीचे पांव तक नहीं रख पाती थी। उसे लगता था कि कमरे में कोई चल-फिर रहा है जो उसके पलंग से उतरते ही उसे दबोच लेगा। बत्ती जल जाने पर वह आदमी न जाने कहां जा छिपता था। पर अंधेरे में न सिर्फ शारदा को उसके पैरों की आवाज़ सुनाई देती थी, वह उसे चलते-फिरते देख भी सकती थी। कोहली के यह समझाने का कुछ असर नहीं होता था कि कमरे की चटखनी अन्दर से बन्द है, इसलिए कोई बाहर से वहां नहीं आ सकता। शारदा फिर भी कहती रहती थी, "मैंने उसे अभी अपनी आंखों से देखा है। गले में लाल रंग की कमीज़ थी और नीचे काले रंग की पैंट। बत्ती जलने से पहले वह वहां दरवाज़े के पास खड़ा था।" धीरे-धीरे कोहली

ने बहस करना छोड़ दिया था। रात को अधजगा रहने से उन दिनों उसे क्लास में नींद आने लगती थी। लोग मज़ाक करते थे, "क्या बात है कोहली? नई शादी की है, इसका यह मतलब तो नहीं कि रात-रात-भर सोओ नहीं। अगर इतना ही प्यार है, तो महीने, दो महीने की छुट्टी लेकर उसे कहीं बाहर ले जाओ। इसपर कोहली के चेहरे के दो रंग हो जाते थे। ऊपर से वह हंसने की कोशिश करता था, पर साथ उसकी आंखें नीचे को झुकी जाती थीं। वह बहुत गम्भीर होकर अलग-अलग से हरएक से कहता था, "मुझे आजकल इन्सोम्निया की शिकायत है: एलोपैथिक की दवाई मुझे रास नहीं आती। छुट्टियों में नीचे जाकर होमियोपैथिक इलाज करूंगा।" पर इस बात को लेकर दूसरी तरह से टिप्पणी होने लगी थी। वह जब भी किसीको अकेला, खामोश और उदास नज़र आता, तो हल्के-से आंख दबाकर उससे पूछ लिया जाता, "तुम्हारा होमियोपैथिक इलाज कब से शुरू हो रहा है, कोहली?" आखिर हारकर उसने यह कहना भी छोड़ दिया था। जब उसकी ज़्यादा खिंचाई की जाने लगती, तो आंखें छत की तरफ उठाए वह चुपचाप खांसकर रह जाता था।

कुछ महीने इस तरह निकाल लेने के बाद अपने इस दूसरे विवाहित जीवन के दूसरे दौर में कोहली के पुरुषत्व ने विद्रोह करना शुरू कर दिया था। उसने ताकीद कर दी थी कि रात-भर कमरे की बत्ती बुझाई नहीं जाएगी। शारदा के साथ घूमने जाना बन्द कर दिया था। नौकर को निकाल दिया था। और गाली-गलौज से शुरूआत करके थप्पड़ के इस्तेमाल तक उतर आया था। इनमें से जिस चीज़ ने शारदा को सबसे ज़्यादा तकलीफ पहुंचाई थी, वह था नौकर का निकाल दिया जाना। इससे उसका एकमात्र सुख—दोपहर को बिस्तर में लेटे हुए भूपतसिंह को आवाज़ देकर खाना वहीं मंगवा लेना—उससे छिन गया था। जब कोहली ने उससे शादी की थी, तो अपनी आमदनी का हिसाब, मकान, खाना, ट्यूशनें और यूनिवर्सिटी के पर्चे, सब गिनकर बताया था। अपनी बैंक की पास-बुक भी दिखाई थी जिसमें दस हज़ार रुपये जमा था। पर उससे खटपट बढ़ने के बाद वह चिल्लाकर कहने लगा था, "दो सौ रुपये तनखाह में मैं नौकर नहीं रख सकता। आसपास और किसके यहां है नौकर? इतनी तनखाह में रोटी का ही गुज़ारा नहीं होता नौकर कौन रख सकता है?" इधर इसमें एक और वाक्य जुड़ने लगा था, "पता नहीं यह नौकरी भी रहती है या नहीं!"

भूपतसिंह आदमी भी कुछ अजीब तरह का था। शरीर दुबला-

पतला, पर चेहरा काफी चौड़ा। आंखें खामोश शत्रुता के भाव से हरएक को देखती हुईं। सुबह से लेकर रात तक काम करता हुआ भी काफी सुस्त। काम से फ़ुरसत मिलते ही ज़ीने में बिछकर पड़ जाने वाला। न डांट-डपट का कोई असर, न प्रशंसा का। कड़ा-से-कड़ी सरदी में भी गला छाती तक खुला। वह जब तक कोहली के पास था, मैंने कभी उसे बात करते नहीं सुना। न घर में, न घर से बाहर। नौकरी छूटने के बाद भी वह वहीं आसपास मंडराता नज़र आ जाता था। या तो उसे दूसरी नौकरी मिली नहीं थी, या उसने की ही नहीं थी। कोहली को वह सड़क पर कहीं खड़ा मिल जाता, तो कोहली की भौंहें तन जातीं। भूपतसिंह कोहली को देखकर भी न देखता। आसपास की झाड़ियों-टहनियों में आंखें उलझाए रहता। कोहली ऐसे जबड़े सख्त किए उसके पास से गुज़रता था जैसे बस चले, तो उठाकर खड्ड में फेंक दे। पर भूपतसिंह शायद गला उघाड़े ही इसलिए रहता था कि दूसरे को उसकी सख्त हड्डी का अन्दाज़ा हो जाए। कोहली उसे देखकर बिना मुंह खोले बड़बड़ाता पास से निकल जाता था।

उस दिन दोपहर को लड़ाई भूपतसिंह की वजह से ही हुई थी। कोहली को घर आने पर वह अपने कमरे में बैठा दिखाई दे गया था। गनीमत थी कि शारदा उस वक्त गुसलखाने में थी और कोहली को एकाध सवाल पूछने के बाद चुपचाप उसे बाहर कर देने का मौका मिल गया था। भगतसिंह फिर से अपने को उस नौकरी पर बहाल कराने आया था ताकि छुट्टियों में उनके साथ नीचे जा सके—उसने कहा भी कि दस रुपये कम तनखाह पर बीबीजी ने उसे रखने की हामी भर दी है—पर कोहली ने सीधे उसे ज़ीने का रास्ता दिखा दिया। भूपतसिंह के जाने के बाद शारदा बहुत देर तक गुसलखाने से नहीं निकली। अब निकली, तो कोहली उसपर गरजने के लिए तैयार बैठा था। "यह आदमी क्या कर रहा था यहां?" से शुरू करके पन्द्रह-बीस मिनट में ही उसने वह तमाशा खड़ा कर दिया कि नीचे से रत्ना को बीच-बचाव के लिए आना पड़ा। कोहली को ड्यूटी के लिए वापस स्कूल जाना होता, तो शायद बखेड़ा ज्यादा देर चलता। रत्ना ने किसी तरह उसे ज़ीने से नीचे तक पहुंचा दिया जहां से गिरधारीलाल उसे संभालकर साथ ले गया।

खट् खटर् खटर् खट्…उधर से शारदा फर्श को काट रही थी, इधर से मैं—पलंगों को एक तरफ घसीटकर सब चीज़ों को कमरे के बीचोबीच लाकर पटकता हुआ। दोनों तरफ के दरवाज़े बन्द रहने पर

भी जैसे हम लोगों में एक तरह की बातचीत चल रही थी। वह अपनी 'खटर्-खटर्, से मेरा ध्यान अपनी तरफ दिलाना चाहती थी और मैं अपनी धम-धपक से उसपर प्रकट करना चाहता था कि मेरी अपनी ही उलझन इतनी है कि मेरे पास और किसीके लिए समय नहीं है। सब चीज़ों को एक जगह जमा कर लेने का खब्त मुझे क्यों सवार हुआ था, कह नहीं सकता। उससे चीज़ें व्यवस्थित होने की जगह और भी उलझती जा रही थीं। जगह इतनी नहीं थी कि उन्हें अलग-अलग हिस्सों में बांटकर रखा जा सकता। जहां पहले वे दस अलग-अलग समस्याओं की शक्ल में थीं, वहां अब एक ही बड़ी-सी समस्या का रूप धारण कर रही थीं। फिर भी ज्यों-ज्यों अम्बार बड़ा हो रहा था, मुझे लग रहा था जैसे कोई चीज़ मेरे लिए आसान होती जा रही हो। मुझे अगर उन सब चीज़ों से अपने को मुक्त करना था, तो अब एक ही झटके में कर सकता था। बरामदे से कमरे और कमरे से गुसलखाने में जाते हुए दस बार सोचने की ज़रूरत नहीं थी कि किस चीज़ का क्या करना चाहिए।

अलमोनियम के उन फूलदानों को, जो शोभा ने शादी से चार-पांच दिन पहले मुझे खरीदकर दिए थे और जिनकी बाद में हम दोनों में से किसीको याद नहीं रही थी, उस ढेर में रखते हुए मैंने साथ के कमरे की चटखनी खुलने और खड़ाऊं की खटर्-खटर् के अपने दरवाज़े तक आने की आवाज़ सुनी। कुछ पल दोनों तरफ प्रतीक्षा की खामोशी रही। फिर शारदा ने हल्के से दरवाज़ा खटखटा दिया। मैंने मुंह और आंखें सिकोड़कर अपनी झुंझलाहट को थोड़ा कम किया और दरवाज़ा खोल दिया। शारदा बहुत बिखरे ढंग से बाहर खड़ी थी। साड़ी पेटीकोट से तीन-तीन इंच ऊंची। सिर के बाल जैसे धुनकी से धुने गए। ब्लाउज़, ब्रेसियर और शरीर—तीनों का कसाव अलग-अलग। आंखें एक आक्रोश से भरकर अपने हाल पर रहम खाती हुईं। "कहिए," मैंने बहुत शिष्टता के साथ कहा। ऐसे जैसे दोपहर की घटना का मुझे बिलकुल पता ही न हो।

"क्या बजा है अब ?" उसने पल-भर सीधे मुझे देखते रहने के बाद एक नजर अन्दर के सामान पर डाल ली।

"सात बीस। नहीं, उन्नीस," मैंने घड़ी में देखते हुए इस तरह कहा जैसे एकाध मिनट के फर्क पर किसी चीज का बनना-बिगड़ना निर्भर हो।

"इनकी ड्यूटी कितने बजे तक रहेगी ?"

"आठ बजे तक। लेकिन लौटने में साढ़े आठ, नौ बज सकते हैं।"

वह पल-भर रुकी रही। शायद कुछ और कहना या पूछना चाहती

थी। पर मेरे ठण्डे लहजे को देखकर वह बात ज़बान पर नहीं ला पाई। आहिस्ता से आंखें झपककर अपने कमरे की तरफ मुड़ गई। मैंने इस बार दरवाज़ा भिड़ाकर चटखनी नहीं लगाई। अपने सामान के पास आकर इस तरह खड़ा हो गया जैसे वह सब भी शारदा के अस्तव्यस्त व्यक्तित्व जैसा ही कुछ हो, जिससे शिष्टतापूर्वक दो शब्द कहकर अपने को उससे अलग किया जा सकता हो।

आध-पौन घण्टा और उसी तरह बीत गया। उन सब चीज़ों से अलग हटकर उनके बारे में सोचते हुए। क्या यह उचित था कि उन्हें वहीं बैरों-चपरासियों में बांट दिया जाए ? या कि बड़े बक्से में जितना सामान आ सके, उसे पार्सल से शोभा के पास भेज देना ज्यादा ठीक था ? इतना निश्चित था कि अपने लिए मुझे उससे ज्यादा सामान नहीं रखना था जितना जहां कहीं भी साथ ले जाया जा सके। अपने आगे के कार्यक्रम के बारे में बहुत तरह से सोचकर भी मैं इससे ज्यादा कुछ तय नहीं कर पाया था कि जब तक स्कूल से मिले पैसे साथ देंगे, तब तक मुझे किसी एक जगह नहीं रहना है—उस शुरुआत से पहले एक बार शोभा से मिल लेना चाहिए या नहीं, इसका कुछ निश्चय नहीं कर पाया था। एक बात मन में आती थी कि सामान शोभा के सुपुर्द करने के बहाने एक बार वहां जाया जा सकता है। इससे उसे इस बात की शिकायत नहीं रहेगी कि मैंने अपने निर्णय के सम्बन्ध में उससे एक बार बात भी नहीं की ! पर वहां जाने में सबसे बड़ी बाधा थी उस घर के लोग जिनके सामने चेहरा बनाए रखने के लिए किसी दूसरी तरह की शुरुआत में उलझ जाना पड़ सकता था। 'मुझे जिन चीज़ों से अपने को मुक्त करना है, वे बाद में किसके पास रहती हैं, या उनका क्या होता है, इसकी चिन्ता मैं क्यों कर रहा हूं ?' मैंने अपने से कहा और कुछ क्षणों के लिए जैसे सचमुच उस सबसे उबर लिया। परन्तु कमरा पार करते हुए फिर अपने को उन सब चीज़ों से घिरे हुए पाया—फिर से उसी चिन्ता से परेशान कि आखिर उस सबके बारे में अन्तिम निर्णय क्या रहा—उसे शोभा के पास भेज देने का, साथ ले जाने का, लोगों में बांट देने का, या उसी तरह वहीं पड़ा छोड़ जाने का ?

अंधेरा हो जाने से बाहर का दृश्यपट बिलकुल बुझ गया था। दोनों सोफा-चेयर्स जिनपर शोभा और मैं आमने-सामने बैठा करते थे, खाली पड़े एक-दूसरे को तक रहे थे। मेज़ मैंने साफ कर दी थी। सिवाय स्याही के कुछ निशानों के मेरे वहां बीते दिनों का कुछ भी आभास उससे नहीं मिलता था। वह उस समय उतनी ही खस्ता और नंगी थी जितनी उस

दिन जिस दिन पहली बार वहां आने पर मॉली क्राउन ने कमरे का सामान मुझे दिखाया था। मैं यह भी नहीं कह सकता था कि वे निशान मेरे ही दिनों के थे। उनमें से कुछेक पहले के भी हो सकते थे। "हम इसे पेंट करा देंगे," पहले दिन मॉली क्राउन ने कहा था। पर तब से अब तक उसके पेंट होने की नौबत नहीं आई थी। 'मेरे बाद में आने वाले आदमी से भी शायद वह यही कहेगी' मैंने सोचा। 'और वह भी कुछ साल मेरी तरह एक आशा और भरोसे में काट देगा।'

करने को बहुत कुछ था, फिर भी मुझे कुछ भी करने को नहीं सूझ रहा था। खाने का डब्बा स्कूल में आ गया था। पर ज्यादा से ज्यादा देर मन को उससे परे रखकर मैं उसके प्रति अपनी उपेक्षा प्रकट कर लेना चाहता था। 'आज आखिरी बार होगी जब मैं यह सड़ा हुआ खाना खाऊंगा,' इस दिलासे से मैंने स्टोव पर उसे गरम करने का इरादा भी छोड़ दिया था। 'जाते हुए इसकी असलियत को याद रखने के लिए इसे ठण्डा ही खाना चाहिए,' यह जैसे मैंने अपने से नहीं, खाने के उस डब्बे से कहा था जो क्षमा-याचना की स्थिति में एक तरफ पड़ा अपनी और स्कूल की तरफ से मेरे सामने लज्जित हो रहा था।

खट्-खट्-खट्...दरवाज़े पर फिर से दस्तक सुनकर मैंने किवाड़ खोल दिए। इस बार भी शारदा ही थी। "अभी नौ नहीं बजे?" उसने मुझे देखकर कुछ सकपकाहट के साथ पूछ लिया।

"नहीं। अभी आठ दस हुए हैं।"

"कुल आठ दस?" उसे जैसे मेरी घड़ी पर विश्वास नहीं आया।

"मेरी घड़ी में एकाध मिनट से ज्यादा का फर्क नहीं हो सकता।"

वह इस बार आंखें झपककर लौटी नहीं; उसी तरह खड़ी रही।

'आज ड्यूटी का आखिरी दिन है, इसलिए हो सकता है कोहली को लौटने में थोड़ा और समय लग जाए," कुछ पल प्रतीक्षा करने के बाद मैंने फिर कहा।

उसके चेहरे पर निराशा का भाव नहीं आया। उसने जैसे आंखों से कहना चाहा कि यह बात वह पहले से जानती है।

"आप घर बिलकुल खाली करके जा रहे हैं?" थोड़े और वक्फे के बाद वह बात को दूसरे विषय पर ले आई।

मैंने आंखें झपककर सिर हिला दिया।

"सारा सामान साथ ले जाएंगे?"

"कुछ ले जाऊंगा, कुछ यहीं छोड़ जाऊंगा।"

"यहां क्यों छोड़ जाएंगे?"

मुझे कुछ अटपटा लगा। इतनी बात उसने मुझसे कभी नहीं की थी। "बहुत-सी चीज़ें हैं जिनकी ज़रूरत नहीं पड़ेगी," मैंने बात को छोटा करने के लिए कहा।

"मैं तो सोच रही हूं कि अपना सारा सामान ले जाऊंगी," कहते हुए जैसे मेरे सामान पर ठीक से नज़र डालने के लिए वह दहलीज़ लांघ आई।

मैंने जान-बूझकर उसकी बात का वह मतलब नहीं लिया। कहा, "कोहली ने तो ऐसा कुछ नहीं बताया।"

"उन्हें भी अभी पता नहीं है," वह कमरे में इस तरह नज़र दौड़ाती बोली जैसे यहां की हर चीज़ की अपने घर की चीज़ों से तुलना कर रही हो। "मैं अब आने पर उन्हें बताऊंगी। मैं इस आदमी के साथ और नहीं रह सकती।"

उसकी आंखें मुझसे मिल गईं। मेरी प्रतिक्रिया जानने के लिए, या वैसे ही। कुछ और ही तरह की थी उसकी आंखें। जैसे शीशे की बनी। अपनी चमक के बावजूद निर्जीव। मैं अपने सामान की तरफ देखता हुआ चेहरे पर व्यस्त भाव ले आया। उस भाव का अर्थ यह भी था कि मुझे इससे कुछ भी फर्क नहीं पड़ता कि तुम उस आदमी के साथ ज़िन्दगी-भर रहती हो या आज ही उसे छोड़कर चली जाती हो। मेरे लिए इससे, बल्कि तुम्हारे समूचे अस्तित्व से ज्यादा महत्त्वपूर्ण यह चीज़ है कि मुझे सोने से पहले क्या-क्या करना और क्या-क्या समेटना है। इसलिए तुम्हारा इस वक्त यहां होना मेरे लिए एक खामखाह की उलझन है, जिसे टालने के लिए मुझे जल्दी से सोचना है कि मुझे क्या ऐसा सोचना चाहिए जिससे तुम बिना ज्यादा सवाल किए अपने कमरे में वापिस चली जाओ। पर सामान से मुझे पहले ही इतनी घिन हो रही थी कि ज्यादा देर मैं उन चीज़ों पर आंखें नहीं टिकाए रह सका। मेरी आंखें फिर उसकी तरफ मुड़ीं तो वह उसी तरह मुझे देख रही थी। चेहरे पर वही ढीला भाव जो उसके लेसदार पेटीकोट और उखड़ी हुकों वाले ब्लाउज़ में था। नाम के लिए उसने कन्धे पर शाल ले रखा था पर वह इस तरह अलग से झूल रहा था जैसे कन्धा एक खूंटी हो जो उसे लटका रखने के काम आती हो। ब्लाउज़ यूं तो सफेद था, पर गले से लेकर नीचे तक खुलने वाले पूरे हिस्से पर मैल की लकीर थी—वैसी ही लकीर अन्दर से दिखाई देते ब्रेसियर के सिरों पर भी थी। लगता था कि वह स्त्री न तो हफ्ता-हफ्ता भर नहाती है और न ही अन्दर के कपड़े बदलती है। ब्रेसियर में कसे, फिर भी ठीक से न कस पाए, मांस-पिण्डों

की खुश्की भी इस चीज़ की साक्षी थी। 'कोहली ने दिन में इसे बुरी तरह पीट दिया था, उसके बाद तो कम से कम एक बार इसे नहा ही लेना चाहिए था,' मैंने सोचा। पर उसके लिए शायद हर चीज़ नहाने से बचने का बहाना बन जाती थी।

"आप जाकर बहनजी से मिलें, तो उन्हें भी बता दीजिएगा," वह मुझसे उत्तर न पाकर बोली, "उनसे तो मैं पहले भी कहा करती थी, मेरा इस आदमी के साथ गुज़ारा नहीं है। मेरे मां-बाप ने पता नहीं क्या देखकर मुझे इसके साथ ब्याह दिया। यह भी कोई आदमी है जिसके साथ एक लड़की ज़िन्दगी काट सके! मेरी अभी उम्र ही क्या है! जब शादी हुई, तब मैं पूरे उन्नीस की भी नहीं थी। मेरे मां-बाप ने इतने दिन दौड़-धूप करके मेरे लिए ढूंढ़ा भी तो यह आदमी! मुझे उन पर तरस आता है कि अब नये सिरे से उन्हें मेरे लिए सब कुछ करना पड़ेगा। बेचारों ने पहले ही गरीबी में मुश्किल से ब्याह का खर्च उठाया था। अब दूसरी बार पता नहीं कहां से जुगाड़ करेंगे। पर मैंने सोच लिया है। मुझे चाहे सारी उम्र कंवारी रहना पड़े, मैं इस आदमी के साथ और एक दिन भी नहीं रहूंगी। इसीलिए अपना सारा सामान मैं साथ ले जा रही हूं। बिलकुल नया सामान है सारा। यहां इसके पास मैं किसलिए छोड़ जाऊं? मुझे तो फिर भी कोई न कोई मिल ही जाएगा, इसे कोई मेहरी-चमारी भी नहीं मिलने की घर बसाने को। घर उसका बस सकता है जो और कुछ न हो, आदमी तो हो। यह तो आदमी ही नहीं है। इसका घर क्या बसेगा?"

वह बात करती हुई अपने गले की हड्डी को सहला रही थी। उसके नाखून बड़े-बड़े थे—बग़ैर किसी कोशिश या तराश के बढ़े हुए। उंगलियां पूरे शरीर की तरह गठी हुईं और बेतरतीब। मुझे कोहली पर गुस्सा आ रहा था। उसे उस औरत से शादी करना क्यों इतना ज़रूरी लगा था? और लगा ही था, तो क्या आज के दिन ही उसे उसकी पिटाई करनी थी जिससे मेरे जाने से पहले मेरे कमरे में आकर वह मुझे अपने बेढंगेपन से दो-चार होने का यह नायाब मौका बख्श दे?

"मेरा ख्याल है आपको अभी कुछ देर आराम करना चाहिए," मैंने कहा। "और जो भी फैसला करना हो, ठीक से सोच-समझकर करना चाहिए ताकि···"

"मैंने सब सोच-समझ लिया है जी," अब उसकी उंगलियां उसी हिस्से को खुजलाने लगीं। "इतने दिन इसके साथ रह लेने के बाद भी अभी सोचना-समझना बाकी है? आप अगर देखें न कैसे इसने मेरी हड्डी-

पसली एक की हैं आज, तो आप जबान पर भी न लाएं यह बात।"

"खैर, आप ज्यादा जानती हैं आपके लिए क्या ठीक है···" मुझे डर लगा कि कहीं वह सचमुच ही मुझे अपनी हड्डी-पसली न दिखाने लगे। "···मैं तो आपसे इसलिए कह रहा था कि···"

"मुझे पता है आप किसलिए कह रहे हैं," उसके स्वर में और आत्मीयता भर आई। "आप मेरा भला चाहते हैं और भला चाहने वाला हर आदमी यही कहेगा कि अगर किसी तरह निभ सकती हो, तो एक औरत को निभा लेनी चाहिए। मैं खुद शोभा बहनजी से यही कहा करती थी। मैं कहती थी कि भाई साहब में और कितनी बुराइयां हों, कम से कम वे अपनी औरत पर हाथ तो नहीं उठाते। एक औरत और सब कुछ सह सकती है जी, पर मार खाना कभी बरदाश्त नहीं कर सकती। आजकल कोई जमाना है मार खाने का? हम आजकल की औरतें हैं, उस जमाने की नहीं जब मरद लोग चादर डालकर उन्हें पीट लिया करते थे। उस जमाने में तो किसी औरत की दूसरी शादी हो ही नहीं सकती थी। पर आजकल तो औरत भी चाहे, तो दूसरी शादी कर सकती है। सरकार ने इसके लिए कानून ऐसे ही नहीं बनाया। शोभा बहनजी की मैं इस बात के लिए तारीफ करती थी। उन्होंने बिलकुल नये जमाने की बनकर दिखा दिया था। मैं इस आदमी से कितनी बार कह चुकी हूं कि शोभा बहनजी को देखो और आज के जमाने को समझो। यह पहले वाला जमाना नहीं है।"

मैं नहीं सोच पा रहा था कि घिसी चप्पल, फटे पैरों और स्याह टखनों वाली उस आजकल के जमाने की औरत को उसके पति के लौटने से पहले उसके कमरे में वापस भेजने के लिए मुझे क्या करना चाहिए। मैं इतना रूखा भी नहीं होना चाहता था कि उसका गुबार कोहली की जगह मेरे ऊपर निकलने लगे। वह जिस तरह खड़ी थी, उससे लगता था कि तुरन्त वापस दहलीज़ लांघने का उसका कोई इरादा नहीं है। वह बात कोहली के और अपने सम्बन्ध को लेकर कर रही थी, पर नज़र उसकी मेरे साथ-साथ कमरे के फर्श पर बिखरी एक-एक चीज का जायजा ले रही थी। वह शायद मन में उन चीज़ों की कीमतों का अंदाज़ा लगा रही थी और सोच रही थी कि अगर सचमुच मैं कुछ चीजें वहां छोड़ जाना चाहता हूं, तो वे चीज़ें कौन-सी हो सकती हैं। जिन चीज़ों से उसकी आंखें बार-बार टकराती थीं, वे थीं टोस्टर, केतली, इस्तरी और उसी तरह का दूसरा सामान जो उसकी दूसरी शादी के दहेज में काम आ सकता था। चीज़ों से हटकर उसकी आंख मेरे चेहरे पर आ टिकती

थीं, तो कुछ वैसी ही रुचि उसकी मुझे अपने में नज़र आने लगती थी।

"साढ़े आठ हो गए हैं," मैंने जैसे उसे समय की चेतावनी देते हुए कहा, "कोहली अब आता ही होगा। मुझे भी जल्दी से यह काम पूरा करके कुछ देर के लिए बाहर जाना है। कई लोग हैं जिनसे मिलना है।" यूं मिलना मुझे किसीसे नहीं था। बाहर जाने का भी मेरा कोई इरादा नहीं था।

"आप बताइए, क्या-क्या काम है," वह बोली, "मैं आपकी कुछ मदद करा देती हूं। शोभा बहन जी यहां होतीं, तो आपको अपने हाथों से कुछ भी न करना पड़ता। हम दोनों मिलकर सब कर देतीं।"

"नहीं, मदद से होने का काम नहीं है," मेरी अस्थिरता बढ़ने लगी। सबसे बड़ा काम तो कागज़ों को छांटने का है। वह सिर्फ मैं ही कर सकता हूं।"

"काम तो यहां कितना ही नज़र आ रहा है," वह सामान के गिर्द घूमती बोली, "कितनी ही चीज़ें शोभा बहनजी ने उधर गुसलखाने में भर रखी थीं। पता नहीं उनका आपको पता भी है या नहीं," और वह इत्मीनान से चलती गुसलखाने में पहुंच गई। मैंने मन में पहले से ज्यादा कुढ़कर एक सिगरेट सुलगा लिया।

"यहां कितना कुछ बिखरा पड़ा है," गुसलखाने से उसकी आवाज़ आई। "यह सन्दल सोप की टिकिया आप ऐसे ही फेंक जाएंगे?"

उसका ढंग आवाज़ देकर उधर बुलाने का था। मुझे कोफ्त हुई कि क्यों नहीं मैंने सन्दल सोप की टिकिया भी उधर से इधर ला रखी। कुछ देर इंतज़ार करने के बाद वह फिर वहीं से बोली, "यह आईना भी पड़ा है एक। यह आपका है या स्कूल का है?"

"कुछ सामान उधर पड़ा है, मुझे मालूम है," मैंने धुएं में अपनी झुंझलाहट निकालते हुए कहा। "उसे मुझे अभी बाद में देखना है।"

मैं दो एक कदम गुसलखाने की तरफ बढ़ गया, पर दरवाज़े से आगे नहीं गया। वह सन्दल सोप की टिकिया हाथ में लिए आईने में अपने को देख रही थी। सन्तुष्ट होकर कि आईने में उसका रूप वैसा ही नज़र आता है जैसा कि आना चाहिए, उसने एक उड़ती नज़र मुझपर डाली—एक पुरुष की साहसहीनता का उपहास उड़ाती स्त्री की नज़र। फिर बाहर को आती बोली, "कितनी कीमती-कीमती चीज़ें फेंक रखी हैं आपने इधर-उधर। घर की चीज़ों की कद्र दरअसल औरतों को ही होती है। मरदों को तो किसी चीज़ की कद्र होती ही नहीं।" और वह दोनों चीज़ें मेरी तरफ बढ़ाती मुसकरा दी। "इन्हें कहां रख दूं?"

"यहीं कहीं रख दीजिए," मैंने कहा, "या अगर उधर काम में आ सकती हों, तो···"

"ना बाबा!" वह जैसे अपराध से बचने के लिए सिर हिलाती बोली। "मैं किसीकी कोई चीज़ नहीं लेती। शोभा बहनजी को पता चले, तो वे मन में क्या सोचेंगी?"

"उन्हें पता चले, तभी न वे सोचेंगी?"

वह फिर मुसकरा दी। "आप क्या उन्हें बताएंगे नहीं? वे पूछेंगी नहीं आपसे कि फलां चीज़ कहां गई, या आपने किसे दे दी?"

वह जाने दांतों पर मिस्सी मलती थी या क्या—उसके दांतों की दरारें काली हो रही थीं। दांतों के अन्दर से ज़बान की नोक मुसकराने पर बाहर झांक जाती थी।

"काम में आ सकती हों, तो सचमुच रख लीजिए," मैंने कहा। "यहां बहुत-सी चीज़ें ऐसी हैं जो···"

"ना बाबा!" वह फिर उसी तरह बोली। "शोभा बहनजी से तो मैं मांगकर ले भी सकती थी। पर उनके पीछे से उनकी कोई चीज़ मुझे नहीं लेनी है। कल को आप लोग कभी घूमने के लिए ही यहां आएं और शोभा बहनजी देखें कि उनकी कोई चीज़ मेरे पास पड़ी है, तो वे मन में न जाने इसका क्या मतलब निकालेंगी?" और अपनी मुसकराहट को होंठों में ही दबाए उसने कहा, "अच्छा, आप लोग कभी मिलने के लिए तो आया करेंगे न?"

पर इससे पहले कि मैं जवाब देता, ज़ीने पर कोहली के पैरों की आवाज़ सुनाई दे गई। वह इससे थोड़ा सकपका गई—साथ उसे ध्यान हो आया कि कुछ देर पहले वह हमेशा के लिए उस घर से जाने की बात कह रही थी। "शोभा बहनजी से मेरी नमस्ते कह दीजिएगा," वह जल्दी से दोनों चीज़ें रखकर बाहर निकलती बोली। "पता नहीं फिर कभी उनसे मुलाकात होगी या नहीं। मैं पता नहीं इसके बाद कहां रहूं, आप लोग कहां रहें···मेरी नमस्ते ज़रूर कह दीजिएगा।"

कोहली ऊपर पहुंच गया था। वह उसके सामने से निकलकर अपने कमरे में चली गई। कोहली ने एक हारी-सी नज़र मुझपर डालकर उसे अन्दर जाते देखा और गदले पानी में चुपचाप गोता लगा जाने की तरह उसके पीछे जाकर अन्दर से चटखनी लगा ली।

मैंने भी वही किया—उसी तरह अपने कमरे की चटखनी लगा ली। सोचा, 'अच्छा है कोहली ने मुझसे बात नहीं की, नहीं तो मैं खामखाह उसके सामने कुछ अव्यवस्थित महसूस करता और वह भी सायद कुछ

ज्यादा ही शक अपने मन में लेकर जाता। कुछ देर मैंने सुनने की कोशिश की कि शायद उधर फिर से उनका लड़ाई-झगड़ा शुरू हो। पर वहां ऐसी खामोशी छाई थी जैसे उन दोनों ने अन्दर जाते ही अपनी-अपनी जगह सांस रोककर बैठे रहने का समझौता कर लिया हो। अगर मैंने अपनी आंखों से उन्हें अन्दर जाते न देखा होता, तो मुझे लगता कि उस पोर्शन में उस समय कोई है ही नहीं। इससे अपने फर्श पर चलते हुए मुझे अपने पैरों की आवाज़ कुछ ज्यादा ही ऊंची—बल्कि कुछ हद तक डरावनी—महसूस होने लगी। मैं कोशिश करके हल्के पैरों चलता बरामदे में आ गया।

मेरा सिगरेट बिना पिए झड़-झड़कर उंगलियां जलाने को आ रहा था। उसे फर्श पर गिराकर मैंने पैर से मसल दिया। मन को फिर एक बार तैयार करना चाहा कि बिखरे सामान का कुछ कर सकूं। पर हाथों में उसके लिए उत्साह नहीं ला सका। वह सब सामने होते हुए भी जैसे मेरे लिए एक ऐसा अतीत था जिसे समेटने का तरद्दुद मुझसे नहीं बन पड़ रहा था। मन कह रहा था कि यदि किसी तरह उस सबको समेट भी लिया जाए तो क्या उसे साथ ढोने का उत्साह मैं अपने में ला पाऊंगा?

'सिर्फ एक रात बीच में है,' मैंने सोचा। 'तभी तक इन सब चीज़ों से किसी न किसी रूप में जुड़े होने की मजबूरी है। कल एक बार यहां से निकल जाने के बाद इनके सम्बन्ध में सोचने की मजबूरी भी नहीं रहेगी। मुझे तब तक कुछ करना है, तो यही कि बीच का समय किसी तरह निकाल देना है।'

मैंने बरामदे में आकर कुर्सियों को एक तरफ घसीट दिया ताकि वहां पलंग बिछाने की जगह हो जाए। कमरे में पलंग बिछाने के लिए उन सब चीज़ों को नये सिरे से इधर-उधर हटाना पड़ता। पलंग की मैली नेवाड़ पर पड़े दाग बरामदे की सिमटी हुई रोशनी में ज्यादा भोंडे और घिनौने लगे। मैट्रेस, चादर, तकिया और रजाई पलंग पर फटककर मैंने उन दागों को ढक दिया। टिफिन-कैरियर खोलकर जल्दी-जल्दी ठण्डा खाना निगल लिया—जैसे कि वह एक जेल के अन्दर अपनी सज़ा के आखिरी दिन का खाना हो। उसके बाद बिस्तर को ठीक किया और ज़बर्दस्ती नींद लाने के लिए बत्तियां गुल करके लेट गया।

पर नींद नहीं आई। इस करवट, उस करवट, सीधे, उलटे, किसी भी तरह नहीं। लग रहा था जैसे वह अतीत जिसे पीछे कमरे में छोड़कर मैंने बीच का दरवाज़ा बन्द कर लिया है, वह मेरी ही तरह उस

तरफ करवटें बदल रहा हो। बार-बार मुझे एहसास करा रहा हो कि मेरी कोशिश के बावजूद वह मुझसे कटा नहीं है। वह वहां है—उतना ही सजीव, निश्चित और प्रताड़नामय। जिस कमरे में उसे बन्द कर दिया गया है, वह कमरा मेरे अन्दर आ समाया है और किवाड़ भिड़ा लेने या चटखनी लगा लेने से मैं अपने को उससे मुक्त नहीं कर सकता।

न जाने कितना समय नींद लाने की कोशिश में निकल गया। नींद की टिकियां पास में नहीं थीं, नहीं तो उन्हींके सहारे सो जाने की कोशिश करता। बहुत पहले एक बार एक शीशी लाकर रखी थी। कर्नल बत्रा के मना करने के बावजूद। उसमें से एक टिकिया एक बार खाई भी थी पर बाद में वह शीशी घर में दिखाई ही नहीं दी। शायद शोभा ने उठाकर कहीं रख दी थी, या फेंक दी थी। यह शायद उसने इसलिए किया हो कि शीशी के बाहर मोटे लाल अक्षरों में छपा था—ज़हर। शोभा ऐसी चीज़ों से बहुत डरती थी जिनमें जान ले लेने की क्षमता हो—बिच्छू-सांप से लेकर गैस के स्टोव तक। इसीलिए वह कोयले जला-जलाकर हाथ काले करती रहती थी। उस समय भी जैसे वह उन्हीं काले हाथों से मेरे अन्दर के कमरे में रखी एक-एक चीज़ को उठाकर देख रही थी। मैं खिड़की के शीशे पर आंखें गड़ाए अपना ध्यान झरने की आवाज़ पर केन्द्रित करने की कोशिश कर रहा था। पर उस आवाज़ से ज़्यादा ध्यान खींच रही थी वह खामोशी जो दरवाज़े की दरारों से सटी पीछे कमरे की मुरदा हलचल का आभास दे रही थी। ज़रा देर आंख मूंदते ही लगने लगता था कि शोभा ने वह आईना अपने हाथ में उठा लिया है जिसमें थोड़ी देर पहले शारदा अपना चेहरा देख रही थी। उसे रखकर वह पलंग की नेवाड़ कसने लगी है। डाइनिंग टेबल की चटाइयों को खोलकर देखने लगी है। सिर्फ ब्लाउज़-पेटीकोट में बड़े-बड़े कोयलों को तोड़कर उनके टकड़े करने लगी है। तब मैं आंखें खोलकर फिर सामने के अंधेरे को देखता। लगता कि झरने की आवाज़ के साथ-साथ पानी के रास्ते में खड्ड में उतरा जा रहा हूं। मेरे पीछे-पीछे बॉनी अपने कोट में सिमटी चल रही है। वह पीछे से आवाज़ देकर मुझे रोकना चाहती है। कहना चाहती है कि ज़रा-सा पांव फिसल जाने से मैं खड्ड में गिरकर चूर-चूर हो सकता हूं। पर मुझे लौटकर उसी रास्ते चढ़ाई चढ़ने के विचार से ही दहशत होती है। मैं विश्वास किए रहना चाहता हूं कि खड्ड का वह रास्ता ही आगे चलकर सीधी सड़क में बदल जाएगा। फिर सहसा मैं चौंक जाता। कमरे में कोई खटका न होने पर भी लगता जैसे वहां खटका हुआ हो। आभास होने लगता कि गुसलखाने के पीछे

की सीढ़ी से शारदा कमरे में चली आई है। कोहली को बाहर रखकर उसने अन्दर की चटखनी लगा ली है और कमरे की एक-एक चीज़ को उठाकर देख रही है। परख रही है कि वह उसके किसी काम आ सकती है या नहीं। चीजों को रखते-उठाते हुए उसकी आंखें किसी और चीज़ को भी खोज रही हैं और उसी खोज में उसने अपनी आंखें दरवाज़े की दरार से सटा ली हैं। मैं तब तीन-चार तरह से करवट बदलकर उस सबको दिमाग से झटकने की कोशिश करता। अपने सिर को हल्के-हल्के तकिये पर पटकता कि क्या किसी भी तरह मुझे नींद नहीं आ सकती?

दो-तीन-चार हल्के-हल्के सफेद चकत्ते खिड़की के शीशे पर आ जमने से लगा कि बाहर फिर बरफ गिरने लगी है। शाम तक बरफ के आसार नहीं थे, इसलिए थोड़ा आश्चर्य भी हुआ। कोशिश करके देखने से हवा में उड़ते हल्के-हल्के फाहों की झलक भी दिख गई। 'चलो, जाने से पहले एक बरफ और देख ली,' इस ख्याल में मैंने अपने मन को रुझा लेना चाहा। बरफ बहुत हल्की थी। फिर भी अंधेरा उन छोटे-छोटे रेशों की उड़ान से भरा-भरा लग रहा था। सड़क की खामोशी टूट गई थी। उस-पर कोई एक या दो व्यक्ति जल्दी-जल्दी चलकर जा रहे थे—शायद बरफ से बचकर जल्दी से घर पहुंचने के लिए। 'शायद चेरी और लारा होंगे,' मैंने सोचा। 'आज भी खाने के बाद रोज़ की तरह सैर करने निकले होंगे।' पर तभी लगा कि आवाज़ उनके क्वार्टर की तरफ न जाकर बिलकुल दूसरी तरफ जा रही है। मैंने ध्यान हटा लिया।

खिड़कियों पर बरफ के अलावा सीलन भी फैल गई थी—मेरे आस-पास की हवा भी सीलन से भारी होने लगी थी। दो-एक बार सीलन की खुशबू अपने अन्दर खींचने के बाद मैंने फिर अपने को तकिये पर ढीला छोड़ दिया। अंधेरे और खामोशी में छिपी वही हलचल फिर से शुरू हो गई। शोभा—बिस्तर में करवट बदलती, कॉलिक से कराहती और कर्नल बत्रा की दवाई लेने से इन्कार करती। शारदा—ब्लाउज़ की हुकें खोल-कर अपने हाथों से आज़माती कि उसका शरीर अब तक कितना युवा है। कोहली—अधनींदी आंखों से ब्लैकबोर्ड पर बड़ी-बड़ी रकमों का जोड़ करता। कॉमन रूम से गुज़रते पैर—बरफ के गीलेपन की छाप छोड़ते। टोनी व्हिसलर—कोट की जेबों में हाथ डाले ग्रेस के शब्द कहता। चेरी और लैरी—कामन रूप में अलग-अलग खिड़कियों के पास खड़े। मिसेज़ ज्याफे—आधा मेकअप किए अपनी आई-ब्रो पेंसिल ढूंढ़ती। जिनी ब्राइट—नोटिस बोर्ड पर नोटिस पिन करता। रोज़ ब्राइट—माथे पर

त्यौरी डाले मंच से ग्रीन रूम में आती। पादरी बेन्सन—छड़ी हाथ में लिए अकेला सड़क पर घूमता। मिसेज़ दारूवाला—कई तरह की कास्मेटिक्स की शीशियां लिए माल से उतरकर आती। माली क्राउन—भरी हुई खाने की मेज पर बैठकर चावल का एक-एक दाना चुगती। बॉनी हाल—बरफ के गोले बना-बनाकर घाटी में उछालती। जेन व्हिसलर…

मैं बिस्तर में बैठ गया। लगा कि लेटे रहने से इस निरन्तर चलते परिदृश्य से नहीं बचा जा सकता। नीचे फर्श पर पांव रखने से फर्श काफी ठण्डा लगा। साथ ऐसा आभास हुआ जैसे दरवाज़े के उस तरफ कमरे में कोई कराह रहा हो। आवाज़ इतनी सजीव थी कि उसे अपने दिमागी फितूर का हिस्सा नहीं माना जा सकता था। मैंने कुछ देर रुककर टोह ली। मन में हल्का-सा डर भी आ समाया। आवाज़ बीच में कुछ देर रुकी रही। पर यह विश्वास होने तक कि वह शायद भ्रम ही हो, फिर से सुनाई देने लगी। मैंने दरवाज़ा खोलकर जल्दी से कमरा पार किया और बत्ती जला दी। बटन की तरफ जाते हुए केतली पैर से टकराकर उलट गई थी। रोशनी होने पर वही सामने हिलती नज़र आई। बाकी चीज़ें उसी जड़ता में यहां-वहां पड़ी थीं जिसमें बत्ती बुझाने से पहले उन्हें छोड़ा था। पर 'हाय-हाय की मरी-सी आवाज़' अब सुनाई दे रही थी। वह आवाज़ कोहली की थी—साथ के पोर्शन में।

मैं कुछ देर जड़-सा खड़ा उस आवाज़ को सुनता रहा। आवाज़ काफी हल्की थी। फिर भी बाहर गिरती बरफ के सन्नाटे में वह आस-पास के पूरे वातावरण को कुरेदती-सी महसूस होती थी। जैसे उसकी चारदीवारी में जितना कुछ था, उस सबके अन्दर से वह आवाज़ निकल रही हो—मेरे समेत। मेरी टांगें कुछ-कुछ कांप रही थीं—न जाने सरदी से, या बत्ती जलाने से पहले के डर की वजह से। खुश्क गला, पपड़ियाए होंठ, जलती आंखें, पर शरीर फिर भी सुन्न। मैंने घड़ी में वक्त देखा—कुल सवा दस। आश्चर्य हुआ कि इतना कम वक्त कैसे हुआ है—घड़ी कहीं रुक तो नहीं गई? उसे कानों के पास लाकर उसकी आवाज सुनी—टिक्-टिक्-टिक्। साथ ही अपने दिल की धड़कन भी महसूस की। वे दोनों आवाज़ें जैसे एक ही थीं—एक-दूसरी की प्रतिध्वनियां। घड़ी की सूइयां जैसे मेरी धड़कनों के हिसाब से आगे बढ़ रही थीं—एक-एक सैकेंड। टिक्-टिक्-टिक्। मैंने घड़ी को कलाई से उतारकर चाबी दी और फिर से लगा लिया। कोहली की आवाज़ अब पहले से और हल्की पड़ गई थी।

मुझे लगने लगा जैसे वह आवाज़ हल्की पड़ते-पड़ते धीरे-धीरे

बिलकुल खामोश हुई जा रही हो—हमेशा के लिए। अपनी पिंडलियों की ठण्डक मुझे घुटनों से होकर जांघों में फैलती महसूस हुई। लगा जैसे कि मैं अपने और बाहर किसी चीज़ के निरन्तर चुकते जाने का साक्षी हूं—धीरे-धीरे, टिक्-टिक्-टिक्, एक-एक कराह के साथ वह चीज़ अपने अन्त की ओर बढ़ रही है। अगर उस प्रक्रिया को रोकने के लिए कुछ किया नहीं जाता, तो कुछ ही देर में उसे रोक सकने की सम्भावना ही नहीं रह जाएगी। मैंने एक असहाय-सी नज़र कमरे में बिखरी चीज़ों पर डाली। क्या कुछ ऐसा किया जा सकता था जिससे उस बिखराव को एक व्यवस्था में बदला जा सके? या उस अव्यवस्थित स्थिति से छुटकारा पाया जा सके? अन्दर कहीं एक आवेश था—उन सब चीज़ों को एक-एक बार ठोकर लगाकर परे हटा देने का, परन्तु उस आवेश की तह में थी एक निष्क्रिय उदासीनता जिसके कारण एक उंगली तक हिलाने से वितृष्णा हो रही थी। 'सुबह के बाद सब ठीक हो जाएगा, मैंने अपने को आश्वासन देना चाहा। यह जितनी भी घुटन है, इस घर को छोड़ देने तक ही है। इसके बाद एक नई और अनजानी ज़िन्दगी की खोज अपने-आप हर चीज़ में एक गति ले आएगी—एक ऐसी गति जो इस तरह के अवरोध के लिए अवसर ही नहीं रहने देगी।'

मैंने बत्ती बुझा दी। कोहली की आवाज़ सचमुच रुक गई थी। मैंने प्रतीक्षा की कि वह आवाज़ फिर से शुरू हो, तो मैं अपने बिस्तर की तरफ लौटूं। पर काफी देर कान लगाए रहने पर भी वह आवाज़ फिर सुनाई नहीं दी, तो अपना उस तरह अंधेरे कमरे में बन्द होना मेरे अन्दर एक वास्तविक डर का रूप लेने लगा। लगने लगा कि सुबह तक कहीं ऐसा कुछ न हो जाए जिससे दरवाज़े का अन्दर से बन्द होना दूसरों के लिए उस स्थिति को सुलझाने, या कम से कम जान सकने में, बाधा बन जाए। मैंने एक बार फिर से बत्ती जलाकर दरवाज़े की चटखनी खोल दी। फिर दोबारा बटन बन्द किया और रास्ते में बिखरी चीज़ों से पांव बचाता एक चोर की तरह अपने बिस्तर में लौट आया।

बरफ तब तक पहले से तेज़ हो गई थी।

सुबह मैं काफी देर से उठा। नींद देर से नहीं खुली—नींद तो रात-भर ठीक से आई ही नहीं थी—अधनींदी जड़ता के खुमार ने देर तक बिस्तर से निकलने नहीं दिया। बरफानी मौसम ने समय का अनुमान भी ठीक से नहीं होने दिया। खिड़की के कांचों पर फैलती पथरीली सफेदी उठने के क्षण को टालते जाने में सहायता करती रही। साथ अपने अन्दर का यह विचार कि उन कांचों को देखते हुए जागने की वह आखिरी

सुबह है।

साथ के पोर्शन में काफी पहले से हलचल शुरू हो गई थी। कुर्सियों के घिसटने की आवाज़ें, शारदा के चलने की खटर्-खटर् और कोहली के नाश्ता करने की त्वाप्-त्वाप्-त्वाप्। शारदा और कोहली की बातचीत के टुकड़े सुनाई दे जाते थे, उनसे भी लगता था कि घर के उस पोर्शन में ज़िन्दगी अपनी पहले की सतह पर लौट आई है। दोनों में से ज्यादा बात शारदा ही कर रही थी—वहां से साथ-साथ चलने की तैयारी के सिलसिले में। कोहली की 'ठीक है, ठीक है, जैसे ठीक समझती हो, कर लो,' में एक तरह का आत्मसमर्पण भी था और किसी अवांछित घटना से अपने को बचा लेने का सन्तोष भी। एक तीसरा व्यक्ति जो उन दो के साथ सामान बंधवाने में सहायता कर रहा था, वह था भूपतसिंह। सुबह के साथ शायद उसे फिर से नौकरी पर बहाल कर दिया गया था।

उठने के बाद अपनी तैयारी पूरी कर लेने में मुझे देर नहीं लगी। एक बार निर्णय कर लेने के बाद कि सामान को तीन तरह से अलग करना है, सब कुछ जैसे अपने-आप होता गया। एक हिस्सा था साथ ले जाने का। दूसरा दो बक्सों में बन्द करके गिरधारीलाल के पास छोड़ जाने का। तीसरा वहीं बैरों-चपरासियों में बांट देने का। किसी भी चीज़ को लेकर मैंने ज्यादा नहीं सोचा। उठाया, देखा और तय कर दिया कि उसे किस हिस्से में जाना है। मुझे स्वयं आश्चर्य हुआ कि उठने के पैंतालीस मिनट के अन्दर वह सारा काम, जो हफ्तों से मुझे एक मुसीबत नज़र आ रहा था, कैसे पूरा हो गया। अब सिवाय बिस्तरबन्द के कुछ भी बांधना शेष नहीं था। जो दो-चार ज़रूरत की चीज़ें बाहर थीं, उन्हें चलते वक्त साथ डाल लेना था, बस।

नाश्ता आया रखा था। उसे भी उसी तरह निगल लिया जैसे रात का खाना निगला था। उसके बाद जैसे हर चीज़ से फारिग होकर कुछ देर कुर्सी पर सुस्ता लिया। सामने स्कूल की सड़क से कुछ रिक्शा और सामान-लदे कुली निकलकर जा रहे थे। जो लोग सुबह की गाड़ी से जाने को थे, उन्होंने शायद रात में ही अपनी तैयारी कर ली थी। बरफ की सफेदी को लांघते पहियों और पैरों को कुछ देर देखते रहने के बाद जैसे अपनी तैयारी के आखिरी मरहले को पार करने के लिए मैं उठ खड़ा हुआ। जल्दी से शेव करके सिर-मुंह धो लिया और सफर के कपड़े पहनकर चलने से कई घंटे पहले ही अपने को चलने की मनःस्थिति में ले आया।

एक खालीपन अब भी था। परन्तु वह खालीपन एक अन्तराल था

जिसे कई तरह से भरा जा सकता था—कमरे में टहलकर या बाहर बरफ में घूमकर। वैसे कुछ देर के लिए एक बार स्कूल भी जाना था। वहां से अपना चैक लेना था। गिरधारीलाल से कहना भी था कि कुछ सामान उसके यहां पड़ा रहेगा। हममें से कोई भी जब कभी आकर ले जाएगा। मुझे पता था। गिरधारीलाल इनकार नहीं करेगा। किसी भी तरह का इनकार उसके स्वभाव में था ही नहीं। उसके लिए अपेक्षित साहस उसमें नहीं था! वह उन व्यक्तियों में से था जिनकी भलमनसाहत उनमें किसी तरह का साहस नहीं रहने देती। अपनी इस साहसहीनता के कारण ही वह स्कूल में सबका हितचिन्तक बना रहता था। इसीलिए अपने घर की चारदीवारी के अन्दर वह सबसे दुःखी आदमियों में से था। उसकी भलमनसाहत का नाजायज़ फायदा सभी लोग उठाते थे। मैं भी पहले कई बार उठा चुका था। इसलिए जाते-जाते एक बार और उठा लेने में मुझे संकोच का अनुभव नहीं हो रहा था। उसका छोटा-सा कमरा जो पहले ही सामान से लदा रहता था। 'हमारे यहां सामान बहुत ज्यादा है न?' रत्ना कमरा छोटा होने की बात न कहकर अक्सर इसी चीज़ पर ज़ोर दिया करती थी। मेरे दो बक्सों से कितना घिचपिच हो जाएगा, यह सोचकर मुझे उसपर तरस भी आ रहा था। वह बेचारा तो इसी ख्याल से हामी भर देने को था कि शायद दो-एक महीने के अन्दर वह सामान उसके यहां से उठा लिया जाएगा। अगर उसे मेरे मन की वास्तविक स्थिति का पता चल जाता कि सामान को निपटाने का और कोई तरीका न सूझने से ही मैंने उसे बक्सों में भरकर वहां छोड़ जाने की बात सोची है, और कि मेरे मन में कहीं यह बात भी है कि शायद उसे कभी वहां से उठाने की नौबत ही न आए, तो सम्भव था कि वह एक बार मेरे हित में मुझे सलाह दे देता कि मैं उसे बुक कराके साथ ले जाऊं। पर वह बात उसपर प्रकट करने का मेरा कतई इरादा नहीं था। उसे बेवकूफ बनाकर सब लोग उससे अपना काम निकालते रहते थे। यह भाग्य उसने स्वयं अपने लिए चुना था, इसलिए मेरे मन में कोई द्वन्द्व नहीं था। 'दो-एक साल पड़ा रहेगा सामान उसके यहां, तो शायद वह खुद ही उसे फिकवा दे, या अपने इस्तेमाल में ले आए,' यह सोचकर मैंने बाद की स्थिति का समाधान कर लिया था। वैसे एक डर यह भी था कि वह भी कहीं राजो मौसी की तरह एक दिन दोनों बक्से (और अपना पूरा परिवार) लिए किसी दूर के शहर में मेरी अमानत लौटाने न आ पहुंचे। 'यह उलझन उसकी होगी, मेरी नहीं,' इस विचार से मैंने भविष्य की उस सम्भावना को भी दिमाग से स्पंज कर दिया था।

सामान की समस्या को सुलझा लेने के बाद से अपना-आप मुझे काफी हल्का महसूस हो रहा था। मेरे पांव अब एक ऐसी अनिश्चित स्थिति की दहलीज़ तक पहुंच गए थे जिससे आगे उस अनिश्चितता को अपने-आप निश्चितता और वास्तविकता में बदल जाना था। मैं कुछ देर सीटी बजाता कमरे की एक दीवार से दूसरी दीवार तक चक्कर काटता रहा। कुछ देर खिड़की से बाहर झांकता हुआ उसके चौखटे पर ताल देता रहा। समय धीरे-धीरे बीत रहा था। लेकिन मुझे उसके जल्दी बीतने की उतावली नहीं थी। मैं पहली बार—जो कि वैसे आखिरी बार भी थी—अपने को उन दीवारों के घेरे में उतना हल्का महसूस कर रहा था। जैसे वहां रहते पहली बार मैं मैं था—मनोज सक्सेना। (जैसे कि इस नाम का अपना कोई अर्थ हो)—जो कि शिवचन्द नरूला या किसी और का रूपान्तर-मात्र नहीं था। अपने अतीत, वर्तमान और भविष्य तीनों से मैं अपने को एकसाथ मुक्त महसूस कर रहा था। अब फर्श की दरी या दरवाज़ों के परदों पर पड़ी न किसी और छाप से मुझे वास्ता था, न अपनी छाप से। इतने दिन वहां रह चुकने के बाद मैंने अपने को फिर से कोरा कर लिया था।

कुछ देर बाद कमरा बन्द करके ज़ीने पर आया, तो कोहली से मुलाकात हो गई। वह नीचे स्टोर से पुरानी रस्सियां लेकर आ रहा था। हर साल छुट्टियों में इस्तेमाल करने बाद वह उन्हें फिर वहीं बन्द कर देता था। "बहुत खुश नज़र आ रहे हो!" उसने खिसियानी मुसकराहट से अपने चेहरे की नहूसत छिपाते हुए कुछ ईर्ष्या के साथ कहा। "बीवी के पास जा रहे हो, इसलिए?"

मैंने मुंह से कुछ नहीं कहा। बाईं आंख दबाकर उसकी बात का उत्तर दे दिया और झपाटे से नीचे उतर आया। बाहर सब तरफ बरफ की सफेदी फैली नज़र आ रही थी। रात में बरफ चार-चार इंच से ज़्यादा गिरी लगती थी। ऊपर सड़क पर पहुंचकर पीछे पगडण्डी पर अपने पैरों के निशानों को देखा—सामने उन पहियों और पैरों के निशानों को जो सड़क से गुज़रकर जा चुके थे। बरफ-ढके रास्ते में खुभे-खुभे स्याह निशान बरफ से ज़्यादा ठण्डे और उदास लग रहे थे। 'थोड़ी देर में वे सब निशान पिघल जाएंगे,' यह सोचकर मुझे सिहरन हुई। पर अपनी मनःस्थिति बदलने न देने के लिए मैं उसी तरह सीटी बजाता कच्ची बरफ को रौंदने लगा।

सड़क के तीसरे मोड़ पर काशनी से भेंट हो गई। वह वहां अकेली खड़ी थी—नीचे घाटी की तरफ झुककर न जाने क्या देखने की कोशिश

करती। मुझे देखकर वह मुसकरा दी थी। जैसे साथ-साथ खड़े होने के बाद से एक अनकहा सम्बन्ध हमारे बीच स्थापित हो गया हो। उसकी आंखों में भी हर बार एक अतिरिक्त उत्सुकता नज़र आई थी—और एक प्रतीक्षा जैसे कि उसे मेरे कुछ कहने की आशा हो। इसीलिए पास से गुज़रने के बाद मेरी आंखें पीछे उसकी तरफ घूम जाती थीं—और तब वह भी कुछ उसी तरह पीछे देखती मिलती थी। मैं उस समय भी हर बार की तरह उसके पास से निकल जाता, पर उसके एक कदम अपनी तरफ बढ़ आने से मेरी चाल धीमी पड़ गई। "कैसे खड़ी हो यहां?" मैंने जैसे बार-बार अपनी ज़बान पर दोहराया हुआ प्रश्न पूछ लिया।

"ऐसे ही खड़ी थी," वह बोली। "देख रही थी कि नीचे कहीं घास हो, तो जाकर छील लूं।"

उसने जिस तरह कहा, वह एक स्वर अजनबी का होकर भी बिलकुल अजनबीपन का नहीं था। उसकी आंखों में फिर वही चमक भी आ गई थी जो मुझे अपने को बांधती-सी लगी। वह सुडौल शरीर की काफी सुन्दर स्त्री थी। दो साल पहले उसे देखते थे, तो बिलकुल लड़की-सी लगा करती थी। तब उसके चेहरे पर वे हल्की झाइयां नहीं थीं जो इधर कुछ महीनों से झलकने लगी थीं।

"अब तो स्कूल में तीन महीने छुट्टियां रहेंगी," मैंने कहा। "फकीरा भी इस काम में तुम्हारा हाथ बंटा दिया करेगा।"

"वह क्या हाथ बंटाएगा, जी! घर बैठा हुक्का गुड़गुड़ाता रहा करेगा।" उसकी आंखों ने जतला दिया कि वह जानती है मैं खामखाह यह बात कह रहा हूं। "और फिर व्हिसलर साब की कोठी पर उसकी ड्यूटी भी रहेगी। व्हिसलर साब तो छुट्टियों में यहीं रहेंगे। नहीं?"

"हां, यहीं रहेंगे।" मैंने कहा। "हर साल यहीं रहते हैं।"

"हां, पार साल यहीं थे। उससे परले साल भी थे। पर इस साल का पक्का पता नहीं। कोई कहता है जेनी मेम साब उन्हें नौकरी छुड़वाकर अपने साथ विलायत ले जा रही है। कोई कहता है चेरी साब और जीफरी मेम साब ने मिलकर कोई साज़िश की है जिससे उन्हें छोड़कर जाना पड़ रहा है। कोई कुछ कहता है, कोई कुछ। आपको तो पता होगा।"

"मुझे कुछ भी पता नहीं है," मैंने कहा। "मेरा ख्याल तो यही है कि फिलहाल वे छोड़कर कहीं नहीं जा रहे। लोग ऐसे ही बातें उड़ाते रहते हैं।"

उसके चेहरे से लगा कि उसे मेरी बात पर विश्वास नहीं आया।

"विसलर साब बहुत अच्छे आदमी हैं," वह भांपती नज़र से मुझे देखती बोली। "वे चले गए तो दूसरा कोई हेडमास्टर पता नहीं कैसा आएगा। विसलर साब ड्यूटी सख्त लेते हैं, पर जिस आदमी का काम हो, उसीसे। पहला हेडमास्टर काम में ढील बहुत देता था, पर समझता था कि एक आदमी को चपरासी लगाया है, तो उसके सारे घर को ही चाकर रख लिया है अपने यहां। आज विशनू को भेज देना, आज काशनी को भेज देना। आदमी भी वह बस ऐसा ही था। उसकी ड्यूटी दो सो दो ही, उसके यहां आने-जाने वाले मेहमानों की भी ड्यूटी दो। मैंने तो परमात्मा का शुक्र किया था जब वह गया था यहां से।" फिर पल-भर मुझपर आंखें गड़ाए रहने के बाद उसने कहा, "कुछ लोग तो यह भी कहते हैं जी, कि आप ही ने बड़े अफसरों से कह-कहाकर···।"

मैं हंस दिया, तो वह जैसे ज़रूरत से ज्यादा बात कर जाने के डर से चुप हो गई। ध्यान से देखती रही कि उसने कुछ ऐसा तो नहीं कह दिया जिसका कुछ गलत नतीजा भुगतना पड़े। "तुमसे यह किसीने नहीं कहा कि मैंने खुद ही अपनी छुट्टी कर ली है यहां से ?" मैंने आश्वासन देते स्वर में कहा।

"हां, यह भी सुना है," वह बोली। "मेरा घरवाला तो यही कहता है कि तनखाह कमती मिलने से आपने नौकरी छोड़ दी है। पर दूसरे लोग और भी बातें कहते हैं। आप क्या सचमुच छोड़कर जा रहे हैं ?"

"हां, यह आज मेरा आखरी दिन है यहां।" मुझे लग रहा था कि मेरे अन्दर फिर कोई चीज़ मुरझाई जा रही है। जो हल्कापन लेकर घर से चला था, वह उतना रास्ता भी साथ नहीं आया था, "अभी स्कूल से लौटने के बाद मैं चला जाऊंगा यहां से।"

"अगले साल लौटकर नहीं आएंगे ?"

"नहीं।"

उसके होंठ दब गए। किसी तरह की निराशा से नहीं, सहज स्वीकृति के भाव से। उस मुद्रा में उसका धीरे-धीरे सांस लेना मुझे बहुत आकर्षक लगा।

"सामान बांधने के लिए आदमी की ज़रूरत तो नहीं आपको ?" उसने पूछा।

"नहीं। सामान सब बंध गया है। बस अब उठवाना है और चल देना है।" कहते हुए मैंने सोचा कि जो सामान मैंने बांटने के लिए अलग कर रखा है, क्यों न वह अकेली उसीको देकर उससे छुटकारा पा जाऊं ? उससे दस आदमियों के घर पर आने का झंझट भी बचेगा और किसे

क्या दिया जाए, यह सोचने की उलझन भी नहीं रहेगी। "कुछ चीज़ें जो साथ नहीं ले जा रहा, वे बाहर पड़ी है। फकीरा अगर खाली हो, तो उससे कहना डेढ़-दो घण्टे में किसी वक्त आकर ले जाए—तीन बजे से पहले। तीन बजे तक मैं निकल जाऊंगा।"

उसने सिर हिला दिया। उसी सहजता से। "कह दूंगी उससे, वह नहीं खाली होगा, तो मैं आकर ले जाऊंगी।"

उसके पास से आगे आकर मैं तब भी अपने को मुड़कर देखने से नहीं रोक सका। पर वह उस समय नहीं देख रही थी। मेरे आगे आने के साथ ही वह पहले की तरह फिर घाटी में झांककर देखने में व्यस्त हो गई थी।

स्कूल में मुझे ज़्यादा समय नहीं लगा। चेक तैयार था। जिन कागज़ों पर हस्ताक्षर करने थे, वे भी तैयार थे। गिरधारीलाल ने समझाने की कोशिश की कि किस चीज़ के कितने पैसे काटे गए हैं। "जो भी हिसाब बना है, ठीक है," कहकर मैंने चेक जेब में डाल लिया। मैंने बक्से रखने की बात उससे कही तो गिरधारीलाल थोड़ा भावुक हो गया। जैसे कि उसे अपना इतना निजी मानने के लिए वह मेरे प्रति आभारी हो। "और भी कोई काम हो, तो मुझे जाकर लिख देना। जब भी यहां आओ, मेरे पास ही ठहरना।" उसका कहने का ढंग ऐसा था जैसे मुझे अपने यहां ठहरने का निमन्त्रण देकर वह काफी साहस का काम कर रहा हो : "बीच-बीच में चिट्ठी ज़रूर डाल दिया करना।"

दफ्तर से निकलकर एक बार सोचा कि जिन-जिन लोगों के क्वार्टर पास में हैं, उनसे जाकर मिल आऊं। पर यह सोचकर टाल दिया कि औरों से भी उस तरह की बातें सुनने से बचे रहना ही अच्छा है। लौटते हुए आखिरी बार कामन रूम में जाकर अपने खाली पिजन-होल को देख लिया जैसे कि उस सारी इमारत में बस उतना ही हिस्सा, नौ गुना नौ इंच का, मेरा अपना था। उसके नीचे मेरे नाम का अधफटा कागज चिपका था। वह जितना उखड़ सका, उखाड़ दिया। जितना नहीं उखड़ा, उतने को नाखून से कुरेद दिया। लौटते हुए बरामदे में जेम्स दिखाई दे गया। "तैयारी हो गई जाने की?" के सिवा उसने कुछ नहीं पूछा। जिस तरह पांव पटकता वह पास से निकल गया उससे लगा जैसे उसे किसी छिपी हुई चीज का सूराग लग गया हो जिसे वह जल्दी से जाकर झपट लेना चाहता हो।

ग्राउण्ड से गुज़रते हुए मैंने एक नज़र उस पूरे फैलाव पर डाल ली। बरफ, इमारत के पत्थर, चार-चार, आठ-आठ की टोलियों में

ग्राउण्ड पार करते लड़के। गिरजाघर, टेनिस कोर्ट और हाल की सीढ़ियां। पेविलियन की खाली बेंचें, लान-मोअर और घिसटकर चलती मिसेज़ पार्कर। मुझे देखकर मिसेज़ पार्कर का रुख दूसरी तरफ़ हो गया। मुझे लगा जैसे वह सारा दृश्यपट बरफ का बना हो जिसे बस अब थोड़ी ही देर में पिघलकर बह जाना हो। उस सब कुछ समेत जो उस समय वहां नहीं भी दिखाई दे रहा था। मैं आहिस्ता-आहिस्ता चलता हुआ गेट से बाहर आ गया—जैसे उस दृश्यपट के साथ पिघलने से बचा अकेला व्यक्ति।

फिर वही बरफ से ढकी सड़क, वही पैरों और पहियों के निशान, वही मैं, पर मन पर एक झीना परदा उदासी का उतर आया था। मेरा इस बार उस सड़क से लौटना सचमुच आखिरी बार लौटना था। एक-एक कदम के साथ जैसे पीछे की सड़क मेरे लिए मरती जा रही थी, और और सड़क के लिए मैं। मुझे एक साथ दो तरह का अनुभव हो रहा था—बीत चुकने का और बीतने के स्थान से आगे देख सकने का। अपने को यह विश्वास दिलाने के लिए मुझे प्रयत्न करना पड़ रहा था कि पहला अनुभव अस्थायी है—केवल उन्हीं कुछ क्षणों तक सीमित—जब कि दूसरा इसके बाद एक अनिश्चित समय तक वैसा ही बना रहने को है। लौटकर घर के ज़ीने से चढ़ा, तो खाने का डब्बा फिर कमरे के बाहर रखा था। इस बार उसे देखकर मन हुआ कि उसे बाहर से ही उठाकर फेंक दूं। उसे देखना ऐसे ही था जैसे बीते हुए से आगे आकर सहसा फिर अपने को उसके सामने पाना। एक उसांस के साथ मैंने कमरा खोला। "बस अब दो घण्टे और इस तरह महसूस हो सकता है," अपने से कहा और गाड़ी के इंतज़ार में प्लेटफार्म की बेंच पर बैठने की तरह अन्दर कुर्सी में जा धंसा।

अब मन समय की रफ्तार से उदासीन नहीं था। लग रहा था कि उस घर में, या वहां से बाहर, कभी समय उतना धीरे-धीरे नहीं बीता। कलाई की घड़ी में सैकेंड की सूई इतनी मरियल चाल से घूमती लग रही थी कि मन होता था डायल खोलकर उसे उंगली से घुमाने लगूं। साथ के पोर्शन में कोहली की तैयारी पूरी हो चुकी थी। उसके कुली सामान ढोकर नीचे ले जा रहे थे। उसे तीन बजे की गाड़ी से जाना था, इसलिए वह काफी हड़बड़ाहट में था। शारदा से फिर भी वह बहुत मुलायम ढंग से बात कर रहा था। जितना गुस्सा था, वह सब कुलियों पर निकाले ले रहा था। मैंने तीन आदमियों के लिए कहा था, तो तुम पांच आदमी क्यों आए हो? मैं पैसे तीन आदमियों के ही दूंगा, तुम

चाहे और भी दो को साथ ले आओ। एक-एक आदमी एक-एक चीज़ उठा रहा है! तुम लोग समझते हो कि हमारे पास हराम का पैसा है?"

खट्-खट्···थप्-थप्···त्वाप्-त्त्राप्···हुई आः। सामान उतर गया। ताला लग गया। कोहली और शारदा की आवाज़ भी ज़ीने से उतर गईं। मैंने शुक्र किया कि जाते हुए उन लोगों ने मेरा दरवाज़ा खटखटाकर कुछ कहने की ज़रूरत न समझी। ऊपर की पूरी खाली मंज़िल पर अब मैं बिलकुल अकेला था—अपनी खामोशी और अस्थिरता का अकेला साक्षी।

कमरे में आने के बाद से उदासी का झीना पर्दा धीरे-धीरे गहरा होता गया था। जैसे मेरे अन्दर का कोई अंश ढहकर बैठता जा रहा था जिसे मैं उठाए रखने की कोशिश कर रहा था। "मुझे अब क्यों ऐसा लग रहा है? इसकी तो कोई वजह ही नहीं है?" बार-बार अपने से यह कहते हुए मुझे झुंझलाहट हो रही थी। 'मुझे इस समय सुबह से ज्यादा हल्का महसूस करना चाहिए था। पर मैं तो अपने को सुबह जितना भी हल्का महसूस नहीं कर पा रहा!'

एक बार मन में आया कि क्यों न कुछ देर पहले ही सामान उठवाकर वहां से चल दूं। शाम की बस से जाने का निश्चय इसीलिए तो किया था कि नीचे पहुंचकर बड़ी लाइन का सफर शुरू होने से पहले अपने को ज्यादा सोचने का समय न दूं। नीचे तक छोटी पहाड़ी गाड़ी में जाने से अपने को इसीलिए बचाया था कि आगे कहां का टिकट लेना है, इस समस्या का सामना करने से और कुछ समय बचा रहा जा सके। तीन दिन पहले बुधवानी ने जब सीट के लिए पूछा था, तब उससे कह दिया था कि मैं एक दोस्त की प्राइवेट गाड़ी में नीचे तक जा रहा हूं। उसे शायद लगा था कि पैसे की बचत के लिए ऐसा कर रहा हूं। पर मन में मेरा कार्यक्रम था कि स्टेशन की विदाइयों से अपने को बचाकर चुपचाप शाम की बस पकड़ ली जाए। नीचे उस समय पहुंचा जाए जब आगे की गाड़ी लगभग चलने को हो। पहला सफर कहां तक का होगा, यह निर्णय उस आखिरी क्षण पर ही छोड़ दिया जाए जब टिकटघर की खिड़की के सामने खड़े होकर टिकट-बाबू को पैसे देने होंगे। पर वही द्वन्द्व जिसके लिए तब अपने को समय नहीं देना चाहा था, अब चुपचाप कमरे में बैठकर घड़ी देखते हुए मन में उभर रहा था—'मुझे यहां से आखिर जाना कहां है?'

दो बजे तक का समय किसी तरह निकाल लेने के बाद उस असमंजस को टालते हुए वहां और बैठे रहना लगभग असम्भव हो गया। मुझे यहां बन्द होकर बैठने की वजह से ही इतनी अस्थिरता महसूस हो

रही है,' मैंने अपने से कहा, 'एक बार सड़क पर पहुंच जाने के बाद ऐसा महसूस नहीं होगा।' पर कुलियों से तीन, पौने तीन बजे आने को कह रखा था। इसलिए तब तक वहां से निकल चलना सम्भव ही नहीं था। मैं मन में न सिर्फ उनके आने की प्रतीक्षा कर रहा था, बल्कि साथ ही फकीरे या काशनी के आने की भी क्योंकि मॉली क्राउन से कह रखा था कि साढ़े तीन बजे क्वार्टर उसे बिल्कुल खाली मिलेगा। चाहता था कि उसके आने पर वहां के फर्श उसे उतने ही साफ मिलें जितने उस दिन जिस दिन पहली बार मुझे वह क्वार्टर दिखलाया गया था।

दो बजे के ज़रा ही देर बाद पीछे जमादार वाली सीढ़ी पर ऊपर आते कदमों की आहट सुनाई दी। मैंने जल्दी से जाकर उधर का दरवाज़ा खोल दिया। काशनी टूटे हुए मर्दाना जूते पहने बाहर खड़ी थी। "तुम आई हो ?" मैंने इस तरह उससे पूछा जैसे उसके आने का विकल्प मेरे दिमाग में रहा ही न हो।

"मेरा आदमी साब की कोठी पर है।" वह जानी-पहचानी जगह पर आने की तरह अन्दर दाखिल होती बोली, "उसे आने में देर लग जाती, इसलिए मैं आप ही आ गई हूं।"

वह कमरे में आकर एक तरफ खड़ी हो गई। उन चीज़ों की तरफ उसने देखा भी नहीं जो मैंने छांटकर अलग कर रखी थीं। खामोश आंखों से मुझे देखती जैसे किसी चीज़ की प्रतीक्षा करती रही।

"ये सब चीज़ें है।" कुछ क्षणों के भौंडे विराम के बाद मैंने कहा।

उसने उड़ती नज़र से उन सब चीज़ों को देख लिया। उसके बाद भी कुछ क्षण उसी तरह खड़ी रही। फिर कुछ ऐसे भाव से जैसे घर बुलाकर मैंने उसका अनादर कर दिया हो, दो-दो चीज़ों को उठाकर बाहर ले जाने लगी। बिना किसी उत्सुकता या आग्रह के। छांटते समय मुझे प्यालियां, डस्टर और नाड़े उतने बेकार नहीं लगे थे जितने उस समय लगे। उसका उन्हें उठाना मेरा एहसान लेने की तरह नहीं, मुझपर एहसान करने की तरह था। निर्विकार भाव से अन्दर का ढेर बाहर पहुंचाकर वह फिर मेरे सामने आ खड़ी हुई। "अब जाऊं?" उसने कुछ इस तरह पूछा जैसे कि उसे अब भी कहीं लग रहा हो कि मैंने सिर्फ इतने काम के लिए उसे नहीं बुलाया हो सकता।

कमरे में उसके आने के बाद से ही हरी घास की सी एक हल्की गन्ध भर गई थी। वह शायद तब से घास छीलती रहकर आई थी। मैंने उसके शरीर का आकर्षण पहले भी बहुत बार महसूस किया था। पर उस समय वह आकर्षण एक चुनौती की तरह सामने था। उसके पूरे

हाव-भाव से यह स्पष्ट था कि वह किसी भी क्षण मेरे अपनी ओर बढ़ आने की प्रतीक्षा में है। पर साथ उसमें एक उपेक्षा भी थी—कि कोई भी पुरुष उसके लिए इतना बड़ा नहीं है कि उसके साथ शारीरिक घनिष्ठता को वह बहुत महत्त्व दे।

"और कोई काम तो नहीं है?" कुछ देर चुप रहने के बाद उसने फिर पूछ लिया।

"और कोई काम···" मैं कुछ अव्यवस्थित भाव से अपने आसपास देखने लगा—निश्चय कर सकने से पहले थोड़ा समय लेने के लिए। पूरा घर अकेला था। मैं दिन-दहाड़े वहां कुछ भी करता, उसका कोई साक्षी नहीं था। जिस मन:स्थिति में उसके आने से पहले था, उसका कुछ उपचार भी शायद इससे हो सकता था। वहां से चलने से पहले कुछ ऐसा करना जिसे कर सकने में पहले बाधा महसूस होती, उस पूरे वातावरण के प्रति अपनी वितृष्णा प्रकट करने का एक उपाय भी हो सकता था। एक ही झटके में मैं स्कूल से, शोभा से और आससास की सब चीज़ों से एक तरह का प्रतिशोध ले लेने का एक सुख प्राप्त कर सकता था। 'क्यों नहीं?' मेरा मन अन्दर से मुझे धकेल रहा था। 'तुम ऐसा क्यों नहीं कर सकते?' पर मेरी आंखें उसके मैले कपड़ों के भीतर एक और मैलेपन की आशंका से ठहरी हुई थीं।

"अच्छा, तो चल रही हूं मैं···" वह कुछ अधीरता के साथ बोली। वह मुझे सोचने के लिए उतना समय देने के लिए तैयार नहीं थी। यह शायद उसे अपना अपमान लग रहा था।

मैं निश्चय फिर भी नहीं कर पाया। "ठीक है," मैंने अटकते स्वर में कहा, "फकीरे से कह देना, मैं उसे याद कर रहा था।"

वह तिरस्कृत होकर तिरस्कृत करते ढंग से सिर हिलाकर चुपचाप बाहर को चल दी। ठप्-ठप्-ठप्-ठप्···उसके फटे जूते की आवाज़ गुसलखाने से बाहर पहुंच गई।

'तुम डरपोक हो,' मेरा मन अन्दर से मुझे लानत दे रहा था। 'अगर तुम्हारे मन में की बाधाएं इसी तरह बनी रहेंगी, तो तुम क्या कभी भी अपने को मुक्त महसूस कर पाओगे?'

मैं भी गुसलखाने से होकर बाहर गैलरी में आ गया। वह पीठ मेरी तरफ किए चीज़ों को समेट रही थी। मेरे बाहर आ जाने पर भी वह उसी तरह काम में लगी रही, जैसे कि मेरे आने का उसे पता ही न चला है। मुझे लग रहा था कि निर्णय के लिए अब ज़रा भी समय मेरे पास नहीं है। एक बार वह सीढ़ी से उतर गई, तो निर्णय अपने-आप ही हो

जाएगा—दूसरी तरह से। मैंने जैसे अन्दर से अपने को चाबुक मारना शुरू किया। 'क्यों तुम चुपचाप खड़े इस क्षण को यूं ही बीत जाने दे रहे हो? अगर तुम कुछ भी करते हो, या उससे तुमपर कुछ भी असर होता है, तो तुम उसके लिए किसके प्रति उत्तरदायी हो? क्यों बिना परिणाम की बात सोचे अपने सामने के क्षण को स्वीकार करने का साहस तुममें नहीं है? क्यों तुम अपने अन्दर की सारी रुकावटों को तोड़ने की पूरी तैयारी करके भी अब तक इस तरह उनसे घिरे हुए हो?

वह सामान अपने पटके में बांधकर खड़ी हो गई। चलते हुए एक बार उसने मेरी तरफ देख लिया—ऐसी नज़र से जैसे जिस व्यक्ति को उसने अन्दर छोड़ा था, उसकी जगह मैं कोई और ही अजनबी व्यक्ति होऊं। वह सीढ़ी पर पांव रखने जा रही थी, इसलिए अधिक सोचने का समय नहीं था। "सुनो," मैंने सहसा निश्चय करके उसे पीछे से आवाज दे दी।

वह रुक गई। उसकी आंखों में कुछ वैसी ही चमक भर गई थी जैसी उस दिन हाल के अन्दर देखी थी।

"एक मिनट अन्दर आना ज़रा···" कहकर मैं जल्दी से कमरे में आ गया। वह तुरन्त मेरे पीछे नहीं आई, जैसे अपनी जगह पर खड़ी कुछ सोचती रही। फिर सामान की गठरी गैलरी में छोड़कर गुसलखाने में आ खड़ी हुई।

"यहां आओ, अन्दर।"

वह अन्दर आ गई। मैंने सहसा उसे अपने साथ सटा लेने की कोशिश की, तो वह इस तरह सट आई जैसे कि वह रूई और कपड़े की बनी एक पुतली हो—बिना किसी तरह के विरोध या प्रयत्न के मैंने छः-आठ बार उसके होंठों, गालों और गरदन को चूम लिया। फिर भी उसमें जान नहीं आई। वह जिस तरह चुपचाप अपने को मेरी बांहों में छोड़े थी, उससे लग रहा था कि उसके लिए इस सबका कोई विशेष अर्थ ही नहीं है—वह उसी निर्जीव भाव से उस सारी प्रक्रिया में से गुज़रकर चुपचाप अपनी गठरी उठा लेगी और ठप्-ठप्—बिना पीछे देखे सीढ़ी से उतर जाएगी।

उसके शरीर की जो गन्ध पास से महसूस हो रही थी, वह उसकी उपस्थिति की गन्ध से काफी अलग थी। मैल और पसीने की वह गन्ध, उसके उस विशेष भाव के कारण, मेरा भी उत्साह ठण्डा किए दे रही थी। फिर भी उस हद तक आगे बढ़ आने के बाद अब अपने को पीछे हटा लेना सम्भव नहीं लग रहा था। उस तरह उसकी आंखों में पराजित होने

की स्थिति में मैं अपने को नहीं देखना चाहता था। मैंने आहिस्ता से उससे फर्श पर बैठ जाने को कहा, तो वह चुपचाप बैठ गई। लेटने को कहा, तो उसने लेटकर आंखें मूंद लीं।

इस तरह तो कुछ भी सम्भव नहीं है, मुझे लगा। इसे कम से कम अपनी आंखें तो खुली रखनी चाहिए। "सुनो···"मैंने हल्के से उसे हिला दिया।

उसने आंखें खोल लीं। सिवाय हल्की बेसब्री के उनमें और कोई भाव नहीं था।

"तुम···ठीक-ठाक तो हो न?" यह सवाल, जिससे तब भी मैं अन्दर ही अन्दर लड़ रहा था, सहसा मेरी ज़बान पर आ गया। उसके निश्चेष्ट भाव, चेहरे की झाइयों और बांहों तथा पिंडलियों की रूखी चमड़ी ने जैसे इसके लिए मौका दे दिया। वह कई क्षण एकटक मुझे देखती रही। उस नज़र से पहली बार लगा जैसे उसके अन्दर कोई चीज़ जाग गई हो। उसके होंठ पल-भर सिकुड़े रहने के बाद हल्की घृणा की मुसकराहट से फैल गए। सांस पहले से तेज़ चलने लगी। उसने आहिस्ता से सिर हिला दिया। फिर जैसे और स्पष्ट करने के लिए धीमी आवाज़ में कहा, "नहीं।"

मेरी बांहें जो उसके आधे शरीर को एक गठरी की तरह साथ सटाए थीं, सहसा परे सरक आने को हुईं। पर मैं चेष्टा से उन्हें उसी स्थिति में रखे रहा। कुछ क्षण हम चुप रहकर जैसे एक-दूसरे को तोलते रहे। "तबीयत खराब है तुम्हारी?" मैंने अपने भाव को स्वर से ढकने की चेष्टा की। पर ढीली पड़ती बांहों ने उसे और भी स्पष्ट कर दिया।

उसका शरीर कुछ हिला—अपने को मुझसे अलगा लेने की चेष्टा में। मेरी बात का उत्तर उसने सिर्फ पलकें झपककर दिया।

हम दोनों जान गए थे कि वह प्रकरण अब अपनी समाप्ति पर है। फिर भी अपने को पूरी तरह अलगा लेने से पहले अभी बीच की कुछ मंज़िलें तय की जानी थीं।

"कोई खास बात है या···" मेरे हाथ उसके शरीर से हटने को हुए, तो साथ ही उसके भी हाथ उन्हें हटाने के लिए उठ आए। अपने कपड़े ठीक करती वह संभलकर बैठ गई। उसके होंठों पर वही मुसकराहट फिर उभर आई थी। मैं अपनी बात का उत्तर पाने के लिए उसे देख रहा था। पर वह जैसे अपनी मुसकराहट से उत्तर दे चुकी थी। "खास बात क्या होनी है?" फर्श से छिली अपनी कुहनी पर आंखें टिकाए वह बोली, "कुछ दिन पहले छोटा आपरेशन हुआ था मेरा। अभी पूरी तरह

ठीक नहीं हुई।"

"छोटा आपरेशन, यानी···"

वह उसी तरह अपनी कुहनी को देखती रही। "समझते नहीं आप?" और उसकी मुसकराहट कुछ अधिक स्पष्ट होकर फैल गई। मुझे लगा कि मेरी बनियान के अन्दर कुछ नमी उभर आई है—बासी पानी की सतह पर हल्की काई की तरह। उसकी बात जैसे सीधे खाल के मुसामों में जा धंसी थी। उसके चेहरे पर उपहास का-सा भाव था। शायद उसीके कारण उन कुछ क्षणों के लिए वह मुझे खासी बदसूरत लगी।

"तुमने पहले क्यों नहीं बता दिया?" मेरे स्वर में तुरशी भर आई—एक जूनियर मास्टर और चपरासी की बीवी के भेद को फिर से स्थापित करती। ओछा पड़ने की खीझ मन में लिए मैं उठकर गला साफ करने खिड़की के पास चला गया।

"आप पूछते तो बता देती," मेरे लहजे से अप्रभावित वह अवहेलना के स्वर में बोली, "मैंने तो आप ही की वजह से नहीं बताया।"

"मेरी वजह से?"

"आप लोगों का कुछ पता थोड़े ही न होता है? कोई बता देने को अच्छा समझते हैं, कोई न बताने को।"

मैं कुछ देर बिना कुछ कहे खिड़की पर झुका रहा। ख्याल था कि इसके बाद शायद वह अपने-आप उठकर चली जाएगी। टप्-टप्-टप् बरफ की बूंदें छज्जे से टपक रही थीं। सामने देवदार के पत्तों पर जमी बरफ हवा से नीचे छितरा रही थी। हिश्छाप···छत पर फैली बरफ की चादर का एक बड़ा-सा टुकड़ा टूटकर नीचे आ गिरा। गिरने के साथ वह इस तरह चूरा हुआ कि बरफ की अपनी शकल रह ही नहीं गई।

"मैं जाऊं अब?"

मुझे फिर पीछे देखना पड़ा। वह उसी तरह बैठी थी। आंखों से कुछ टटोलती और प्रतीक्षा करती। उसका पूछने का ढंग ऐसा था जैसे कह रही हो कि वह जाने लगे तो मैं फिर से वापस नहीं बुलाऊंगा? मैंने चुपचाप सिर हिला दिया। वह मुंह में हल्के से कुछ बड़बड़ाती हुई उठ खड़ी हुई।

"क्या कहा है तुमने?" मैंने उमड़ते गुस्से के साथ पूछ लिया।

"कुछ नहीं···कहना क्या है अब?" और वह गुसलखाने की तरफ बढ़ गई। फिर दहलीज़ के उस तरफ से बोली, "जाकर बीबीजी से मेरी नमस्ते कह देना।" साथ उसने जिस नज़र से मुझे देखा, उसमें सान पर

पर घिसे चाकू की सी काट थी। ठप् ठप् ठप्...उसके जूते की आवाज़ गैलरी से होकर सीढ़ी पर पहुंच गई।

मैं और भी कई मिनट खिड़की के पास बाहर देखता रहा। छज्जे से टपकती बूंदें—मोम की बूंदों की तरह बड़ी-बड़ी। टप् टप् टप्। नीचे झाड़ियों में से गुज़रकर जाती वह। हवा को थपकियां देती देवदार की बांहें। खाली सड़क। रौंदी हुई बरफ। ऊपर माल को जाता लहरिया रास्ता। सिर उठाकर देखने पर माल की मुंडेर। सब कुछ रोज़ की तरह खाली। निःस्तब्ध।

हाथ फैलाकर छज्जे से टपकती बूंदों को मैं हथेली पर लेने लगा। तत् तत् तत्..। मोटर-स्टैंड का वेटिंग रूम। बिस्तरों, बक्सों, गठरियों, स्त्रियों, पुरुषों तथा बच्चों से लदा। दमघोंटती बदबू—फर्श, बेंचों, दीवारों, पेट्रोल का धुआं छोड़ती गाड़ियों, कीचड़ हुए बरफ के लोंदों, गैस के मरीज़ यात्रियों और रुके हुए पनालों की। भाग-दौड़—सामान यहां से वहां रखवाते, धक्कम-धक्के में टिकट खरीदते, झगड़ते और गालियां बकते मुसाफिरों की; नीचे से आती गाड़ियों के पीछे दौड़ते, अपने-अपने टोकन खिड़कियों से अन्दर पहुंचाते और एक-दूसरे से मार-पीट करते कुलियों की; तथा उस सबके बीच सुबह के अखबार, बासी फल, और धूल-खाई मिठाइयां बेचते फेरी वालों की। पचीस आदमियों के बीच गुत्थमगुत्था होकर किसी तरह टिकट तो मैं ले आया था, पर सत्रह सौ इकावन नम्बर की बस जिससे सफर करना था, अभी नीचे से आई नहीं थी। मैं हर दो-चार मिनट बाद बाहर आकर घिचपिच खड़ी बसों के नम्बर पढ़ता था, नीचे से आ रही हर बस की आगे-पीछे की नम्बर-प्लेटें देखता था और उस खिचते-कसते गुंझल से बचने के लिए वेटिंग हाल की सुरक्षित चौहद्दी में लौट आता था। वह सारा वातावरण ही जैसे एक छटपटाहट का था—हर चीज़ के वहां से निकल भागने की झटपटाहट का और न निकल पाने की मजबूरी का। हर चीज़ हर दूसरी चीज़ से उलझकर उसके और अपने रास्ते में रुकावट बनी थी। रास्ते में कुछ जगह लैंड-स्लाइड होने की वजह से उधर की गाड़ियां लेट आ रहीं थीं। इधर को गाड़ियां उनके बैरियर पार करने की प्रतीक्षा में रुकी थीं। पूरा मोटर-स्टैंड एक ऐसे इंजन की तरह घरघरा रहा था जिसका एक्सीलरेटर जाम हो गया हो।

एक बुड्ढा आदमी था जो कई बार उधर से इधर और इधर से उधर सड़क पार कर चुका था। एक जीप थी जो पार्किंग के लिए जगह की तलाश में कभी दायें जाती थी, कभी बायें। स्टैंड के बीचोबीच

सन्तरों की एक टोकरी किसी बस के पहिये से कुचल गई थी और कई छोटी-बड़ी—हर उम्र के लोग मलोदा होने से बचे सन्तरों पर इधर-उधर से झपट रहे थे। मैं आठवीं या दसवीं बार वेटिंग रूम की सड़ांध से बचने के लिए फिर बाहर निकल आया था। एक बेबसी की नज़र सड़क पर डालता हुआ सोच रहा था कि क्या यह सम्भव होगा कि समय से नीचे पहुंचकर मैं आज कहीं की भी गाड़ी पकड़ सकूं!

एक तरफ बदबू से सिर फटने को आ रहा था और दूसरी तरफ अंतड़ियों में भूख की कुलबुलाहट महसूस होने लगी थी। चलते समय रास्ते की जो योजना दिमाग में थी, वह सब गड़बड़ा गई थी। सोचा था, साढ़े पांच बजे अधरास्ते के उस छोटे-से होटल में चाय पिऊंगा जिसका बुड्डा मालिक हर आने वाले की खातिरदारी के लिए स्वयं खड़ा रहता था। हर बार सफर करते हुए मन में आशंका रहती थी कि इस बार शायद वह वहां नहीं मिलेगा। पर उसे देख लेने पर एक आश्वासन-सा महसूस होता था कि इतना समय बीत जाने पर भी सब कुछ अभी उसी तरह है—कि उस बीच जो कुछ हुआ है, उसके होने से किसी चीज में कोई अन्तर नहीं आया। वह बुड्ढा सरदार जैसे एक सिग्नल था जिसके डाउन होने के बाद ही ज़िन्दगी की पटरियां कोई वास्तविक रुख बदल सकती थीं। वैसा ही एक और सिग्नल था बैरा रामजस—नीचे के स्टेशन की कैंटीन का—जो साल-भर बाद वहां जा बैठने पर भी उसी परिचय की मुस्कराहट के साथ मेज़ साफ करता था और खाना खाने से पहले झुककर पूछ लेता था, "वही आप वाला आर्डर?" और सिर हिला देने पर अपनी याददाश्त के प्रमाण के तौर पर सूप से लेकर कॉफी तक एक-एक चीज़ लाकर सामने रखने लगता था। सोचा था, साढ़े आठ बजे वहां पहुंचकर खाना खा रहा हूंगा—रामजस को बता रहा हूंगा कि इसके बाद शायद काफी दिनों तक मेरा इस तरफ आना न हो। पर छः बजने को थे और अभी यही पता नहीं था कि वहां से चलने में कितना समय और लगेगा। गनीमत थी कि कुलियों के साथ सामान भेज देने के बाद स्कूल के डब्बे में से थोड़ा-बहुत खाना हलक से नीचे उतार लिया था। खाना उतना ही गन्दा और उबकाने वाला था जितना रोज़ होता था। बल्कि उससे कुछ ज़्यादा ही, या शायद उस समय मुझे लगा वैसा था। पर साढ़े पांच बजे तक अपने को भूख से सुरक्षित रखने के लिए, जैसे अपने से आंख चुराते हुए, उससे थोड़ा बहुत पेट भर लिया था। अब ज्यों-ज्यों समय बीत रहा था, अपने को शरमसार करता यह विचार मन में जाग रहा था कि जितना खाया था, उससे कुछ ज़्यादा क्यों नहीं

खा लिया जिससे कि वह सुरक्षा कुछ देर और बनी रहती—कम से कम प्रतीक्षा का यह समय तो निकल ही जाता।

मुचड़ा हुआ टिकट हाथ में था। बस का नम्बर देखने के लिए उसे बार-बार जेब से निकाल लेता था। जितनी देर हो चुकी थी, उसीसे लग रहा था कि चाय की जगह शायद खाना अधरास्ते के होटल में खाना पड़े और नीचे पहुंचने पर रामजस से सिर्फ एक प्याली चाय पी लेने का भी मौका न मिले। एक ख्याल यह भी था कि खाने के वक्त अधरास्ते का बुड्ढा सरदार भी अपनी जगह पर न मिला, तो यात्रा की शुरुआत से ही पटरी बदल जाने का एहसास न होने लगे—लगने लगे कि आगे का सब कुछ होने के अर्थ में कितना भी अनिश्चित क्यों न हो, न होने के अर्थ में उसका रूप अब निश्चित है···।

टिकट को सिगरेट की तरह गोल करके हाथों में मलता हुआ मैं सड़क के उस तरफ ढलान के घरों और उनसे आगे दाईं तरफ रेलवे शेड की छत को देखता रहा। छत पर बन्दरों की एक टोली अड्डा जमाए थी। पन्द्रह-बीस बन्दर थे—छोटे-बड़े और मझोले—जो छत के कंगूरों पर टहलते हुए आसपास की पूरी स्थिति का निरीक्षण कर रहे थे। वे शायद किसी एक तरफ धावा बोलने से पहले अपनी योजना निश्चित कर लेना चाहते थे। शेड के अन्दर से आता इंजन का धुआं उनकी योजना को अपनी तरफ से एक दिशा दे रहा था। शायद यह वही इंजन था जिसे स्कूल-पार्टी की आखिरी गाड़ी ले जानी थी—उस पार्टी की जो एक रात नीचे के स्टेशन पर काटकर आगे जाने को थी। पादरी बेन्सन, बॉनी हाल, बुधवानी और कई लोगों की सीटें उस गाड़ी में बुक थीं। उस समय तक शायद वे सब स्टेशन पर आ चुके थे और इंजन के शेड से आने की प्रतीक्षा में पटरियों पर आंखें गड़ाए थे। मैं अब भी हाथ का टिकट फाड़कर उन लोगों के साथ उस गाड़ी में जा सकता था। बुधवानी बता रहा था कि उस गाड़ी में तेरह सीटें खाली बची हैं। लेकिन उन लोगों के बीच जाना फिर से उसी घेरे में लौटना था जिससे इतनी बेसब्री से अपने को बाहर निकालकर लाया था। एक बार स्कूल की सड़क पार कर आने के बाद से जिन चेहरों को मन से बुझा देना चाह रहा था, नये सिरे से उन्हें अपने आसपास उभार लेने का अर्थ हो सकता था फिर से उनकी अपेक्षाओं के अनुसार निर्धारित होने लगना—उसी तरह बातें करना, सोचना, कुढ़ना और शायद बुधवानी के विनम्र सुझाव के अनुसार सीधे खुरजा तक का टिकट ले लेना। मैंने अपना ध्यान ज़बर्दस्ती शेड की छत से हटाया और फिर अपने

आसपास देखने लगा। हताश भाव से पनाले के किनारे बैठकर बीड़ियां फूंकते कुली। एक बस के नीचे लेटकर उसका साइलेंसर ठीक करता मिस्तरी। भीख के लिए हाथ फैलाए एक बुढ़िया और तीन बच्चे। सफर में मितली से बचने की गोलियां बेचता एक दवाईफरोश। एक घिनौनापन था जो उस पूरे वातावरण से मुझपर घिरा आ रहा था। पर वास्तव में वह घिनौनापन क्या उस वातावरण में ही था? मुझे लगा कि चलने के समय तक जिस शिद्दत से मैं इस सफर की शुरुआत चाह रहा था, अब उसी शिद्दत से कुछ और चाह रहा हूं। पर वह कुछ और क्या था?

सुना कि सत्रह सौ इकावन नम्बर की बस खराब होकर बैरियर के पास रुकी है। अभी एक-डेढ़ घण्टा और लगेगा उसे ठीक होकर आने में। उतने समय के लिए सफर की शुरुआत की और स्थगित हो जाना मुझे उस समय अच्छा ही लगा। मैं एक बार फिर लौटकर वेटिंग रूम की चौहद्दी में गया, पर दस-बीस सैकेंड से ज्यादा वहां नहीं रुक सका। वहां रखे अपने सामान को इस नज़र से देखा जैसे उसे भी खामखाह साथ ढोकर ले आया हूं। सामान जैसी ही चिढ़ अपने आप से भी हुई—कि क्यों मैं इस व्यक्ति को भी हर जगह साथ ढोने के लिए विवश हूं जो हर तरह से स्वतंत्र होने के लिए छटपटाता हुआ भी हर दो घण्टे में भूख की बात सोचने और उसका उपाय करने के लिए कुछ भी कूड़ा-कचरा पेट में भरने लगता है? इस बार वेटिंग रूम से बाहर आना जैसे सामान और उस व्यक्ति दोनों से अपने को अलगा लेने की कोशिश करना था जैसे कि दोनों को वहीं छोड़कर मुझे चुपचाप सड़क पर आगे कहीं को चल देना था।

मोटर-स्टैंड पर अंधेरा उतर रहा था। शेड के नीचे से इंजन फफ्-फफ्-फफ् धुआं छोड़ता प्लेटफार्म की तरफ चला गया था। सत्रह सौ इकावन के प्रायः सभी मुसाफिर जो कुछ देर पहले एक-दूसरे से उस बस के विषय में पूछ रहे थे, अब इधर-उधर छितरा गए थे। मुझे रात को नीचे पहुंचकर कहीं की भी गाड़ी मिल सकेगी, इसकी अब सम्भावना नहीं रही थी। आसपास गाड़ियों, आदमियों और ढोए जाने वाले सामान की कुलबुलाहट तनाव के एक शिखर पर पहुंचकर जैसे वहीं ठहर गई थी। जाम होकर घरघराता इंजन अब सिर्फ घरघरा रहा था—जाम को तोड़कर आगे बढ़ने की कोशिश उसके अन्दर से जवाब दे गई थी। मैंने पास से गुजरते एक फल वाले को रोककर उससे दो बासी सेब खरीद लिए और सत्रह सौ इकावन के टिकट को एक हाथ में मसलता कचर-कचर सेब खाने लगा।